消えたカマンベールの秘密

エイヴリー・エイムズ　赤尾秀子 訳

Clobbered by Camembert

by Avery Aames

コージーブックス

CLOBBERED BY CAMEMBERT
by
Avery Aames

This edition published by arrangement with
The Berkley Publishing Group,
a member of Penguin Group (USA) Inc.
through Tuttle-Mori Agency,Inc.,Tokyo

挿画／後藤貴志

夫、チャックに。
わたしはあなたを生涯愛しつづけます。
尽きることのない支援と、たくさんのユーモアを、いつもありがとう。
そして何より、夢を信じなさいと、いつも励ましてくれた。
ほんとうに、ありがとう。

消えたカマンベールの秘密

主要登場人物

シャーロット・ベセット……チーズ&ワイン専門店店主
バーナデット・ベセット……シャーロットの祖母。現職の町長
エティエン・ベセット……シャーロットの祖父
マシュー・ベセット……シャーロットのいとこで共同経営者。もとソムリエ
メレディス・ヴァンス……シャーロットの親友。学校教師
シルヴィ……マシューのもと妻。ブティックオーナー
レベッカ・ズーク……シャーロットの店の従業員
イポ・ホー……レベッカの恋人。養蜂業者
オスカー・カーソン……イポの養蜂場の従業員
ジョーダン・ペイス……チーズ製造業者
ジャッキー……ジョーダンの妹
ウンベルト・アーソ……警察署長。シャーロットの同級生
プルーデンス・ハート……ブティックオーナー
ケイトリン・クライズデール……〈クライズデール・エンタープライズ〉オーナー
ジョージア・プラチェット……同社CFO
チッペンデール(チップ)・クーパー……シャーロットのもと婚約者
ロイス・スミス……B&B経営者
エインズリー・スミス……B&B経営者。ロイスの夫
バートン・バレル……牧場経営者
アルロ・マクミラン……養鶏場経営者

フレックルズ……………………………………………………〈ソー・インスパイアード・キルト〉の経営者
デリラ…………………………………………………………〈カントリー・キッチン〉の経営者
ルイージ・ボズート……………………………………………四つ星レストランのオーナー
オクタヴィア・ティブル………………………………………不動産業者。図書館司書
ティアン・テイラー……………………………………………シャーロットの店の新しい従業員
テオ・テイラー…………………………………………………ティアンの夫

1

「幽霊でも見たのかなあ」マシューは首をかしげた。

「チップのはずがないわよ」わたしは飾りつけ用品が入った箱をあけながらいった。「彼はフランスにいるんだもの」

「ブロンドで、体格がよくて、足も速かったぞ」

「ガラスに映った自分の姿じゃない？」

「ちがうよ、そいつは走ってたんだから。もしあれがほんとうにチップだったらどうする？」

わたしは顔の前に垂れた髪に、ふっと息を吹きかけた。

「わたしを捨てた婚約者は、二月中旬の冬祭りの時期に元気よく走ったりしないと思うわ。たしか、寒いのは大嫌いだったから」そして結局、わたしのことも嫌った。だけどそれも過去のこと。

「あいつが町にまいもどって、何かろくでもないことを――」

「チップじゃないって。きっと観光客よ。最近ずいぶん増えたもの。チップに似た人がいたっておかしくないわ」

吐く息が白くなった。朝は冷え込み、わたしはセーターの真珠色のボタンをとめると、ゴールドのフィリグリーのスカーフを巻きなおした。コーデュロイにタートルネック、ソックスの重ねばきをしてブーツをはいても、まだ寒い。

毎年、プロヴィデンス町の創立記念日が近づくと、ヴィレッジ・グリーンは「冬のワンダーランド・フェア」と呼ばれる冬祭りでにぎわう。金曜の夜から週末にかけて市《いち》が開かれ、ホームズ郡はもとより郡外からも農産物やワイン、手工芸品などが勢ぞろいして、観光客の少ない冬季の貴重な呼び物になっているのだ。ヴィレッジ・グリーンでは夜を徹して出店《でみせ》——小さな白い三角テントが次つぎと張られていく。テントには窓があり、ドアはスイング式で、床は人工芝だ。そしてそれぞれのテントのシルエットが浮かびあがるよう、白色ライトがとりつけられる。

わたしは張ったテントの中央で、箱のなかからくさび形のクリスタルの飾りをとりだし並べていった。

「ねえ、話題を変えない？」

「はいはい、お嬢さま、仰せのままに」

マシューのハンサムな横顔が笑っていた。そしてまたひとつ、彼はお皿のチーズをつまんだ。開店準備をするあいだの軽食がわりに、わたしがショップから持ってきたもので、マシューはこれで早くも四つめ。

彼はつまんだチーズをわたしの鼻の下でふり、「ハングリー？」と、からかった。「ほんと、これはうまいよ。なんていうチーズだ？」

「サモラーノよ、スペインのサモラ地方の。羊乳のチーズで、マンチェゴに似てるでしょ」

「うん。風味があって、バターっぽい」

「お気に召してよかったわ」

マシューはチーズを口に入れ、満足げにハミングした。

わたしはゴールドとワインレッドのリボンを、チーズを模したくさび形のクリスタルにかけた。マシューのほうはアンティークのカウンターに箱をのせ、そこからグラスをとりだしていく。

わたしたちはこのテントを〝ル・プティ・フロマジュリー〟と呼んでいた。〈フロマジュリー・ベセット〉のチーズとワインを試食・試飲してもらう出店で、まず初日はヴァシュラン・フリブルジョワ（スイスはフリブール産のフォンデュにぴったりのチーズ）と、ギリシャのハルミ（モッツァレラっぽい）、そしてサモラーノの三種類を用意した。ワインのほうは、サンタクルーズのマウントエデン・シャルドネに、ペパリーなボルドー、飲み口の多少荒っぽいジンファンデルのシン・ジン・ジンといったところ。いらしたお客さまには、ワインレッドのお皿に金文字で〝はい《セイ》、笑って《チーズ》！〟と記したおみやげを用意してある。ぜひとも本店の〈フロマジュリー・ベセット〉に足を運んでもらいたいからで、そうすればギフト用のバスケットやクラッカー、ジャムなども買ってもらえるかもしれない。

マシューは梱包をときながら、またチーズをひとつ口に入れた。

「サモラーノはジンファンデルに合うと思わないか？」

わたしはにっこりした。

「赤ならたいてい合うんじゃない？　それにたぶんシェリーも」

「ずいぶんわかってきたじゃないか」

「はい、おかげさまで」

マシューはソムリエから転身して〈フロマジュリー・ベセット〉の共同経営者となり、いまはチーズの勉強中だ。そしてわたしは彼からワインのあれこれを教わっている。

「うん、思ったよりは出来のいい生徒だ」

マシューはわたしを見てほほえんだ。

空気がひんやりしてきて、わたしはテーブルの下に置いたヒーターのつまみを回した。このテントを開店したら、ヒーターはつけっぱなしになるだろう。

すると入口が勢いよく開いて、ドアフレームに積もった粉雪がはらはらと店内に舞いこんだ。そしていっしょにシルヴィも。

「おはよう！」

マシューの前妻のシルヴィが、チラシの束をふりながら入ってきた。寒風が吹きこみ、扉が閉まる。

わたしはぽかんとし、マシューも同様。でも彼は、喉をつまらせながらも、なんとか言葉を発した。

「シ、シルヴィ、そ、その格好はいったい……」

シルヴィは紫色のレースの下着姿だったのだ。それも豊満な胸と下半身の一部をおおっているだけで、あとは紫のマフラーと足首までのUGG《アグ》のブーツのみ。そんな格好で、よくこの寒さに耐えていられるものだ。むきだしの肩には一面、鳥肌がたっていた。

「服を着るのを忘れたのか？」マシューはどうにか言葉をつづけた。

「これは宣伝なのよ」シルヴィはチラシをふりながら、イギリス訛りでいった。

宣伝って、いったい何の？　わたしはいやみな質問をぐっとこらえた。

シルヴィはいまこの町で〈アンダー・ラップス〉というブティックを経営している。そのウィンドウに飾られた品々は、大胆で奔放な女性ですら赤面しそうなものばかりだ。

数年まえ、シルヴィはマシューとふたごの娘を捨てて、イングランドの実家に帰った。そして数カ月まえ、このプロヴィデンスに腰をおちつけ、十歳になろうとする娘たちの生活に割り込んで、マシューをやきもきさせた。

「ここのとなりのテントを借りたのよ」シルヴィは酸で白くした髪に手をやると、毛が数本、静電気で立ちあがった。「近くのテントからシナモンとあったかい綿菓子の匂いが漂ってくるの。それにつられてお客さんが来ると思わない？」

〈イグルー・アイスクリーム・パーラー〉は、冬場の閑散期対策として、アイスクリームにかぎらずさまざまなお菓子をつくる。テントはここの近くで、冬祭りの正式開幕に先立ち、冬季限定の香ばしい綿菓子を販売していた。ほかにもパイナップルやココアの香り、ブランデー入りクレープの匂いが漂い流れてくる。

「売り上げがさっぱりだから」と、シルヴィ。「お客さんをテントに呼ぶのに宣伝しなきゃと思って」

「だけどその格好はやりすぎだ」

マシューがそういうと、シルヴィは彼に近づき、チョコレート色に塗った爪で彼のシャツの袖をなでた。

「わたし、人をまるめこむのが得意だもの。あなただって、それは知ってるでしょ？」

マシューの目が険しくなった。

「いいかげんにしろ」

わたしはシルヴィの腕をとると、ドアのほうに連れていきながらいった。

「そのチラシを少しちょうだい。ここでも配るから」

「ありがとう、シャーロット。そうだ、そういえばこんな噂を小耳に——」

「ゴシップはまた今度ね」わたしは彼女の背中を押した。「さあ、仕事よ仕事」

シルヴィは不満そうだった。早くもこの町のゴシップ通を自任しているのだ。彼女にいわせると、〝ゴシップはブティックから広まる〟ものらしい。

「でもね、シャーロット」

「まだ飾りつけが終わってないのよ。だからまた今度ね！」

わたしは強引にシルヴィを冬空の下に追いやった。あんな格好で平気かしらと少し心配したけれど、いい年をした大人のはずだから、自分でなんとかするでしょう。

ドアを閉めるとき、《マイ・ファニー・バレンタイン》のメロディが聞こえてきた。あれはケニー・Gのサックスだ。わが町の町長さん――わたしの最愛の祖母――は、会場の通路の角々にスピーカーをセットし、冬祭りの開催中はつねにイージーリスニングを流すようにしていた。

マシューがぶつぶついいながら、グラスをとりだす仕事にもどった。

「勘弁してほしいよ。となりのテントを借りただって？」

わたしのいとこは、ふだんはとても穏やかでやさしい人だ。でも、ことシルヴィに関しては、どうしても辛辣になる。

「なんでうちのとなりなんだよ！」

「もう考えない、考えない」

「あいつ、少しおかしいんだよ。猛吹雪のなかで頭を冷やす以外にないな」

「吹雪にはならないわよ」天気予報では、あすは小雪模様らしい。子どもたちは外に飛びだし、空に向かって大口をあけ、雪を食べて遊ぶだろう。テントは純白できらめくはずだ。

「まいるよなあ……」

マシューはため息をついた。彼の気持ちは、わたしにもわかる。シルヴィが家を出たあと、マシューとふたごの娘はわたしの家に引っ越してきた。ところがシルヴィは、ふたたび家族の前にあらわれたばかりか、この町に腰をおちつけてしまったのだ。わたしとマシューは幾夜となく今後について話しあった。彼は娘たちが母親のように移り気で良識に欠けた大人になるのではないかと心配し、わたしはそんなふうにはならないとずいぶん慰めたものだ。

「さあさあ」わたしはマシューの肩をたたいた。「悪いほうにばかり考えちゃだめよ」

「そうだな……」マシューは黄褐色の髪をかきあげると、気をとりなおして脚つきグラスの汚れをチェックした。「ところで、ショップの新しい従業員は決まったのか？」

「ううん、それがまだなのよ」

ありがたいことに、わが〈フロマジュリー・ベセット〉は、チーズのインターネット販売やギフト用バスケット、そしてワインの売れ行きが好調で多忙な日々を送っていた。だから冬祭りでこの〝ル・プティ・フロマジュリー〟を出店するのは休日返上のうえ、本店のほうは祖父の手を借りるしかなかった。販売員を募集して面接までしてみても、なかなかこれという人に出会えない。わたしとしてはやはり（わがままかもしれないけど）身内のような、親近感をおぼえる人でなくてはいやだった。

「犬の歯みたいな氷の彫刻を見たか？」マシューがいった。

冬祭りでは、集客のために氷の彫刻コンテストが催される。今年の参加者は十人で、二日まえ、巨大な氷塊がトラックで運ばれてくると、アマチュア彫刻家たちは早速、作品づくりにとりかかった。この寒さで氷が解ける心配はない。

「あの歯の彫刻はいささか奇抜だよな」と、マシュー。

「いささかどころじゃないかも」と、わたし。氷の歯の彫刻は、なんと高さが三メートルもあるのだ。ひょっとして、作者はわたしの知っている、フロスを使えとうるさいあの歯科技工士かも――。「馬にまたがった騎士の彫刻はどう?」

「あれもまあまあだけど、やっぱりいちばんいいのは、子猫を何匹も抱いたグレートデンかなあ」

「ユーモア賞ならもらえるかもね」

コンテストの最終エントリーは日曜日で、当日、優勝者が発表される。ほかの彫刻はどんなだろうか。ちょっと楽しみ。

「あれっ」マシューーがカウンターをたたいた。「ワイン・オープナーを車に忘れてきたよ」

マシューーがテントから出ていくのと入れ違いに、レベッカが駆けこんできた。わたしの有能な助手はいつものように元気いっぱいで、ポニーテールが大きく揺れている。

「たいへんなんですよ、シャーロット!」ほっぺたがエダム・チーズのワックスのように赤い。そして眉間には深い皺。

「何かあったの?」

「女の人が……」レベッカは必死で呼吸をととのえた。「クウェイルリッジ養蜂場のとなりの土地を買ったんです。それで……」

わたしは彼女の背中をなでた。「おちつきなさいよ」

「その女の人は、あそこで養蜂場を始めるらしいんです」

それはまた――。わたしはレベッカのあわてぶりが理解できた。クウェイルリッジ養蜂場の経営者は、彼女の恋人イポ・ホーなのだ。イポ・ホーは彼女にとって、この世でいちばんやさしく、たのもしい存在だった。

「そんなことになったら、イポの農場が危ないです」

「それは大丈夫よ。プロヴィデンスでも二カ所くらいなら共存できるわ。イポ・ホーはクローバーを使ってるでしょ？　だったら新しい人は野花にするかも」蜂蜜は健康・美容面での効能からいまやビッグビジネスになっている。うちのショップでも、イポ・ホーの農場の蜂蜜を販売していた。

「でも、わたしは何か問題が起きるような気がします」

二年まえ、レベッカは生まれ育ったアーミッシュの村を出て、〝現実の世界〟を見るためにプロヴィデンスにやってきた。そしてインターネットのニュースとテレビのサスペンスドラマにどっぷり浸かった結果、現代社会に生きるということはチャレンジである、と悟った。といっても、故郷の村に帰る気は（いまのところは）なさそうだ。イポがいるから。

「こんにちは」

テントの入口に、背の高い、五十代くらいのすてきな女性が立っていた。ジーンズにブーツ。そしてトルコ石のスタッドがいくつもついたカウボーイハット。

「とてもいいお店ね」女性はそういうと、ドアのフレームから落ちてきた粉雪を肩から払った。「はじめまして。ケイトリン・クライズデールといいます」

馬の品種にクライズデールというのがある。彼女はさしずめ、淡い金髪のたてがみに、りりしい顎をもつ駿馬といったところだろうか。

するとレベッカが目をまんまるにして、何歩かあとずさった。

「土地を買ったのは、こ、この人です……」

「あなたがシャーロットね？」

女性は日に焼けた手をさしだした。

わたしはすなおにその手をとって握手をした。力強い手。知的な瞳。わたしは好感をもった。熱意とエネルギーにあふれた印象。

彼女はわたしの手を放すと、テントのなかをぶらついた。飾りつけたチーズやワインのボトルに軽く触れる。

「いい雰囲気ね。子どものころを思い出すわ」

「このあたりのご出身ですか？」こういう女性なら忘れるはずはないのだけど、わたしの記憶にはなかった。

「住んでいたのはずいぶんまえよ。二十代で結婚して、テキサスに引っ越したから」

でもいま、彼女の手に結婚指輪はない。

ケイトリン・クライズデールはヴァシュラン・フリブルジョワのカードを取ると、声に出して読んだ――「独特の香り。溶かしてスープやラクレット、グラタンに使うのがお勧め」そして肩ごしにこちらを見て、「おいしそうね」といった。「数カ月後に、うちのメンバーが来たら、あなたにチーズ・パーティを開いてもらおうかしら」

「メンバー？」

「ドゥ・グッダーズよ」

その名前は聞いたことがある。中西部の歴史的建造物を修復・再建するボランティア組織だ。そういえば、メンバーの女性はみんなトルコ石のスタッドつきの服を着て、それとおなじスタッドつきのハットをかぶっていたような……。

レベッカがわたしの腕をつかみ、耳もとでささやいた。

「この人は嘘をついてます。イポのとなりの牧場を買って何をする気なのか、何をたくらんでいるのか、この人に訊いてもらえますか」

わたしはレベッカの顔をまじまじと見た。彼女にしてはめずらしく嫌悪感まるだしだ。でも、わたしのほうはケイトリンという人に、まったくいやな印象はない。

「シャーロット」ケイトリンがふりかえってこちらを見た。「わたし、よく知ってるのよ、あなたの――」

「はっくしょん！」大きなくしゃみとともに、若い女性がひとりテントに入ってきた。髪は黒い巻き毛。クラシックな黒いウールのコートが全身をすっぽりくるんでいる。ブーツはプラットフォーム・ヒールで、高さは十五センチくらいあるだろうか。まるで軍靴のようで、やぼったかった。

「お大事に」わたしが声をかけると、「すみません」と、その人はいった。雨に濡れたプードルさながら哀れな感じで、丸めたティッシュで鼻をたたくと、コートの襟をたぐりよせた。

「車のなかにいなさいっていったはずよ」ケイトリンが彼女にいった。「さあ、車にもどりなさい、ジョージア」

その強い口調に、若い女性は顔をしかめたものの、仕方ないとあきらめたようすで出ていった。

「ごめんなさいね」と、ケイトリン。「あの子はうちの最高財務責任者《CFO》なの。あんな状態で、人に風邪をうつしちゃ悪いでしょ」

「ドゥ・グッダーズにCFOがいるんですか？」わたしはちょっとびっくりした。地方の団体にしてはずいぶん本格的だ。

「いいえ、そちらじゃなくて、クライズデール・エンタープライズのほう」ケイトリンはヴアシュラン・フリブルジョワの解説カードをもとにもどした。「そっちがわたしの本業なの」

「ほらね」と、レベッカがわたしを肘でつついた。

ケイトリンがレベッカに目をやり、「わたしが何かしたかしら？　どうしてそんな目でわたしを見るの？　あなたはどなた？」

「レベッカ・ズークといいます」レベッカは精一杯胸を張って答えた。「ところであなたは――」

わたしはレベッカの腕に手をおくと、「わたしのアシスタントは――」と、ケイトリンにいった。「あなたがクウェイルリッジ養蜂場のとなりの牧場を買ったと思っているようなんですけど」

ケイトリンはほほえんだ。でも、目つきは鋭くなる。

「ちょうどいま交渉中なの」

「クライズデール・エンタープライズはあなたの個人会社なんですか？」

「パートナーがひとりいるわ。土地の売り手は急いでいるから、じきに契約締結となるでしょう」

「あの土地は買えません」レベッカが頬を赤らめていった。

「いいえ、このわたしが買いたいと思ったら買えるのよ」

胃がきゅっとした。彼女の言い方は、これまでとはうってかわって、傲慢きわまりなかったのだ。たぶんレベッカの推測には、それなりの根拠があるのだろう。このケイトリンという人は、クウェイルリッジ養蜂場に対抗する気なのだ。でも……どうして？

「ところで、どこまで話したかしら？」ケイトリンは乗り手をふりおとす馬のごとく首をふり、大きく息を吐いた。「そうそう、シャーロット、邪魔が入るまえにいいかけたのは――」レベッカを追い払うように手をふる。「わたしはあなたのご両親をよく知っているのよ」

思いがけない言葉に、わたしはとまどった。この人はチーズの購入でなく、わたしの両親の話をしにここへ来たのだろうか？　父と母について、わたしが知っていることのほとんどは、祖父母から聞いたものだった。両親が事故で死んだとき、わたしは三歳。わたしのお嫁入り道具を入れた箱《ホープチェスト》には父と母の思い出が詰まっていた――母が愛用していたテーブルクロス、『嵐が丘』一冊、父の疑似餌《ルアー》の箱、ビートルズとローリング・ストーンズ、エルヴィスのLP……。時の流れが悲しみをやわらげてくれるとセラピストはいったけれど、両親のことを考えると目がうるむのは昔も今も変わらない。

「悲しい事故だったわね」ケイトリンが近づいてきて、わたしの腕を軽くたたいた。「あの猫さえいなきゃ」

「え?」わたしは緊張した。「何の話でしょうか?」

「あら、知らなかったの?」ケイトリンは胸に手を当て、眉間に皺をよせた。「みんなが――あなたのおばあちゃんもふくめて――話していたわよ、ペットの猫が飛びだしたから、運転していたあなたのお父さんはそちらに気をとられたって。だから事故のあと、おばあちゃんはその猫が憎くて、安楽死させたっていうじゃないの」

頭のなかが真っ白になった。猫というのは、わたしがかわいがっていたペットの〝シャーベット〟だ。事故の瞬間の記憶を、わたしはこれまでシャットアウトしてきたけれど、いま、それがじわじわとよみがえる。わたしはシボレーの後部座席にすわり、膝にシャーベットを抱いていた。父は車を高速で飛ばし、声をあげて笑う。そして母も笑っている。車のなかを風が吹きぬけていく。丘を疾走する車はローラーコースターのようで、母は歓声をあげた。わたしは猫に「こわくないからね」と声をかけ、父はちらっとふりむいて、わたしにウィンクした。その目はきらきらして、とても楽しそうだった。そして父はすぐ目を前方にもどし……。「馬!」母が大声をあげ、父は急ハンドルをきった。

「いいえ、それはちがいます」わたしはケイトリンにいった。「猫もいっしょに乗っていたけど、わたしが抱いていたから」

「まちがいない？」

目から涙があふれそうになった。記憶は正しいのかって？　わたしはあえて記憶をねじまげようとしている？　シャーベットはわたしの腕から飛びだし、父はそのために急ハンドルをきったの？　祖父母のアルバムを見ても、シャーベットの写真は一枚もなかった。猫が事故の原因だと考えたからだろうか？　でも、せがんだのはわたしだった。猫を飼いたいと何日もだだをこね、べそをかいて、両親を説き伏せた。ああ、シャーベット……。

「あなたのお母さんとは親しかったのよ」ケイトリンはわたしの動揺には気づかないのか、軽い調子でしゃべりつづけた。いったい、この人はどういう人なの？　レベッカが反感をもつのも、さもありなん？

「お母さんとはよく遊んだわ。とても歌がうまかったのは知ってるでしょ？　生きていたら、あなたのことを誇りに思ったでしょうねえ。〈フロマジュリー・ベセット〉をこんなに立派に引き継いだんだもの」バッグのなかからアラーム音が聞こえ、ケイトリンは手を入れて携帯電話をとりだした。「ごめんなさい、もう行かなくちゃ。つぎの予定が入っているのよ」

「ちょっと待って――」わたしは母のことをもっと聞きたかった。でもケイトリンはふりかえりもせずにテントから出ていく。

するとドアが閉まるまもなく、またシルヴィが入ってきた。今回はさすがにまともな服を着ている。

「いいことを教えてあげましょうか」と、彼女。

そんな挑発には乗りたくなかったし、両親の死はとりあえず忘れたかった。事故についてはいずれ祖母に尋ねてみよう。

「ねえ、レベッカ」わたしはふりむいていった。「悪いけどショップに帰って、写真撮影用の大皿をみつくろってきてくれない？　ケイトリン・クライズデールがあの牧場をどうするかは、じきにはっきりするでしょう」

「それはまちがいないわ」シルヴィが訳知り顔にうなずく。「でもシャーロットはきっと、彼女のビジネスパートナーを気に入らないわよ」

まったく、シルヴィという人は……。わたしは彼女を無視してカウタンーまで行くと、置いてあるものを脇にどかし、力をこめてカウンターの天板を磨きはじめた。

シルヴィはわたしの影さながら背後にへばりつき、「あの人たちはプロヴィデンスを征服する気よ」といった。

「あの人たちって？」と、レベッカ。

シルヴィは答えない。たぶん、レベッカではなくわたしが「教えて」と頼むのを待っているのだろう。だったらそのままずっと待っていなさい。ほんと、身勝手な人なんだから。もしや、ケイトリンのビジネスパートナーは彼女だったりして？　牧場を買う資金を両親におねだりしたとか？　でも……娘を溺愛する両親は、たしか破産したはずよね？

「だれなんですか?」レベッカが催促した。「どうか教えてください」

Manchego

マンチェゴ

スペインを代表するチーズ。ラ・マンチャ地方の羊（マンチェガ種）のミルクから作られるハードチーズで、とりわけおいしいチーズとして、小説「ドン・キホーテ」に登場することでも有名。熟成期間は60日から２年。

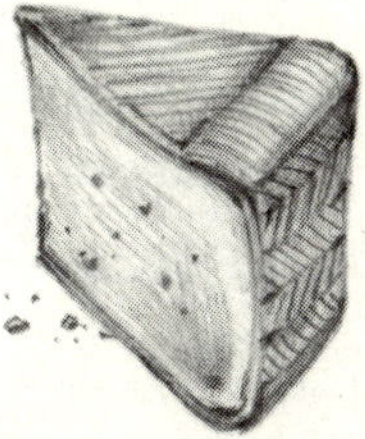

Zamorano

サモラーノ

スペイン、サモラ地方で作られる羊乳のチーズ（羊はカスティーリャ種とチュラ種）。円筒形で側面の網目模様がマンチェゴと似ている。熟成期間は約６カ月。

2

シルヴィは答えないまま、ドアに向かった。外に出るときふりかえり、にこっと笑う。

「まったく困った人だわ」わたしはため息をついた。

その後、わたしはチーズの写真撮影にとりかかった。四角いスレート皿と御影石の大皿、そして丸い木皿に、それぞれ異なるチーズを盛りつけていく。そんな仕事をこなしながらも、わたしはケイトリン・クライズデールのビジネスパートナーはだれだろうと考えた。シルヴィにいわせると、わたしの気に入らない人らしい。最初に頭に浮かんだのは、この町の女ボス的存在のプルーデンス・ハートだった。とくにチーズが好きでもないのに、わたしに張り合ってチーズ・ショップを開店するとまでいった人だ。ほかには……アルロ・マクミラン？イポの養蜂場の西側で養鶏場をやり、事業を拡大したがっている。

「トリプル・クリームのブリーをもう少し左に移してくれない？」わたしは手伝いに来てくれたメレディスにいった。彼女はわたしの親友で、小学校の教師をしている。メレディスはカットしたブリーの位置をスレート皿の上で微調整した。

テントの窓から午後半ばの陽光がさしこみ、わたしは大皿の中央にカメラのピントを合わせた。そこには三種のチーズ——山羊乳、羊乳、牛乳のチーズを並べ、クラッカーとおいしいナツメヤシの実をたっぷり添えた。

「こんな感じでいい？」と、メレディス。

「ごめん、もうちょっと左」

「あなたって、小学生のときから、ずるかったわよねえ」メレディスは肩まである髪を片手で払った。「食べものでわたしを釣って仕事をさせるんだもの」

「ご心配なく」わたしは笑った。「あとでちゃんとチーズをさしあげますから。でもともかく、きれいな写真を撮りたいのよ。ホームページにのせて、お客さんを呼びこみたいの。それにレベッカは早く休憩に入りたそうだし」

わたしはそういってレベッカのほうをふりむいた。いま彼女は、パン用の台にジャムの瓶を並べている……はずなのだけど、実際は指に髪をまきつけ、バレリーナ靴のつま先を人工芝の上でくねらせながらイポとおしゃべりしている。わたしは苦笑した。イポはハワイ出身で、もとは松明を持って踊るダンサーだったが、現在はプロヴィデンスで養蜂場を営む、ハンサムで心根のやさしい男性だ。そしてわたしは、わたしの愛する人に目をやった。ジョーダンはいま、マシューを手伝ってワインの箱を運んでいる。シャツの下で腕の筋肉がもりあがり、ほりの深い顔には光る汗。わたしの視線に気づいたのだろう、彼がこちらをふりむき、ほほえんだ。この何カ月か、わたしたちは以前にも増して頻繁に会うようになった。うちのショップ〈フロマジュリー・ベセット〉は地下にチーズとワインの貯蔵庫をつくり、地元のチーズ製造業者であるジョーダンにアドバイザーになってもらったのだ。これで新鮮なチーズの在庫をきらすことなく、またワインもよい状態で保管できる。ジョーダンはショップが入っている建物のオーナーでもあり、経費の半分を提供してくれた。彼によれば、これは投資なのだそうだ。

「シャーロットさん、何を考えているのかしら?」

メレディスの声で現実にひきもどされたわたしは、広角レンズで何枚か撮影してから、「結婚式の日どりは決まったの?」と訊いた。メレディスとマシューは現在婚約中なのだ。

「秋くらいかなって話してるんだけど」

「シャーロット――」レベッカが声をあげた。「イポにはどんなチーズがお勧めですか?」

「カマンベールのエメラルド・アイルズがいいかもね」町の北側にあるエメラルド牧場がつくる職人《アルチザン》チーズだ。「きのこの香りがする素朴なチーズよ。冷蔵庫にも入れてあるわ」このテントではワインとチーズのテイスティングだけでなく、販売もするつもりだった。そこで前面ガラスの冷蔵庫を持ちこみ、ふたつあるパン台のあいだに置いた。

レベッカは冷蔵庫から帽子箱タイプの丸い容器に入ったカマンベールをとりだすと、それをショップのゴールドの袋に入れながら、「ブリーだったら、何がいいでしょう?」と訊いた。

「写真をとったトリプル・クリームのルージュ・エ・ノワールかな」すばらしくクリーミーなブリーで、現存するアメリカ最古のチーズ・メーカー、マリン・フレンチ・チーズ・カンパニー製だ。「それから、さっき話したシュヴロもね」こちらはフランスの山羊乳チーズで、外見はちょっとごつごつしているけど、口に入れるとじつになめらか、しかもコクがある。

そのとき、首筋に温かい息を感じた。ジョーダンがわたしの背中をなでて、頬にキスをする。全身がじわっと温かくなった。

「じゃあ、ぼくは農場に帰るからね」彼はそういうと、テントのうしろのドアに向かった。するとマシューも、自分はショップで仕事の電話をしなきゃいけないと、ジョーダンについてテントを出ていく。

「シャーロット、目がうるんでるわよ」メレディスがわたしの顔の前で手をふりながらいった。「ジョーダンとの旅行はどうだったの？　帰ってきてから、何ひとつ話してくれないじゃない」

「別世界に行ったようで、とっても魅惑的だったわ」ジョーダンとわたしはスイスに旅行して、チーズを食べ、ワインを飲み、楽しくおしゃべりしてすごした。まあね、〝おしゃべり以外〟のこともしたけど、ともかく夢のような七日間、ロマンチックな六晩だった。「写真は見せたでしょ？」

「ええ、見たわよ。ケーブルカーに乗ってプランフランセに泊まって、グリュイエールの村とグリュイエール城に行ったのよね。それで……ジョーダンは何者だったの？」

ジョーダンがこの町に来てから五年以上たつけれど、いまだ彼は謎に満ちていた。彼の農場には大きな熟成室があり、プロヴィデンス周辺の小規模農家のチーズを預かっている。そこでスイス旅行中も、わたしは彼にどうやってチーズの熟成《アフイナージュ》の方法を学んだのか尋ねてみた。彼の答えは、イギリスのジェレミー・モンゴメリーというチーズ製造業者から教わった、というものだった。

わたしがいまその話をすると、メレディスは、

「だけど彼はイギリス人じゃないでしょ？」といった。

「両親がロンドンのアメリカ大使館で仕事をしていたらしいわ」

「そうなの？　どんな仕事？」

「知らない」

メレディスは片手を腰に当てると、「彼の出身校はどこ？」とつづけ、わたしはチーズの写真を三枚とってからいった。

「どうしてわたしを尋問するの？」

「なぜなら、ジョーダンには秘密の過去があるからよ」

「彼は映画の《ゴッドファーザー》が好きなの。マシューにいわせると、この映画を好きな男はみんないいやつなんだって」

メレディスは教師の顔つきになった。犬が宿題を食べた？　そんな言い訳は通用しませんよ、という顔だ。

「シャーロットは彼がイギリス人からチーズの熟成方法を教わったっていう話を信じてるの？」メレディスはくすっと笑った。「くだらない質問だったわね。当然、信じてるでしょ

うから。あなたは彼を愛しているもの。もしジョーダンが、自分はかつて南極観測隊員だっていっても信じるでしょうね」

「信じるどころか、なんてすてきなんでしょうって、うっとりするわ」

メレディスは笑った。「わかったわ。じゃあ、質問のテーマを変えましょう。レベッカから聞いたんだけど、ケイトリン・クライズデールって、だれなの？　仕事でだれと組んでるの？」

「おれ《モワ》だよ」

男の声がして、たちまちわたしは緊張した。あの声は……。ふりむくと、彼がテントのドアから入ってくるところだった。わたしの心臓が、肋骨を折らんばかりに激しく鼓動を打ちはじめる。

チッペンデール・クーパー、またはチップ・クーパー、または〝食えないシェフ〟がテントに入り、ドアが閉まった。

「ボンソワール、シャーロット。おれもついにフランスからもどってきたよ」彼の海緑色の瞳は笑っているようだった。そして彼にしてはこれ以上ないほど謙虚に、「ずいぶんごぶさたしちゃったね」とつづけた。

メレディスがわたしの手を握る。「どうしてこの人がここにいるのよ？」

わたしの両手はいつのまにか握りこぶしになり、チップの目に警戒の色がともる。わたしが殴るとでも思っているの？　ううん、わたしにそれはできないわ。いくら本気でそうしたくても。

黙りこくっているわたしに対し、彼はにやっとしていった。

「すてきな髪だな。まえより長くなった。色もよく似合ってるよ」

わたしは思わずうなじの髪に手をやった。髪は顎のあたりまで伸びて、冬のあいだにゴールドのハイライトを入れたのだ。まえより女っぽくなって、ジョーダンは気に入ってくれている。

チップはスマートフォンをとりだすと、「カメラに向かって笑って」といってシャッターボタンを押した。「とってもきれいだ」

顔の傷跡がチャーミングに見えるのは、インディ・ジョーンズとチップくらいのものだろう。ジョーダンの首の横にも傷があるけど、皮膚がひきつってチャーミングとはいいがたい。たいていワークシャツの襟に隠れていて、わたしがそれを見つけたのはスイス旅行中のある晩、ふたりきりのとてもすてきな夜のことだった。その傷はどうしたの？　と訊いてみたけど、彼は答えない。だからわたしは推理をした――路上で苦しい生活を送ったの？　それとも酔っぱらって喧嘩をした？　でなきゃ別れた彼女に襲われたとか？　ジョーダンは最後の推理には声をあげて笑ったものの、結局答えは教えてくれなかった。

レベッカがわたしの横にやってきて、「どうしたんですか？　この方はどなたですか？」と訊いた。

「チッペンデール・クーパーよ」メレディスが、名前だけで十分だろうという顔つきで答える。

レベッカが目をまんまるにした。「あの、食えないシ――」

「チップよ」と、わたし。「彼のことはみんな、チップって呼んでるわ」

「ずいぶん度胸がある人ですね」レベッカはポニーテールを肩からはらうと、まるで自分がチップから捨てられたかのような、射るような目で彼を見た。

チップはすぐにレベッカの写真を一枚とると、ドアのほうに首をふった。

「ちょっと外で話せないか？」

「話すことなんか何もないわ」喉もとに苦いものがこみあげてくる。気をつけないと涙が出てきそうだった。なんとしてでもこらえなきゃ。チップに弱みを見せてはいけない。「悪いけどレベッカ、わたしは〈フロマジュリー・ベセット〉に帰るから、このテントの戸締まりをしてくれる？　メレディスはレベッカを手伝ってちょうだい」

わたしがドアに向かうと、チップがあわててわたしの前に出て、ドアを開いて押さえた。わたしはスカーフをきつく巻きながら、ドアのわきにいる彼の息を感じないように、彼にけっして触れないように気をつけて外に出ていく。彼のにおいをかぐのもいやだった。わたしの首を、頬をなでる彼の指先を思い出したくはない。

顔に冷たい風をうけながら、ヴィレッジ・グリーンの南へ向かう。

チップはわたしについて歩きながら、何年かまえの冬の晩、自分がどうして、なぜあんな決断をしてフランスに行ったのかをくどくど話した。そしてわたしに許してほしいと懇願する。

「おれは若かったんだよ」

「三十歳だったわ」

わたしは椅子やテーブルや段ボール箱を運ぶ人たちをよけながら、テントとテントのあいだを縫うようにして進んだ。冬祭りの警備員が、ハットの縁を指でたたいて挨拶してくれた。わたしはチップに対する怒りでいっぱいで、挨拶を返す余裕もない。あした彼にあやまらなきゃ。

「三十はまだ男の人生の形成期だよ」チップはわたしに歩調を合わせていった。

「女でもおなじよ」

「制限時間が迫っている？」

「いいかげんにして」

「子どもはほしくないのか？」

氷のグレートデンと子猫の彫刻を通りすぎる。ええ、わたしは子どもがほしいわ。ええ、もう三十代なかばよ。世間で売られている雑誌にはたいてい、三十代後半の出産リスクに関する記事がのっている。でも、わたしはそんなものは無視することに決めていた。時間などいくらでもあるし、健康だし――。ヴィレッジ・グリーンを抜けると、観光客用のアーミッシュの馬車が停まっていた。わたしはその横を通りすぎ、うしろではチップが歩きながら腕をのばして馬の鼻づらをなでた。

「どうしたんだよ、シャーロット。なんでそんなに怒ってる?」

わたしは〈カントリー・キッチン〉の前で立ち止まった。窓から見ると、赤いベンチシートのボックス席は全部うまっているようだ。

「冗談もほどほどにして」わたしがいうと、チップは裁判官に無実を訴える被告人のように両手を広げ、「そんなつもりはないよ」といった。

「あなたと話すことなんか何もないわ」

「おれはきみに愛しているといいたくて帰ってきたんだよ」

「帰ってきた? ここはあなたの故郷じゃないわ。あなたはプロヴィデンスを捨てたのよ。親族はみんな町を出たでしょ? もう縁は切れたの。どうぞフランスにお帰りください」

彼は首をすくめた。「おれにとって、フランスに大切なものは何ひとつないから」

「この町でもおなじでしょ」わたしは胸の前で腕を組んだ。弱腰になってはいけない。

チップはカメラレンズのようにぱちぱちと何度もまばたきした。

「おれの計画を聞いてくれないか? どうしておれがケイトリン・クライズデールと仕事で組んだと思う?」

「さあね」

「彼女がパリのイタリー通りにあるクレープ屋に来て、これまで食べたなかでおれのつくったクレープがいちばんおいしいといったんだ」

たしかに彼のつくるクレープは雲のように軽い。わたしはカレッジを出てすぐ、彼がベッドにクレープを持ってきたときのことをいまでも覚えている。トレイには花瓶ものっていて、そこにはバラが一本さしてあった。でも、これは本筋とは関係ない。彼はわたしのもとを去ったのだ。それも深夜に。そこまでしても許されると思うなんて、ムシがよすぎるというものだ。

わたしは湧きあがる感情を抑え、通りを横断しようとした。するとチップがわたしの腕をつかみ、わたしはその手をふりはらうと、彼をにらみつけた。

「頼むから、おれの話を聞いてくれよ」彼は両腕を大きく広げた。その目は心から懇願しているようで、わたしはほんのちょっぴり好奇心をそそられた。もちろん、彼を受けいれたわけではない。

「三十秒だけよ」

〈イグルー・アイスクリーム・パーラー〉のオーナーが近づいてきて、わたしに目で「大丈夫か？」と尋ね、わたしがひとつうなずくと、そのまま歩き去った。

「ケイトリンが地元でやりたいビジネスがあるといってね」チップはさも考えこんだように、首のうしろで両手を組んだ。

わたしはいつのまにか、右足のつま先で地面をとんとんたたいていた。それに気づいて、心のなかで苦笑する。ほら話や自慢話を聞いているとき、祖母がこれとおなじことをするのだ。嘘をついて成功した人なんかいやしませんよ、と祖母はいう。

「ケイトリンは――」チップはつづけた。「おれが養蜂場をやって一年くらいしたら資金援助してくれるっていうんだよ。それでレストランを開業できる」

「あなたのレストラン?」

「うん、もちろん。ずっと夢見てきたクレープ・レストラン、〝チップのクレープリー〟さ」空に絵筆で色をぬるように、大きく腕をふる。「すごいだろ?」

「フランスじゃレストランは開けないってこと?」

「ケイトリンがここ、プロヴィデンスでやりたいっていうからさ。だからおれは帰ってきた。ここに骨を埋めるよ。もちろん、町の中心部では開店しない。賃料がばか高いからね。それより町の北側で、できるだけ人通りの多いところをさがすつもりだ」

全身がこわばった。いやな思い出は捨てさり、新しい人生を歩んでいきたい。もと婚約者に近所を歩きまわられ、わたしとジョーダンの姿を見られるなんてとんでもないわ。頭がずきずきしはじめた。こんな仕打ちを受けるほど、わたしはひどいことをしたのかしら?

「あなたは養蜂のことを何も知らないでしょ?」わたしは訊かないわけにはいかなかった。噂がほんとうでケイトリンが牧場を養蜂場に転換する場合、チップの話を聞くかぎり、そこを運営するのは彼なのだ。でも、それはとても考えにくい。「あなたは蜘蛛とか蟻とか、小さな生き物を毛嫌いしてたじゃない。そんな人が防護服を着て蜜蜂を育てるの?」

「これでも勉強してね。蜜蜂はとてもおとなしいんだよ」

「信じられないわ」つい声が大きくなる。「刺されたらどうするの?」

「おれはアレルギー体質じゃないから」

「とんでもない人ね」

「だけどステキ、とか？」彼は手をのばしてわたしに触れ、わたしは身を引いた。

「さあ、チップ、ここでお別れよ」

頭が混乱し、心は動揺していた。道を渡り、〈フロマジュリー・ベセット〉の入口をあけたときも、チップの視線を感じた。でもけっしてふりかえらない。わたしは自分の意志の強さを誇りに思った。

*

「やあ《シェリ》、お帰り」祖父がチーズ・カウンターの向こうで、ネイビーブルーの上着の前をいじりながらいった。ふくらんだお腹の上で、ボタンをかけるのは容易じゃない。おじいちゃん《ペペール》はすぐにあきらめて、ふわふわの羽根のような白髪頭を掻いた。「まあいいか。ボタンをかけないと凍死するほどの寒さじゃない。ほら、お客さんのいない暇なうちにすませてしまおう」店の奥にあるキッチンに腕をふる。「そろそろ三時だ。テントへ持っていく品物を確認せんとな」

「うん、わかった」わたしは商品の展示を微調整しながら店内を進んだ。棚に並ぶジャムの瓶や高級ビネガーのラベルをきちんと正面に向け、五つほど置いてある古びた樽の上のチーズ――帽子箱タイプの容器に入れたものや、赤いワックスを掛けた丸玉のチーズの位置を調整する。大理石の試食カウンターの前に置いたラダーバックの椅子をもう少しきちんと並べ、チーズ・カウンターの表面ガラスにあった小さな曇りをセーターの肘でこすりとる。わたしがこの店で働くようになったとき、祖父からいわれた言葉はいまでも忘れない——お客さまの目には、店内のあらゆるものがアートに見えなくてはいけない。

キッチンに入るまえ、わたしはもう一度店内を見回した。トスカーナ・ゴールドの壁が硬材の床によく合い、アーチ道へ、その先のワイン別館《アネックス》へといざなってくれる。マシューとふたりで考えたインテリアは、一点をのぞき、まあまあ満足のいく仕上がりになっていた。一点というのは、地下におりる扉を隠している分厚いビニールのカーテンだ。でも、これはこれで致し方ない。地下の改装作業中、扉が多少開いていても、このカーテンのおかげで埃がショップに侵入してこない。現在は基礎工事が終了し、つぎの段階の職人さんが来るのを待っているところだ。

「こんなもんでいいかな」祖父は床に置いた二ガロンのクーラーボックスをあけた。「ほかに何かあるか？　〝ル・プティ・フロマジュリー〟には遅れずに行かんと、おまえに叱られる」

「ええ、叱りますよ」

祖父は目を輝かせ、「カマンベールのエメラルド・アイルズとサモラーノ、ルージュ・エ・ノワールは多めにしたんだが」という。

「文句なしだわ」

「それから、おまえにいわれたように、試食カウンターにはツー・プラグ・ニッケルズ牧場のクリームチーズを皿に盛って置いておいた」この牧場は町の北側にあり、とりわけラベンダー・ゴートチーズが絶品だけれど、最近はクリームチーズもつくっていて、これがまた絹のようにしなやかでなめらかだ。「唐辛子のピクルスソースの瓶を添えておいた。相性が抜群だからな。だろ《ノン》？」

「おっしゃるとおり《アブソルマン》」うちのお客さんには試食カウンターでいろんなチーズを、それもできれば未知のものを味わってもらいたいと思い、そのひとつの習作がクリームチーズと唐辛子ソースの組み合わせだった。クラッカーにチーズをぬってソースをたらし、パリッとかじると……至福のひと時が訪れる。

「テントにはこれも持っていってくれる？」わたしは祖父にシルバーのチーズナイフ（スプレッダーだ）が入った箱をいくつか渡した。こちらもお客さんには人気の商品なのだ。「テントにいるあいだ、鋸歯ナイフが足りているかどうかも確認してほしいんだけど？」

「はいはい《メ・ウィ》」

わたしは祖父のシャツの襟をととのえ、両頬にキスをした。

祖父が出ていくのと入れ替わりにレベッカがもどってきた。それからお客さんが何人か。レベッカはお客さんの相手をする合間合間にチップのことを訊いてきた。どうして町にいるのか、彼に対するわたしの気持ちはどうか、そもそも彼は……。わたしはうんざりして、仕事に集中しなさい、とレベッカに注意した。

三十分後、お客さんはいなくなり、レベッカはキッチンわきの準備カウンターにいるわたしのところにやってくると、わざとらしく咳をした。わたしは彼女を無視し、リーダークランツを一センチ角に切っていった。これはとても香りの強いチーズで、市場から消えかかっていたところをウィスコンシンで生き返った。そしてわたしはこのまえ思いついた少しめずらしい組み合わせを実践してみようと、いま陶器の大皿（青い帯が美しい）にライスヌードルを盛り、その周囲にカシューナッツを散らしたところだ。

「あの……シャーロット」レベッカが遠慮がちにいい、わたしは「だめよ」とつっぱねた。ヌードルの山の上に、ドライ・アプリコットをひとつかみ、ぱらぱらとこぼす。

「チップのことじゃないんです」

「だったら何？」

レベッカの頰がゆるんだ。口に指を当ててこらえても、笑みは広がる。

「じつは今夜、イポがうちに来るんです。それでさっき、お勧めのチーズを訊いたんですよ」うれしくて、いまにも踊りだしそうだ。「そしてたぶん……しちゃうんです」

わたしはあきれた。

「あ、勘違いしないでくださいね。たぶん、キスするっていう意味です」色白のレベッカの首から頰が、ほんのり赤くなる。とはいえすぐに真顔になって、「怖いんです。キスを嫌いになったらどうしようって」といった。

レベッカはまだ、男の人とキスをしたことがない。アーミッシュとして生まれ、男性とはつねに距離を置いて育てられてきたからだ。十三歳のときに痩せて背の高い男の子のことを好きになったものの、手をつなぐのが限度だった。それすら結婚まえにしてはならじと禁止する教派もある。

　わたしはレベッカの肩に手を当て、「大丈夫よ、心配しないで」といった。

「だといいんですけど……」わたしがつくっていた盛り合わせに目をやる。「すてきですね。リーダークランツのほかには、どんなチーズを組み合わせるんですか？」

　何カ月かまえ、わたしはチーズ関係のカンファレンスに参加していくつかセミナーを受講し、さまざまな盛りつけ《プレーティング》パターンを見てまわった。チーズは味や質感が多種多様な半面、色はおしなべて淡く一様だ。そこで色とりどりのフルーツやナッツ、オリーヴ、ピクルス、ときには肉類を添えて盛りつけを明るくし、試食を楽しく演出するのだ。

「ほかにはヤーグ・コーニシュと、ブルーチーズの吠える四十度《ロアリング・フォーティーズ》よ」

「ヤーグはいいですよねえ……。このチーズを開発したグレイ《Gray》夫妻の名前を逆にしてヤーグ《Yarg》って命名したらしいですよ。あ、すみません、この話はシャーロットから教わったんでしたね。イラクサの香りが独特で、とってもいい。ロアリング・フォーティーズも、一度食べたら忘れられません」

　玄関の呼び鈴がちりんちりんと鳴って、アルロ・マクミランが入ってきた。ひょろっとした細身のからだに着ているコートはだぶだぶで、サイズがふたつほど大きく見える。

「おはよう、アルロ」

　わたしが挨拶すると、彼はとろんとした目でレベッカとわたしを見てから小さく会釈した。

そして手づくりのラズベリー・ジャムを置いた樽のほうへ行く。毎週、アルロはうちのショップに顔を出すのだけれど、知り合ってから長いというのに、彼がチーズを買ったのはせいぜい三度で、それもプロヴォローネに限った。ほかのチーズも試してみたら、と提案しても、どうやら彼にはこだわりがあるらしい。

アルロにつづいて、観光客らしい子ども連れの男女が入ってきた。みんな厚手のコートに身をつつみ、わいわいおしゃべりしている。そしてカウンターまでやってくると、父親とおぼしき男性がわたしの背後にある黒板を読みはじめた。ツアーガイドたちの勧めもあって、うちでは手づくりのサンドイッチも提供している。といっても数に限りはあって、なくなればそこでもうおしまいだ。

「わたしはコリアーのウェルシュ・チェダーと、ターキーと、クランベリー・クロワッサンがいいわ」女性が男性にいった。「子どもたちにはアメリカン・チーズとサラミのサンドイッチ。それからあのブルーチーズも」ロアリング・フォーティーズを指さす。「今夜のサラダにいいかも」

オーダーされたものをわたしがショップ特製のペーパー（外側はワックスコーティング、内側はビニール）でつつんでいると、玄関がまたあいた。

「シャーロット！」あの声はティアン・テイラーだ。玄関のラグでテニスシューズの泥を落とし、家族づれの横を通って足早にカウンターまでやってくる。ふっくらしたかわいい頬には黒いマスカラが流れおち、からだにぴったりしたシナモン・カラーのジョギングスーツにすら黒い染みがつくほどだった。ティアンは努力の甲斐あってよぶんな体重がおち、いままでは健康雑誌がいうところの〝引き締まったいいからだ〟になっている。

「あのね、シャーロット……主人がうちを出ていくのよ」ティアンはいつものようにゆっくりと話した。「テオがわたしと子どもたちを捨てて出ていくの」

「えっ？」わたしは精一杯声を抑えた。お客さんがいる店内で離婚話をするのは気が進まないけれど、かといって友人を放っておくわけにはいかない。サンドイッチの包みにショップのゴールドのシールをして、ロアリング・フォーティーズといっしょに持ち手がある袋に入れ、レベッカに渡す。「お会計をお願いね」

「いますぐは無理みたいですよ。お父さんのほうがアルロとうまがあったらしくて」レベッカがそちらに親指をふった。

たしかに、男性とアルロが樽を前に、旧友さながら楽しげに語らっている。樽にはカマンベールとゴートチーズ数種、サワー種クラッカー、ペストの瓶。その光景にわたしはかなり驚いた。アルロは人づきあいが嫌い、人間嫌いだと思っていたからだ。

「わたしがお支払いをするわ」女性のほうがレベッカにいった。

そこでわたしはティアンを壁ぎわまで連れていった。

お客さんに聞こえない場所に来たところで、ティアンが「女性問題なの」と話しはじめた。背筋をのばし、険しい顔つきになる。「でもね、わたしは負けないわ。絶対に。テオはわたしには必要ない人なの。わたしたちには必要ないのよ。それで……このショップで人を募集していたでしょ?」いったん言葉をきって、下唇を噛む。強がりが消えていった。「だから来てみたの。わたし……じゃだめかしら? ニューオーリンズにいたときは、食料雑貨のマーケティングやコンピュータ処理をやっていたのよ。それからあんなことがあって……」言葉がつづかず、肩が小刻みに震えはじめる。彼女の人生はハリケーン・カトリーナによって大きく変わった。深刻な被害をうけたニューオーリンズでなんとか生活を立て直そうとしたものの、結局うまくいかず、夫は叔父の保険業をうけつぐことにして、家族全員でプロヴィデンスに引っ越してきた。妻への相談もない、夫ひとりの決断だった。

わたしはティアンのからだに両手をまわし、「だめじゃないわよ」といった。むしろ彼女ならありがたいくらいだ。逆境に強いし、なんといっても善良な市民の見本のような人だった。

「ああ、シャーロット、ありがとう。ほんとうにありがとう」ティアンは大きく息を吐いた。「よくある話だとは思うの。相手はアシスタントの女の子よ……。わたしのどこがいけなかったのかしら。ダイエットをして、髪の色も彼好みにして」きれいなメッシュが入った髪をふる。「わたしの気持ちが足りなかったのかしら?」

「あなたのせいじゃないわよ」わたしは彼女の腕を握った。「世のなかにはどうしようもないことだってたくさんあると思うわ」

わたしがそれに気づいたのはいつだったか? たぶん、チップがわたしの前から消えたとき。わたしは彼にすべてを捧げていた。そして結局、自分の力ではどうしようもないことがあると知ったのだ。

「いつから働けばいい？」と、ティアンがいい、

「いまこの瞬間から」と、わたしは答えた。「ボズがね、卒業をひかえて心ここにあらずなの」

「でもまだ二月よ」

「三年生は大学が決まると浮き足立つものじゃない？」当初、わたしはボズに〈フロマジュリー・ベセット〉のウェブサイトの設計・管理だけ頼んでいたのだけど、この二年で、彼はかけがえのないスタッフになっていた。チーズのこともマーケティングのことも、じつによく学び、吸収してくれた。

「ボズの学校はどこに決まったの？」

「プロヴィデンス・リベラルアーツ・カレッジよ」

略してPLACは、プロヴィデンス初の大学で、今秋、最初の一年生が入学する。友人のメレディスが先頭に立って尽力し、廃屋だったジーグラー・ワイナリーがカレッジとして復活したのだ。ボズは大学生になってもうちでアルバイトをしたいけど、勤務時間は減らしてもらえないかといってきた。わたしとしては、ボズの顔を見る時間が減るのはさびしい。

「レベッカ！」わたしは早速仕事を頼むことにした。「ティアンにチーズ・カウンターとキッチンの仕事を説明してくれる？　それがすんだら、わたしからウェブサイトやニューズレターについて話すわ。〈フロマジュリー・ベセット〉ではね、ティアン、みんながあれもこ

れも何でもやらなきゃいけないの」

「じゃあそのまえに、ちょっと失礼していい？」

「もちろん。場所はわかってるわよね？」

ティアンは店の奥に向かった。

そこへ、プルーデンスがやってきた。ダークグレーのコートを着て、気分もダークグレーなのか、いかにも不機嫌そうだ。

「創立記念日でも冬祭りでもなんでもいいけど、いいかげんやめてほしいわね」『オズの魔法使い』の東の魔女さながら不満をもらすプルーデンスに、

「冬祭りはまだ始まっていないわよ」と、わたしはあえていってみた。

「どっちみちおなじよ。町がむちゃくちゃになるわ。いたるところにゴミが散らかって、人間のクズもいっぱいで」こういう人を見下した言い方は、プルーデンスの決まり文句のようなものだった。彼女はアルロのところへ行くと――さっきのお客さんはもういない――肘で彼をつついた。「ねえ、そう思わない？」

プルーデンスとおなじく、アルロもプロヴィデンスに最初に入植した人びとの子孫だった。でもだからといって、アルロが彼女に愛想よくする必要はない。彼は何やらぶつぶついうと、コートの前をかきあわせてプルーデンスから離れていった。彼女はわざとらしく咳払いをひとつ。

「ところであなた」と、プルーデンスはわたしにいった。「カウボーイハットをかぶって、

あちこち跳ね回っている女の人を見かけなかった？　町を変えてみせるって豪語してるらしいじゃないの。いったい何者なのよ？」

「プルーデンスは彼女を知らないの？」

「知るわけないわ」

噂をすればなんとやらで、ケイトリン・クライズデールがあらわれた。

「プルーデンスったら、わたしのことを覚えていないの？」満面の笑み。「わたしよ、ケイトリンよ。ケイティ・C」

「えっ？」プルーデンスは目を細め、信じられないといったようにケイトリンをまじまじと見た。「まさか……」

「ほんもののケイトリンよ」爪の先でハットの縁をなでる。「体重はいくらか減ったし、年をとって皺は増えたけど。わたしはあなたがデートしたケントの姉よ」

プルーデンスは考えこんだ顔つきになった。彼女に結婚歴はない。男性と財産を共有するなんて論外！　というほどお金にこまかいことでも知られる。そんな彼女の心を射止めた男性が、この惑星にいたということ？

プルーデンスはケイトリンのもとに駆けよると彼女の両腕をつかみ、「ケントはどうしてるの？」と訊いた。

「結婚して、四人の子どもの父親よ。カルフォルニアに住んでるわ。あなたに会ってきてくれって頼まれたの。聞いた話だと、あなたはプロヴィデンス歴史博物館を任されているそうね」

「ええ」

「わたしの仕事は、そういう施設の改築・改装なのよ」

プルーデンスの目が輝いた。

「いずれゆっくり話しましょう、プルーデンス」ケイトリンは自分の腕をつかんだプルーデンスの手をほどくと、カウンターに向かった。

すると、帰りかけていたアルロとぶつかり、アルロはこれ以上ないほど、不愉快きわまりないといった顔をした。

彼が外に出て、玄関扉が閉まる直前に、祖母が軽やかな足どりで入ってきた。コートは手づくりのパッチワークで、フードをぬぐと、片手でショートヘアを軽くととのえる。

「あら、ケイトリン――」祖母は彼女に声をかけてから、わたしの視線に気づき、足を止めた。皺の刻まれた顔にとまどいが見える。わたしの目の色から、ケイトリンが衝撃的な話をしたことを察したのだろう。祖母は、あとで話しましょうね、というように指を一本立て、わたしは心配しなくていいわよという代わりに投げキスをした。

祖母はケイトリンのところに行くと、彼女の腕に自分の腕をからめた。

「シャーロット、こちらはわたしの大事な、大事な友人のケイトリンよ」

大事な、大事な……。それはいつから？

「ずいぶん古いつきあいだわ」と、祖母はいった。「ケイトリンはね、おまえのお母さんの幼なじみなのよ。ふたりともよく遊んだわね？」

「ええ、木登りが大好きで」

「ほんと《ゥ》に《ィ》」祖母はケイトリンの腕をなでた。「みんなしょっちゅう膝をすりむいてね」

となりでプルーデンスがわざとらしいため息をつき、いらついた目で祖母を見た。

「そういえばシャーロット――」祖母はつづけた。「ケイトリンのドゥ・グッダーズがプロ
ヴィデンス劇場に投資してくれることになったのよ」

プルーデンスが息をのむのがわかった。

祖母は百五十五センチの身長で精一杯胸を張り、プルーデンスに話しかけた。

「あの建物は歴史的価値が高いのよ、プルーデンス」祖母はちっぽけな、でも愛すべきわれ
らが町の町長であると同時に、プロヴィデンス劇場の責任者でもあった。五年まえ、ボック
ス席の新設を訴え、なんとか資金調達できたものの、建物自体が古いのはどうしようもない。

壁はあちこちひび割れ、土台は歳月の重みにかろうじて耐えて、電気配線はトラブルつづき
だ。「大改造になるわね」祖母はうれしそうにいった。「新しい劇場のこけら落としは、そう
ねえ……」はたと思いついたように指を一本立てる。「ミュージカルの《シカゴ》がいいわ」

「あら、正統派すぎない？」祖母が選ぶ出し物は、ひねったものが多いのだ。

「正統派を正統にやるのが、何より突拍子もなかったりして」祖母はにっこりした。

「博物館のことも忘れないでね」横からプルーデンスがいった。

「心配いらないわ、どちらもちゃんとやるから」ケイトリンは満面の笑みを浮かべる。「わ

たしが目指しているのは――」携帯電話が鳴った。「ちょっと失礼」バッグから電話をとりだして応答。話を聞いているうち、顔から笑みが消え、目つきが鋭くなった。電話と口に手を当ててはいたものの、声はもれてくる――「よく聞きなさい。それは絶対にだめ。わかった？　でないと、ただじゃすまないわよ」そこで電話をきり、バッグにもどす。そしてたちまち、笑顔がもどった。「どこまで話したかしら？　そうそう、ドゥ・グッダーズはね、みなさんを救いに来たのよ」

3

「シャーロットおばちゃん！」エイミーが目を輝かせ、二階建てのわが家の階段を駆けおりてきた。

エイミーとクレアのふたごの姉妹は、正確にはわたしの姪ではない。ふたりはマシューの子どもで、マシューとわたしはいとこの関係だからだ。とはいっても、ふたごが生まれてからずっと、わたしは〝姪〟と呼び、そのうちふたごはわたしを〝おばちゃん〟と呼ぶようになった。

「わおっ！」エイミーが階段の最後の一段を飛び、そのまま片足で床をすべるようにしてわたしのところへ来た。わたしはロケットにリードをつけるのにてこずっているところだった。ロケットというのはブリアード種の子犬で、ふたごの母親のシルヴィが心優しくもアニマル・レスキューからひきとり、わが家に押しつけ、結局、わたしが世話をしている。ロケットは大きな頭をすばしっこく動かすものだから、リードをつけるのもひと仕事だ。するとロケットが、大きな声でウワンと吠えた。

「お願いだからじっとしてちょうだい」

見ればわたしの愛猫、ラグドール種のラグズがこちらへ歩いてやってくる。そしてカマンベールの空き箱を前脚ではじきとばし、空き箱はアイスホッケーのパックのごとく床をすべってロケットのほうへ――。ロケットはうしろに飛びのくと、また吠えた。ラグズはシャーッと息を吐いて威嚇する。ロケットは背をまるめてうずくまり、小さなうなり声をあげた。わたしはあきれて苦笑い。

「おすわり、ロケット！」ぴしゃりといったつもりだけれど、声に威厳がないのは自他ともに認めるところだ。案の定、ロケットはわたしを無視。わたしはもう一度、声に力をこめて「おすわり！」といってみた。ラグズは勝利のあくびをして、すたすたといなくなる。「さあ、ロケット、おすわりしないと夜の散歩に行けないわよ」すると言葉が通じたのか、ロケットはしぶしぶいわれたとおりにおすわりして、わたしはリードをつけた。

「似合ってる？」エイミーがセーターの裾を引っぱって訊いた。青と黄色の水玉模様で、下はカプリパンツだ。

「似合ってるわよ」わたしは自分のパーカーのジッパーを締め、スカーフを首に巻いた。

「でもそんなに気にしなくていいわよ。きょうはリハーサルなんでしょ？」

ふたごのほかに同級生の女子十人が、「冬のワンダーランド合唱団」に選ばれたのだ。〝リサイタルホール〟はヴィレッジ・グリーンの中心部、願い井戸と時計塔の近くに張られたテントで、歌の集いは土曜の夜の催しでも、いちばんのハイライトとなる。

エイミーが照れた笑みを浮かべた。「だって……」

「好きな男の子がいるのよ」クレアが階段の踊り場からいった。「その子がきょう冬祭りに来るの」クレアは本を一冊、脇にはさんで、いつものように用心しいしい階段をおりてくる。それでも一階にたどりつくと、ふたごの相方に負けず劣らず元気いっぱいだ。前髪にひゅーっと息を吹きかけ、花柄のセーターの皺をのばす。

「だれが好きなの?」わたしは首をかしげて訊いた。

「トマス・テイラーでーす!」と、クレア。

エイミーがクレアをぱちっとたたく。「いわないでって頼んだでしょ」

「お父さんには内緒っていわれただけよ」クレアはくすっと笑うと、小さなポニーテールをいじった。「シャーロットおばちゃんにいっちゃダメなんて聞いてないわ」

「トマスは知ってるの?」わたしは内心驚いていた。トマスはシャイな男の子だから、どちらかというとクレアのほうがお似合いに見える。

エイミーは首を横にふった。「男子って、みんな鈍いもん」

「どうしてきょう会場に来るの? 冬祭りはまだ正式には始まっていないわ」

「トマスのお父さんが氷の彫刻をつくってるから。騎士を乗せた馬の彫刻よ」

そうか、あの彫刻か……。わたしは少なからずショックだった。ああいうみごとな彫刻をつくったのが、もうじきティアンのもと夫となる人だったなんて。

「きょうのエイミーはとってもすてきよ。トマスは気後れして、話しかけられないかも」

「エイミーは〝トミー〟って呼んでるわ」と、クレア。

エイミーは顔を真っ赤にして、「お父さんが車で待ってるよ」と、クレアをつついた。

「ちょっと待って。ジャケットとお弁当を忘れないでね」わたしは玄関の横のベンチから茶色の紙袋ふたつをとりあげた。それぞれ名前を書いて区別してある。

「焼きチーズは入れてくれた？」エイミーがコートラックから青いジャケットをとりながら訊き、わたしはうなずいた。

「エイミーのお弁当には、キュウリのピクルスとスイス・チーズとプロシュットを入れておいたわ」そしてクレアをふりむく。クレアは海緑色のジャケットに腕を通しているところだ。

「あなたのにはサラミとレッドウッド・ヒルのゴートチーズと、グルテンフリーのパンね」最近、グルテンフリーのパンのすばらしいレシピを見つけ、それを焼いてスライスして、冷凍しておいた。「冷めにくいように、アルミホイルで包んだからね」といいそえたものの、たぶんどうでもいいことだろう。ふたりは冷たいピザがお好みなのだ。

娘たちは元気よくありがとうといって、玄関から飛びだした。

「行ってきまーす。ヨガ教室、がんばってね！」と、エイミー。

わたしはロケットのリードを手にとり、「さ、行こうか」と、やさしく引っぱった。

するとラグズが猛スピードで走ってきて、野良猫のような悲しげな声をあげた。自分も連れていってくれとせがんでいるのだ。かつて襲われたことが原因で、数カ月まえまでは外出嫌いだったのに、ロケットといっしょなら外に出るのをこわがらなくなった。たぶん、何かあっても守ってもらえると思っているのだろう。

「仕方ないわねえ」わたしは彼のふさふさの毛の上から、飾りのいっぱいついた首輪ひもをかけ、大きさがちがう左右の耳のあいだをなでた。そうして二匹とひとりは、月のない夜の冷気のなかに出ていった。

きのう降りつもった雪はなかば解け、街灯に照らされきらめいている。わが家のとなりにはロイス夫婦が営む朝食つき宿泊施設《B&B》〈ラベンダー&レース〉があるのだけど、なぜかバートン・バレルが梯子《はしご》をかけて仕事をしていた。どうやら、壁の白い格子細工に釘を打って、修理しているらしい。でも、バートンはそもそも牧場主だし、時間的にも遅い。それに建物まわりの仕事は、いつもロイスのご主人がやっているのだ。バートンの大きな鼻には汗が浮き、わたしはこんにちはと声をかけたけど、返事はなかった。

玄関の網戸が開いてロイスがあらわれた。寒風に吹きとばされそうな弱々しい印象で、トレイをポーチまで運んでいく。足もとでちょこちょこ動く綿毛のかたまりはシーズー犬のアガサで、ひと声小さくキャンと鳴いた。そしてロイスがわたしに気づく。

「あら、シャーロット。いっしょにいかが？」ロイスは籐のテーブルに、お茶のセットをのせたトレイを置いた。

「ううん、お邪魔しちゃ悪いもの」と、わたしは答えた。ロイス夫婦は毎晩、行き交う人をながめながら外で紅茶を飲むのを習慣とし、雨でも雪でもこれに変わりはない。

「邪魔なんてとんでもない」ロイスはきゃしゃな手をふってわたしを招いた。「主人はホッケーの試合を観に行ったのよ」

わたしはB&Bに向かった。四本足のお仲間はわたしの行くところには素直についてくる。だんだんいい香りがしてきて、あれはたぶんナツメグ入りのスコーンだろう、と思うと口のなかがじわっと湿り——。

ロイスはいろんな風味のスコーンをつくっていた。笑顔で身をかがめ、わたしの連れに挨拶する——「こんにちは。あなたたちのおやつもあるわよ」早足で家に入り、すぐにまた出てきた。手には骨の形をした犬用のビスケットと、ひと口サイズのツナの猫用おやつがひとつかみ。ラグズとロケットは、急にお行儀よくなった。

「バレルさん、ひと休みしましょう」

ロイスが声をかけると、バートン・バレルは梯子をおりて、ポーチの階段をあがってきた。最後に会ったときより痩せて見え、少しむさくるしい印象だ。口ひげをはやしているのだけど、悩みごとでもあるのか、どこか自信なさげに見える。彼は牧場経営のかたわら、プロヴィデンス劇場の中心的役者として活躍してもいた。演技が大げさなことで知られ、ときには街角に立ってシェイクスピアの作品の一節を朗読したりもする。ひょっとして経済的に苦しく、修理のアルバイトをしているとか？　彼の牧場はイポの養蜂場のとなりだから、ケイトリンの買収工作にあっているかもしれない。

ロイスはアビランドのモスローズのティーポットから紅茶をつぐと、角砂糖をひとつ添えてバートンの前に置いた。

バートンは紅茶にふうっと息を吹きかけ、ふた口ほど飲んでから小さな声で「ありがとう」といった。

「あら、シャーロットには何もいわないの？」と、ロイス。

「久しぶりだな、シャーロット」バートンはなんとか聞きとれる程度にいった。去年は前歯に隙間があって、話すときにそこから息が抜けていたけど、どうやら治療をしたらしい。でもそれとはべつに、なんとなく引っかかるものがあった。わたしを見る目に棘《とげ》があるような気がするのだ。

バートンは仕事にもどり、梯子をのぼっていく。本業以外の仕事をしているのを見られてばつが悪かったのかもしれない……。

「なかに入りましょうか。ずいぶん寒いわ」ロイスがいった。「子犬と猫は、うちのアガサといっしょに外に置いておく？」玄関を開いてわたしに尋ねる。

「できれば家に入れてもらえるかしら？　玄関口でいいわ。ロケットはまだ子どもで、どこに行くかわからないから」

「ええ、いいわよ」

わたしはロケットとラグズを連れてなかに入り、おすわりをさせた。アガサは二匹の前を見張り番のように行ったり来たりする。

ロイスについて談話室に入ると、一気に暖かい空気に迎えられた。わたしには暑すぎるくらいだけれど、ロイスの長年の経験に基づけば、宿泊客にはこれくらいがいいらしい。部屋は狩猟小屋ふうで、壁一面にウィンタースポーツの装備や記念品が飾られている。そして春になれば、かんじき、スキー、アイスホッケーのスティックやパック、スラロームの旗ははずされて、代わりに花飾りやホームズ郡の美しい写真が壁を彩るのだ。ロイスは季節を感じさせる飾りつけを自慢にしていた――これがあるからお客さんに、ほかのB&Bにはないひとときを味わってもらえるのよ。

暖炉では薪がはじけ、わたしは肘掛けのあるゆったりした椅子のひとつに腰をおろすと、静かに大きく息を吸いこんだ。ロイスはおそらく、暖炉の薪にシナモン・スティックをまぜたのだろう。部屋にはかすかに鼻をつく、心地よい香りが満ちていた。

ロイスは弱いほうの目につけたアイパッチの位置を調整した（手づくりのきれいなアイパッチは流行の先端をいくものだと考えたらしい）。わたしの向かいの椅子に腰をおろすと、ラベンダー色のブランケットをラベンダー色のスエットスーツの膝にかけた。

「エインズリーはね――」と、ロイスは話しはじめた。エインズリーというのは、ロイスのご主人の名前だ。「ホッケー・ファンなのよ。ずいぶん昔、選手だったから。それもエースよ。つぎの誕生日には、彼のスティックをブロンズ加工しようかと思ってるの。もちろん内緒よ、彼にはいわないでね」ロイスは壁に飾ったアイスホッケーのスティックを指さした。グリップに赤いストライプが三本入っている。「びっくりさせたいの」

「驚かすのは楽しいからね」玄関ホールから男性の声がした。

あれはロイスのご主人の声ではない。そこにいたのはチップ……。

彼はアーチ形の戸口に立ってこちらをながめ、わたしは心のなかでうめいた。彼がうちのとなりのB&Bに泊まっている可能性をどうして考えなかったのだろう？　チップはわたしから視線をそらさず、自信満々の足どりで入ってきた。

すぐに顔をそむけなさい、シャーロット！　わたしは自分をせかした。

「そういえば」チップが壁の飾りを見ていった。「きみがはじめて観戦しに来たホッケーの試合のことを覚えているかい、シャーロット？　あの日は最高だったなあ」チップは腕をふって、シュートする真似をした。

わたしが忘れるはずがない。チップはハットトリック——三得点をあげたのだ。うちの高校の応援団は大いにもりあがり、女子は彼に夢中になった。でも彼は、当時科学実験の相棒だったわたしをこっそりムスタングに乗せてくれた。そして翌日、教会の鐘を聞きながらわたしたちはドライブし、とてもしあわせなふたりきりの時間を過ごしたのだ。

「覚えてるかい？」チップはくりかえした。

ええ、忘れないわ。わたしにとってはファーストキスの思い出でもあり……。そういえばレベッカは、はじめてのキスでしあわせな気持ちになれたかしら。

「時間がたつのは早いな」チップは時計に目をやった。「時間といえば、おれはこれからヴィレッジ・グリーンに氷の彫刻を見に行くんだが、いっしょにどうだい？」

「遠慮するわ」

「ほお。見ないと後悔するぞ、たぶん」

平気よ。おなじ過ちは二度とおかしたくないもの。

チップはアーチの戸口から出ていくと、わたしの犬と猫をなで、鼻をこすりつけた。あろうことか、ロケットはうれしそうに鳴き、ラグズは目を細める。チップは笑いながら、はずんだ足どりでポーチの階段をおりていった。

笑い声が聞こえなくなってから、ロイスがいった。

「ケイトリン・クライズデールが養蜂場を始めるって聞いた？」

「噂はね」

「ずいぶんだと思わない？　イポ・ホーのクウェイルリッジ養蜂場は太刀打ちできないわよ」

「どうして？」

「ケイトリンのことだから、最新式でやるでしょう。そうして倍の量の蜂蜜を半額の値段でつくるわよ。それがあの人のやり方だって聞いたから」

「これまでに養蜂場をやった経験があるのかしら？」

「牛の牧場に山羊の牧場、それからワイナリーに、ほかにもいろいろやったみたいよ」ロイスは小さく何度もうなずいた。「あの人がここに泊まったときに、そう話しているのを聞いたから。いつでも最新式にしておきたいらしいわ。時代後れじゃいやみたい」

「ケイトリンはここに泊まったの？」

「ひと晩だけね。そのあと町の反対側のヴァイオレットの宿に移ったから、せいせいしたわ」

ヴァイオレットが経営する〈ヴィクトリアナ・イン〉は商売敵《がたき》だから、ロイスはときに辛辣な言い方をした。あちらはロイスのB&Bに比べてあまり家庭的ではなく、料金もかなり高い。といっても、女性のマッサージ師や美容師がいたり、ほかにはない魅力もあった。

「あの人は信用できないわ」と、ロイス。

「ヴァイオレットのこと？」

「いいえ、ケイトリン・クライズデールよ。あの人のことは昔から知っているの。プロヴィデンスはケイトリンにひっかきまわされるかもしれないわ」ロイスはケイトリンより少なくとも五歳は年上だと思う。その歳の差が、こんな台詞をいわせるのだろうか？「若いころから一筋縄ではいかない子だったわ、自分勝手で」

自己中心的な人間なら世のなかにいくらでもいるけれど、だからといって一筋縄ではいかないというのは……。

「あの人はずる賢いのよ」ロイスはそれ以上具体的にはいわなかった。

＊

〈イグルー・アイスクリーム・パーラー〉のできたてタフィーの甘い香りが階段をのぼって廊下へ、ドアへ、そして光にあふれたヨガ教室にまで漂ってくる。わたしのお腹が周囲に聞こえるほど悲痛な声をあげた。こうして〝蝶のポーズ〟ですわっていると、きまって空腹感に襲われる。理由は不明だ。派手なオレンジ色のウェアを着たフレックルズが、わたしを見てにやっとする。メレディス、デリラ、ジャッキーもだ。わたしは全員をにらみつけた。

「マットに仰向けに寝てください」プレッツェルみたいに細いインストラクターがいった。

そしてプレッツェルにはほど遠いわたしたち全員が、いわれたとおり横になる。

「両手をお尻の下に入れて、右足をあげて。ゆっくり息を吸って……吐いて……はい、今度は左足をあげて息を吸って……吐いて……」

わたしは息といっしょにチップを吐きだし、ジョーダンのことだけを考えた。すてきな笑顔に温かい手、甘い口づけ。彼はこのあと暇かしら？　電話をしたら無神経なやつと思われるかな。

「鋤のポーズをしましょう。腰をあげて、足を頭のほうにのばして……つま先を床につけて」

ジョーダンの美しい妹ジャッキーは、はじめて母親になった喜びに輝いている。ただ、産後のからだで鋤のポーズを完成させるのはむずかしく、小さなうめき声が聞こえた。そして最近ふたりめの女の子を産んだばかりのフレックルズも、おなじようにうめいていた。

ところがメレディスは、不自然な姿勢もなんのその、余裕でわたしのほうに顔を向け、「ねえ……」と話しかけてきた。彼女のからだが柔らかいのは、定期的に運動をしているからだろう。わたしも見習わなくちゃ。「イポはこれからたいへんね、クライズデール・エンタープライズと張り合うなんて」

「ほんとにね」と、フレックルズ。

ここに来る途中で、わたしはロイスから聞いた話を彼女たちに伝えた。

「法律的にはどうなの？」と、ジャッキー。

「競合会社の開業を禁止する条例はないわ」デリラは実感をこめていった。彼女の経営する〈カントリー・キッチン〉は、新しいレストランが開店するたび、常連客を奪われないようにがんばってきたからだ。

「おしゃべりはやめましょう」インストラクターが注意した。「沈黙は魂の平安につながります」

「黙っていたら、世のなかの問題は解決しないわ」わたしがささやくと、フレックルズが笑いをこらえながら「よしなさいよ」といった。

デリラが笑い、メレディスも笑う。インストラクターが怖い目でこちらを見る。

鋤のポーズに苦労しながら、ジャッキーが「式の日どりは決まったの、メレディス？」と訊いた。

「秋にしようかと思うの。そのころにはカレッジも開校しておちつくだろうから」

「秋の結婚式はいいわよねえ」フレックルズがうっとりしていった。

メレディスは結婚式のドレスをフレックルズの〈ソー・インスパイアード・キルト〉に注文していた。わたしのドレスもおなじだ。だけど秋といっても九月なのか十月なのか、あるいは十一月なのか。女性には、先をにらんだ計画というものがある。せっかく八月に三キロ痩せたのに意味がなかった、なんてことにはなりたくないから。

「デリラはルイージとどんな感じなの?」メレディスが上手に話題をかえた。ルイージ・ボズートはプロヴィデンス唯一の四つ星レストラン〈ラ・ベッラ・リストランテ〉のオーナーだ。

「いい感じよ。いまはね、焼きチーズ・サンドの新しいレシピをいっしょに考えてくれてるところ」デリラはハミングをした。食べものの話をするといつもこうだ。「チーズはヴェッラのドライジャックで、それにベーコンと赤たまねぎにシロップっていうのはどう?」

「退廃的だわ」と、メレディス。

「でしょ」デリラはにこにこしている。「ルイージはこれを〝ゴッドファーザー〟って名前にするといいっていうの。理由は……シャーロット、説明してくれる?」

「イグ・ヴェッラは、アメリカの職人チーズのゴッドファーザーだっていわれてるのよ。本人はそう呼ばれるのに抵抗があったらしいけど。ともかく、父親はローグ・クリーマリーの創設者。それに力を貸したのが、クラフト・チーズのJ・L・クラフト」

「すごいわね」メレディスが感心した。

「ルイージと話していると飽きないわ」デリラはいずれプロヴィデンスで焼きチーズのコンテストを開きたいと考えていて、オリジナリティあふれるサンドイッチをつくるのに、ルイージのアドバイスをもらいにいった。そして一週間とたたないうちに、ふたりはデートを重ねるようになったのだ。二十歳以上の年齢差があるものの、ルイージは彼女のペースに合わせられるし、ダンス好きでもある。そしてデリラは、彼のダンスのうまさなどまったく気にしていなかった。うまかろうが下手だろうが、男性の務めはともかく女性をダンスフロアに連れていくことなのだから。

「で、そちらはアーソといかが？」デリラはジャッキーに尋ねた。いまジャッキーは、なんとか格好だけは〝鋤のポーズ〟に成功。

「はい、では今度はうつぶせになってください」インストラクターがいった。

いわれたとおりにからだを回転させながら、デリラはくりかえした――「ねえ……ジャッキーさん……アーソ、とは……どう、なの？」

ジャッキーは大きく息を吸いこみ、返事をしない。人工授精で妊娠したことがわかったあと、ジャッキーはアーソとデートするようになった。アーソはこの町の警察署長で、わたしの古い友人でもある。だけどこのところ、ふたりがいっしょにいるところや、手をつないで歩くところを見ていない。まさか別れたわけじゃないわよね？　アーソもジャッキーも、とてもしあわせそうだったから。

「猫のポーズ、牛のポーズ」と、インストラクター。

わたしたちはいっせいに四つんばいになり、息を吸って背中を丸めた。「じゃあ、アーソの話はやめて――」と、デリラ。「レベッカはどこに行ったの、シャーロット？　おしゃべり禁止のヨガ教室にどうして来なかったの？」

「イポを励ましに行ったわ」

「あら、わたしはそう聞かなかったわよ」と、フレックルズ。「ふたりはきょう、愛し合うつもりだって」

「すごい……」デリラが小さく口笛をふいた。

わたしはため息。レベッカには秘密というものがないのかしら？

「それはちょっとちがうと思う」と、わたしはいった。「とりあえずファーストキスみたいだから」

メレディスもデリラもジャッキーも、あらそうなの、といってほほえんだ。

「みなさん、どうかおしゃべりはやめてください。でないと帰っていただくしかありません」インストラクターがいった。「ヨガ教室はリラックスできる環境じゃないとだめなんです」

「わたしは笑ってるだけよ」と、フレックルズ。

「笑うのもいけません」

デリラが思わず噴きだし、わたしもつい笑ってしまった。

というわけで、わたしたち五人はレッスンの途中で荷物をまとめ、教室を出た。建物のなかは、ヨガ教室に来る人たちのために静かな音楽が流れている。

「ごめんなさいね」フレックルズはそういいながらも、まだくすくす笑っていた。

「気にしないのよ」メレディスが彼女の背中をたたく。

するとデリラがジャッキーをふりむき、「ところで、アーソとはうまくいってるの？」とまた訊いた。

「とくに何も」ジャッキーはヨガ・マットを脇にはさんでいった。「すべて順調ってこと」

デリラがジャッキーと話しているそばで、メレディスがわたしの腕に触れてささやいた。

「ねえ、ジョーダンがチーズづくりを教わったっていうジェレミー・モンゴメリーって人のことだけど、あれからインターネットで調べてみたのよ」

メレディスは、ジョーダンのことをもっと知りたいというわたしの思いを感じとっているらしい。ジャッキーに目をやると、デリラのしつこい質問に答えるだけで、こちらの話は聞いていないようだ。

「それで何かわかったの？」

「ちょっと心配になったわ」

「どうして？」

メレディスは下唇を噛んでからつづけた。「その人はジョーダンが生まれるまえに亡くなってるのよ」

わたしは絶句した。ジョーダンが嘘をついたということ?

「そ、それはまちがいないの？」

メレディスが答えるまえに、ヨガ教室のドアが開いて、うちのコンピュータ担当の高校生ボズが飛びこんできた。息をはずませ、乱れた長髪を手でかきあげていう。

「ミズ・B！　メールが届きました！」

それはいつものことで、メールは一日に二百通くらいはショップに送られてくる。

「アーソ署長のメールです!」

「アーソから?」胸騒ぎがした。

「署長はあなたに……」からだをふたつに折って膝に手を当て、息をととのえる。「連絡がとれないからって」わたしのバッグを指さす。そう、ヨガのレッスン中は携帯電話の電源は切っているのだ。

「内容はレベッカのことです」ボズは自分の携帯をさしだした。

わたしはそれを受けとってメールを読み……全身が凍りついた。

レベッカの部屋で、ケイトリン・クライズデールの死体が発見されたのだ。

4

わたしは濡れた舗装路を全速力でレベッカの家へ向かった。頭のなかを勝手な思いが駆けめぐる。ケイトリンがどんな人であれ、彼女から母のことをもっと教えてもらいたかった。わたしは自分を産んでくれた母のことをほとんど知らないのだ。母の両親は事故後まもなく亡くなり、母はひとりっ子だった。数少ない友人は結婚して散り散りになって、ケイトリンはその数少ないひとりなのだ。母はどんなものを愛し、どんなものに涙し、心動かされたのか――。ケイトリンが町にいるあいだに、わたしは母についてもっと教えてもらいたかった。わたしが小さいころ、祖母《グランメール》は母についていろんなことを、知っているかぎりのことをわたしに話してくれた。でも、長年母を知っていた友人の話は、それとはまたちがうだろうと思う。その数少ない友が命を絶ったという。わたしはたとえようのない喪失感におそわれた。

レベッカが借りている赤い屋根の田舎家が見えてきた。すでに人だかりができて、うしろのほうの人は何が起きたのかを見ようとその場で背伸びしたり跳ねたりしている。この家は不動産業をやっているわたしの友人オクタヴィア・ティブルから借りたものだ。オクタヴィアはこぢんまりした一軒家を五、六軒所有し、彼女の眼鏡にかなった独身女性にのみ貸していた。

心臓がどきどきする。つるバラのからむ白い塀まで行くと、思い切って塀の割れ目から入って玄関ポーチに向かう。二段戸《ダッチドア》の上半分が開いているから、たぶんアーソは家のなかにいるのだろう。彼は暑いのが苦手だからだ。そしてほかの人はいま、寒さに震えているにちがいない。

わたしがドアに近づくと、祖母がわたしの横に並んだ。

「たいへんなことになって……」目には涙がいっぱいだ。ワイン色のマフラーをきつく締めなおし、「おまえが来てくれてほっとしたわ」とつぶやく。

「いったい何があったの？」

「アーソ署長は、あのまじめな養蜂家がケイトリンを殺したと思ってるのよ」

「えっ？　ほんとに殺人事件なの？　このレベッカの家で？」

だけどどこにも、警察の黄色い立入禁止テープは張られていなかった。だからいまならまだ、追い払われずにようすを見ることができる。

「陪審員は協議中みたい」と、祖母。

これは「結論は出ていない」というアメリカ式の表現だ。祖父母は戦後のフランスからアメリカに渡ってくるとすぐアメリカ式になじみ、とくに祖母はそれを好んだ。

「ルガルド！」祖母がフランス語で〝ほら！〟といって指さしたのは、リビングルームだった。

そこにはうちのショップに来たときとおなじ服装のケイトリンがいた。赤い絨緞の上で、あおむけに横たわっている。アーミッシュのロッキングチェアとラダーバックの椅子のあいだで、頭はコーヒーテーブルの脚のすぐそばだ。部屋には調度があまりなく、以前、レベッカとわたしがガレージセールで買ってきたものがほとんどだった。あの深紅のふたり用ソファは、レベッカがひと月ぶんの給与をはたいて購入したものだ。いま、イポとレベッカはそこに腰をおろしていた。

ホームズ郡の検死官――アーソと同年輩で、髪をべったりうしろになでつけ、額には深い皺――が、ケイトリンの横にひざまずき、ラテックスの手袋をはめた手で慎重に、彼女の顔の向きを変えた。そして頭部をじっくり観察する。

「検死官はずいぶん早く到着したのね」わたしがつぶやくと、祖母がうなずいた。

「アーソ署長と夕飯を食べていたらしいわ」

アーソはいま、丸石の暖炉のそばに立っていた。彼は巨漢だから、もともと小さな家がもっと小さく見える。暖炉の弱々しい炎が、茶色の制服を黄金色に輝かせ、大きなハットの下の黒髪は乱れ放題だった。

レベッカはイポの腕のなかだ。こんなにはかなげな彼女を見るのははじめてだった。イポは太い腕でしっかりとレベッカの肩を抱いてはいたものの、顎が小さく震え、彼もまた助けを必要としているのは明らかだ。アーソは本気でイポが殺人を犯せるなどと考えているのだろうか？　それにしてもなぜ、みんな黙りこくっている？

「ふむ」検死官が静寂をやぶった。「凶器は棍棒のたぐいだろう」

「棍棒って？」わたしは祖母に小声で訊いた。

「イポがケイトリンの首を何かで殴ったと考えてるみたいよ。とても信じられないわ」祖母は首を横にふった。「ケイトリンは殴られた勢いでうしろ向きに倒れて、テーブルで頭を打ったらしいの。でも殴った凶器は見つからなくて、イポに訊いてもわからなくて」

わたしは部屋を見回した。この部屋とキチネットを分けるカウンターでは、直径が十五センチほどある太い蠟燭が燃えている。そして小さな蠟燭が二本、チーズ・トレイの上に影をつくっていた。そこにのっているのはマンチェゴにブリー、そしてたぶんシュヴロ。ほかには木の柄のナイフにクラッカー、蜂蜜の瓶だ。そばの食卓にはガラスのボウルがふたつ置かれ、それぞれミックスナッツとフロストグレープが入っている。それから空のシャンパンフルートがふたつに、その横のアイスバケットには未開封のシャンパンが一本。

そう、レベッカはきょうショップで、ロマンチックな夕飯のメニューを話していたっけ……。

わたしは彼女に目をやった。唇が腫れたようになって、それはイポもおなじだ。きっとたくさんキスをして、そんなすてきな夜が思いもよらない出来事で中断された。

わたしはアーソに話しかけようと口を開いた。と、アーソがくるっとこちらをふりむき、にらみつけた。わたしは身をすくめ、口を閉じる。どうしてあんな怖い顔をされなくてはいけないの？　わたしは野次馬の最前列にいるだけなのに。アーソはわたしの視線をとらえると、目で命令してきた――「引っこんでろ」。わたしはにらみかえすと、おなじく無言で、目でいいかえした――「わたしはここを動きません」。妹も同然のレベッカが事件に巻きこまれたのだ。鬼の形相で脅されたくらいで、はいわかりましたと引き下がるわけにはいかない。わたしは腕を組むと、顎を少しだけつんと上げ、「自由にさせてもらいます」と態度で伝えた。

「ロダム!」アーソが吠えた。

ひょろりとした、雄鶏を思わせる若い副署長が、緊張した面持ちで前に進みでた。

「現場保存しろ。いますぐだ。玄関の二段戸も閉めろ」

副署長は黄色い規制テープを手にとり、「みなさん、うしろに下がって」といいながら、二段戸の下側を外に向かって押しあけた。わたしたちは戸を避けて周囲に散らばり、副署長はそれから二段戸全体をぴしゃっと閉じる。

わたしはあきらめなかった。彼が左に向いたのがわかったので、わたしは家の右手へ行ってみる。すると、ガラスを外側に倒して開く窓があり、そこが換気のために少しだけ開いていた。わたしについてきた祖母が、声をひそめて――「何か見える?」

「アーソが検死官の横にしゃがんで、何か小声で話しかけてるわ」

「聞こえないの?」

「うん、だめだわ」

検死官はアーソに答えたものの、その声も小さくて聞きとれない。

「お疲れさま！」巨漢のアーソが立ちあがり、レベッカとイポをふりむく。わたしから見えるのは背中だけだ。

レベッカとイポは、深紅のソファの奥深くに沈みこむように、身を隠すようにしてすわっている。

「ホーさんはハワイから来たんですよね」アーソが訊いた。

「はい、そうです」

いやな予感がした。アーソはなぜそんなことを訊くのだろう？　それにずいぶんよそよそしい。ふだんは〝イポ〟って呼んでいるのに。

「あら、おじいちゃんが来たみたい」と、祖母。「事情を知りたいだろうから、ちょっと話してくるわ」

祖母が夫のもとへ行くと、入れ替わるようにだれかがわたしの横に並んだ。ふりむけば……シルヴィだった。からだに張りつく紫色のニットのワンピースで、なぜか強烈なパチョリの香りがする。〈アンダー・ラップス〉の商品はどれもこんなにおいがするのかしら？

「どんな状況？」シルヴィは興味津々だ。

わたしは「静かにして」ときつい口調でいった。

部屋のなかでは、アーソがイポに質問をつづけている——「ハワイでは、宴会《ルーアウ》でどんな仕事をしていたんですか？」

「ファイアーダンスだけど」いつもは穏やかなイポが、棘のある言い方をした。

「ファイアーダンスですね」

くりかえすアーソに、イポは怪訝な表情でうなずいた。たぶん、わたしとおなじように、質問の意図をはかりかねているのだろう。

レベッカがわたしに気づき、訴えかけるような目をした。わたしは指を一本立てて、希望をもたせる――じきに真犯人がわかるわよ、イポのことは心配ないわ。

「たしかハワイのダンスでは、木の棒をたたきあわせたりしますよね。あれについて教えてもらえませんか」

アーソの問いに、イポはそわそわしはじめた。

「あの棒の呼び名はなんでしたっけ。うーん……」アーソは考えこんだけれど、これはたぶん演技だろう。高校生のころにジェームズ・ミッチェナーの分厚い本を読んだり、ともかく知識欲旺盛な人だ。

「カラアウだよ」イポはようやく答えた。

「ああ、そうだ、カラアウでしたね。堅い木から作って、長さは二十センチ以上ある」アーソの表情が険しくなった。「あなたはそれを二本持っていますよね?」

「家の戸棚にしまってある」

「見せてもらえませんか」

「おれは何もやっちゃいない」イポはきっぱりといい、レベッカがそれにつづけた。

「そうです、ほんとうです。クライズデールという人とはショップで会いましたけど、それきりで、どうしてうちに来たのかもわかりません。わたしと彼は家のなかにいませんでした」レベッカは喉をつまらせ、咳きこんだ。イポがその背中をたたき、抱きよせる。

「いなかった?」と、アーソ。

「そう、おれたちは出かけて――」イポはいいよどんだ。

「キスをしてました」レベッカがやけになったようにいった。「長い時間、ずっとわたしたちはキスをしつづけていました」

アーソは唇を噛んで顔をそむけた。ひょっとして、笑いをこらえている? 彼は指でハットの縁をなでてから、顔をレベッカたちのほうにもどした。

「で、おふたりはどれくらい……それをしていたのかな?」

「時間はわかりません」レベッカはもじもじした。「はじめての経験で緊張してましたから」

「アーソ! 彼女は嘘なんかつかないわ」わたしはつい声をはりあげた。

アーソがさっとふりむいた。窓の外のわたしを見るなり歯をむきだし、ものすごい形相になる。彼は怒りをおしころした声でいった。

「今度は首をつっこむんじゃないぞ」

そういいたい気持ちもわかるけど、アーソ、あなたは疑う相手をまちがっているわ。

「レベッカはアーミッシュなのよ」と、わたしはいった。「嘘をつくはずがないじゃないの」

するとシルヴィがわたしの横で、「断言できるわけ?」とつぶやき、わたしは彼女をにらみつけた。

「ねえ、ユーイー、イポがこんなことをするわけがないのはあなたもわかってるでしょ」

いったとたん、わたしは後悔した。思ったとおり、アーソはわたしに背を向ける。いまや彼は警察署長で、小学生のころの愛称〝ユーイー〟で呼ばれるのをいやがるのだ。いまアーソは首のうしろをぼりぼり掻き、わたしは完全に無視されたのを感じた。

「イポはハワイのカラ……なんとかで、ケイトリンを殴ったのかしら？」シルヴィがしつこく訊いてくる。「わたしが聞いた話だと、彼には動機があるものね」

「動機？」

「ケイトリンがうちのお店にフェイシャル・トリートメントをしにやってきて、ひとしきり自分の帝国についてしゃべっていったのよ。そうだ、まだ話していなかったわね。〈アンダー・ラップス〉はフェイシャル・ケアも始めたの、とても腕のいい人を見つけたから。わたしのお肌もきれいになったでしょ？」シルヴィは顎をあげ、横顔をわたしに見せた。「ブティックだからってドレスだけじゃつまらないじゃない？〈アンダー・ラップス〉はなんでもそろっているショップにしたいの」

「話が脱線してない？」

「あら、ごめんなさい」紫色の大きなイヤリングをもてあそぶ。「それでケイトリンが帰るときにいったのよ。これからイポの農場に行って決着をつけるって。イポは弁護士を雇って、バートンの牧場の買取を阻止しようとしたみたい」

「阻止って？」

「不正競争の防止、とかじゃない？　これは動機になるわ」まじめな顔をしてうなずく。

「ベセットさん……」背後から名前を呼ばれた。この声はたぶんロダム副署長だ。こほんとひとつ咳ばらいをして、「申し訳ないのですが、ご友人ともども場所を移動してください」という。

わたしは彼をふりかえり……おや？　と思った。副署長の肩ごしに、怪しい人影が見える。トレンチコートを着た男性で、木の陰から野次馬たちのようすをうかがっているようだ。

「ベセットさん」副署長の声が少し硬くなった。

「ちょっと待ってちょうだい」

わたしははねつけるような言い方をし、それが男の注意を引いた。男は首をこちらにぐるりと回すと、わたしがその顔をしっかり見る間もなく、逃げるように走っていった。

5

ふつうとちがう行動には好奇心をそそられる。ましてや犯罪現場から走り去るなんて――。

わたしはすみません、通してください、といいながら野次馬をかきわけて進んだ。

彼は何者？　ひょっとして、彼がケイトリンを殺した犯人？　それとも、ただの野次馬か。もし、このあたりをうろついていたのなら、イポが犯人ではないことを証明できるのではないかしら？

男は街灯で照らされたチェリー・オーチャード通りを進んだ。わたしは彼を追い、近づくにつれ、その姿がよく見えるようになった。ひと言でいえば、じつにだらしない。みすぼらしいニットのスキー帽に、コートの下はだぶだぶのズボンと作業ブーツ。背はロダム副署長より低く、マシューかジョーダン、あるいはロイスのご主人くらいか。男はうちのショップの前を通りすぎた。そして〈カントリー・キッチン〉を、〈アンダー・ラップス〉を通りすぎる。

ヴィレッジ・グリーンの西の入口まで来ると、わたしはさすがに息ぎれしてきた。でもあきらめない。あと少しで追いつける。男はベビーカーを押しているカップルを追いこしながら、肩ごしにふりかえり、ぎょっとした顔になった。たぶんこれまで、わたしに追われていることに気づかなかったのだ。そしてふりかえったその顔を、わたしは知っていた。イポの養蜂場の従業員だ。

「オスカー！」わたしは名を呼んだ。

彼は歩をゆるめない。

「オスカー・カーソン！」

彼はワンダーランド・フェアの会場に走っていき、わたしも速度を増した。息が苦しく、太ももが熱い。日ごろの運動不足を痛感した。これからは、目が覚めたらエアロビクス二十分、それからストレッチ二十分。いや、目が覚めた直後は頭がぼんやりしているから、これは実現不可能かも。それより仕事が終わってからのほうがいい。あるいはヨガの時間と、犬と猫の散歩の距離を倍にするか……。

「オスカー！」

彼には二、三度しか会ったことがない。人と目を合わせるのが苦手なタイプのようだったし、少し変人ぽくもあった。農場での仕事は倉庫整理だ。

オスカーは白いテントのあいだを右に左に、ジグザグに進んでいく。わたしはきらめくライトとココアの香り、焼きたてのおいしそうな匂いについ立ち止まりそうになり、だめよ、早くオスカーに追いつくの、と自分にいいきかせた。

距離は十メートルを切った。そして八……五……。

オスカーはカーブをきって勢いあまり、馬と騎士の彫刻に衝突した。騎士の剣が破片となって飛び散り、オスカーは足をとられてころぶと、馬の前脚のあいだに片足をつっこんだ。馬の首がぐらぐらする。オスカーは首の下から逃げようとあせったが、両手がトレンチコートにからみ、草地は雪のなごりで湿っている。彼はずるっと滑り、両手をあげた万歳の格好で倒れこんだ。氷の馬の頭が落下し、オスカーの腰のすぐそばの地面に突き刺さる。

オスカーは、ひいっと悲鳴をあげた。

「おいおい、何だよ？」氷の彫刻家が、ホットドッグを手に帰ってきた。だれあろう、妻を裏切ったティアンの夫テオだった。テオはホットドッグを投げ捨てると、オスカーのもとに駆けよった。大学時代にアメフトのラインバッカーだった彼の体格はいまも立派で、力も昔と変わらないようだ。オスカーの襟首をつかむと、ぐいっと持ちあげて彼を立たせた。

「どういうことだ？」

「すみません、事故です」オスカーはうなだれた。背丈はテオと変わらないはずだけど、いまは縮こまって二十センチくらい低く見えた。

「これはおれの作品だぞ。全身全霊をささげた作品を……」テオはオスカーをつきとばすと、金属の道具箱を思いきり蹴飛ばした。蓋の開いていた箱ががらがらと激しい音をたてる。するとテオは、くるっとわたしをふりむいて、「きみのせいだぞ」といった。

「えっ、わたしのせい？」このエリアに走ってきたのはオスカーだった。それに彫刻を固定しておけば、ここまでのことにはならなかっただろう。工具店の店主のナカムラさんなら気安くやってくれただろうし、愚痴ひとつこぼさず修復してくれるはずだ。

テオは怒りに満ちた顔でいった――「きみはティアンを雇っただろ！」

そういうことか。怒りの矛先は、壊れた彫刻からティアンの就職に変わっていたわけだ。それにしても、ずいぶん気が変わるのが早い……。

「雇うのはやめにしてくれ」テオはそういった。

近くの通路から人がぞろぞろ集まりはじめた。もしかしてマシューはいないかしら？　ふたごの合唱団がビートルズの《シー・ラヴズ・ユー》を練習しているのが聞こえるから、彼もこのあたりにいるかもしれない。

まわりに人が増えたことに後押しされて、わたしはふたごの喧嘩を仲裁する口調でいった。「わたしは約束を破らないわ。ティアンには自分のやりたいことをやる権利があるんじゃない？」そして靴のつま先で、オスカーのシャツの袖を踏んだ。彼はこっそり、地面を這って逃げようとしていたのだ。「ここにいてちょうだい」わたしはオスカーにそういってから、またテオを見た。「彫刻のことはほんとにくやしいと思うわ。でも万が一にそなえて、祖母は氷を余分にオーダーしたはずなの。あなたのように才能があれば、もちろんたいへんではあるだろうけど、またおなじものをつくれるのではない？」

テオは本来の怒りの原因にもどり、片足をあげた。オスカーを蹴る気なのだろうか。オスカーの顔から血の気がうせた。と、あがった足が途中で止まり、テオの目が大きく見開かれる。

「何かトラブルでも？」わたしの背後で声がした。

ふりむけば、ジョーダンだった。テオの顔を見ながら、ゆっくりとこちらに近づいてくる。片手に白い袋を持ち、リラックスしたようす。とはいえ、テオを見る目のどこかに、わたしは獲物を狙うピューマを感じた。

テオもおそらく、えもいわれぬ何かを感じたのだろう。あげた足をおろし、一歩さがって服の埃をはらう。そしてオスカーに向かって、「ラッキーだな」というと、ジョーダンに目をもどし、しばらく見つめてから道具箱を手にとって、どこかへ向かった。

集まった人たちも散り散りになり、じきに夜の静けさがわたしとジョーダン、オスカーをつつみこんだ。合唱団の歌声がかすかに聞こえる。

「ありがとう」わたしは笑顔でジョーダンにいった。

「礼にはおよばないよ。あの状況ならだれかが口をはさんでいたはずだ」

ジョーダンは視線をおとした。その先にあったのは——オスカーの袖を踏んでいるわたしのつま先。ああ、なんて野蛮な真似をしたんだろう。わたしは急いで足をはずした。

オスカーは地面にすわりこむ。

「彼に何をする気なんだ？」と、ジョーダン。

「質問したいことがあったの」

「じゃあ、ぼくはお邪魔かな。またあたりをぶらついてくるよ」

「ううん、ここにいてちょうだい」わたしはジョーダンの、白い袋を持ったほうの手をつかんだ。

「ん？　このキャンディがほしいのか？」かかげた白い袋は、〈イグルー〉のものだった。

「ピーナツバター・クリームのチョコレート・ボンボンだよ。ジャッキーのために買ったんだが、きみになら、おすそわけしてもあいつは怒らないだろう」

「いいのよ、キャンディはいらないわ」本音を隠して行儀よく。女はいくらがんばったところで、チーズのみでは生きていけないのだ。でも、いまは我慢する。祖父の表現を使えば——選択肢はたっぷりあるが、時間はちょっぴりしかない。

わたしはジョーダンに「ここにいてほしいの」と頼み、事情を説明した。ケイトリンの死、アーソがイポを疑っているらしいこと、オスカーがレベッカの家をうかがっていたこと。

ジョーダンの顔つきが険しくなった。

わたしはしゃがんで、オスカーと目を合わせた。

「ケイトリン・クライズデールを殺したのはあなたなの？」わたしは法律家ではないから、言葉を選んだ間接的な訊き方はできない。

するとオスカーは、「わたしたちはここで、人の命について話している」と、わけのわからないことをいった。

わたしは辛抱強くつづけた。「あなたはレベッカの家から走って逃げたでしょ？」

「あなたひとりが真実を独占しているのか？」

あら？　と思った。オスカーの答えは思いつきというより、どこかリハーサルされたように聞こえる。

「ねえ、オスカー……」

彼は目をきょろきょろさせた。そしてわたしの顔を見て、激しく何度もまばたきする。これはわざとだろうか？　わたしはオスカーの顔の前でぱちっと両手をたたいてみせた。するとオスカーはまばたきをやめ、まっすぐわたしの目を見た。そういえば子どものころ、宿題を忘れると病気の発作が起きた真似をする子がいたっけ。それにこの台詞……。

「あなたはお芝居をしてるでしょ、オスカー。《十二人の怒れる男》の台詞をしゃべってるんじゃない？」わたしは高校の演劇で、陪審員のひとりとして出演した経験がある。〝男〟のなかに女ひとりで、祖母にからかわれたものだ。

「立証責任は起訴する側にある」

「わかったわ。どれも陪審員八番の台詞ね？　だけどどうして八番なの？」

ジョーダンが小さく咳払いした。

オスカーはジョーダンに目をやるなりぶるっと身震いし、ジョーダンは彼の腕をとって立たせた。

「ご婦人の質問にはちゃんと答えなさい。もうお芝居はやめるんだ。いいね？」

オスカーの足が震えはじめたのは、寒さが原因ではないだろう。わたしはメレディスから聞いた話を思い出しながら立ちあがった。ジョーダンはいったい何者なのだろう？　彼にはどこか、すごみのようなものがある。ごくふつうのチーズ製造業者どころか、秘められた過去には何か恐ろしいものが……。

オスカーは目を伏せ、何やら考えこんだようす。そしてふたたび目をあげると、「わかったよ」といった。トレンチコートの前の汚れを払う。演技やごまかしが、きれいに消えた。「ぼくはケイトリンの仕事をしていたんだ」

「あなたはイポに雇われているんじゃないの?」

「それとケイトリン・クライズデールにも」

わたしの全身をアドレナリンがかけめぐった。

「具体的にはどんな仕事をしたの?」

「十カ月まえ、近所の土地のことを調べるようにいわれたんだ」オスカーはニュージャージー訛りのいつもの調子でしゃべりはじめた。「ぼくはイポの養蜂場で働いているから、その仕事にちょうどよかったんだよ」

「買収するための調査?」

「いいや。安く買いたたける材料になるものがないかを調べたんだ」

「密偵をやったの?」

「そんなものかな」

「企業スパイってやつか」と、ジョーダン。

「そっちのほうが近いかも」オスカーは両手の指先を合わせた。「ぼくはケイトリンにバートンの牧場のことを話した。バートンは金がなくて困っているようだったから。ケイトリンはたぶん、買取希望を出したと思うよ」

「ケイトリンがプロヴィデンスで事業をする気になったのは、どうしてかしら?」

「どうしてって……町が大きくなっているからだと思うけど。観光客が増えたし、都会より小さな町で暮らしたい人がたくさん来てるし。ケイトリンは……」ごくっと唾をのみこむ。「チャンスを逃さない人なんだよ」

わたしは首をひねった。オスカーの話が、どうもしっくりこないのだ。

「あなたはどうしてレベッカの家に行ったの? まさか犯人はあなたじゃないわよね?」

「絶対にちがうよ!」オスカーはジョーダンをちらっと見た。そしてわたしに視線をもどし、「ジョージア・プラチェットって知ってる?」と訊いた。「ケイトリンの部下だよ。黒髪の巻き毛で、とってもきれいな人だ」

テントで会った若い女性だろう。ひどい風邪をひいていて、ケイトリンの話ではCFOということだった。

オスカーは頬を赤らめてつづけた。「ぼく、彼女を好きなんだよ。そして彼女は、嘘つきが嫌いなんだ。だからぼくは何もかも正直に告白しようと決心した。でもそのまえにまず、クライズデール・エンタープライズの仕事をやめて、本来の姿にもどらなきゃいけない」

「本来の姿?」

「役者かな?」と、ジョーダン。「ケイトリンは、舞台に出ているきみを見たんだろ?」

「勘がいい人だね」オスカーはジョーダンにそういってから、わたしに向きなおった。「ケイトリンはぼくを調べて、ぼくに借金があることを知ったんだ。とても大きな借金で、それでぼくには拒否できない提案をしてきた」つま先で地面をつつく。「だけどジョージアに告白するまえに、企業スパイみたいな仕事はやめなきゃいけないと思ったんだ。そうしたら六時ごろ、ケイトリンはパブにいて、こういうショッピングバッグを——」

「ちょっと待って」わたしはさえぎった。「シルヴィから聞いた話だと、ケイトリンは〈アンダー・ラップス〉で美顔術を受けたあと、イポを訪ねる予定だったみたいよ」

「シルヴィはいつから美顔術を始めたんだ？」と、ジョーダン。

「彼女本人じゃなくて、女性スタッフを雇ったんですって」とりあえず、その点はいま問題ではない。「ねえ、オスカー、ほんとにケイトリンはパブにいたの？」

「ほんとだよ！　ぼくはバー・カウンターにいて、ケイトリンはティモシーとおしゃべりしていた。彼女がイポに会いたいっていうと、ティモシーがイポはいまレベッカの家に向かってるところだって教えて、ケイトリンが家の場所を訊いていた。ぼくは十五分くらい悩んでから、ケイトリンのあとを追ったんだ。それでレベッカの家に着いたら、なかに人影が見えた。ぼくはケイトリンが用事をすませて家から出てきたら話しかけようと思って、近くの公園まで散歩することにした。トンネルがあって、岩登りができる公園だよ」

それはチェリー・オーチャード公園だ。うちの祖父母の家に近く、レベッカのところからもそう遠くない。

「日が暮れて暗かったでしょ？　どうしてそんなところに行ったの？」

「散歩だよ。頭をはっきりさせるための散歩。遊びに行ったんじゃない」

「あなたの話を信じてもいいのね？」

「うん。公園でアベックの笑い声を聞いたから。ふたりはずーっと笑っていたよ」

その言葉で希望がわいた。わたしはジョーダンの両手を握り、「オスカーはレベッカとイポの笑い声を聞いたのよ！」といった。「ふたりのアリバイがこれで証明されるわ。すぐにアーソに知らせなきゃ」背伸びをして、ジョーダンのほっぺたにキスをひとつ。

わたしは南の方向へ、全速力で駆けだした。

Roaring Forties Blue

ロアリング・フォーティーズ

オーストラリア、タスマニア州の小さな島キング島で作られるセミソフトの牛乳チーズで、コクと甘みのある青かびタイプ。名前は、この一帯(南緯40°〜50°)にかけて吹き渡る風「ロアリング・フォーティーズ」に由来する。

Provolone

プロヴォローネ

19世紀にイタリア南部で作られるようになった牛乳チーズだが、現在の生産地は主に北イタリア。熟成期間が2〜3カ月でマイルドな風味のドルチェと、4カ月以上熟成してシャープな風味のピッカンテの2タイプがある。

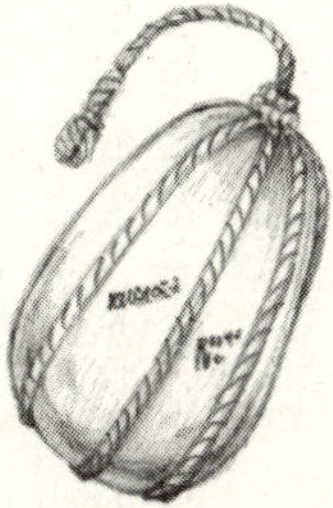

6

「なんだって？」アーソはレベッカの家の玄関ポーチで、わたしをにらみつけた。ハットの広いつばが影をおとし、目の輝きがいやに不気味に見える。「きみにはほんと、心底あきれることがあるよ」

玄関の二段戸の上半分はまた開いて、レベッカとイポがその前にいた。緊張した面持ちでわたしとアーソの会話に聞き入り、玄関照明がふたりの頭を照らす。野次馬はもうひとりもいなかった。

「いいかげんにしてほしいな、シャーロット・ベセット。何を思って彼を追いかけたんだ？」

「オスカーの話は無視できないでしょ？　レベッカとイポが公園にいたことの証明になるわ」

「ふたりは家の外にいたらしいが、それはこの家の庭じゃないか？」

「いいえ、公園です」レベッカが声をあげた。「署長は最後までわたしの話を聞いてくれなかったから」

アーソは怖い目でレベッカを見やり、わたしをふりむいた目はそれよりもっと怖かった。

「だったらオスカー・カーソンに話を聞いてみよう。脅したりせず、安心して話せる環境でね」

「まるでわたしが彼を脅したみたいな言い方ね」でもたしかに、彼は怯えていただろう。わたしに袖を踏まれ、ジョーダンまでいたのだ。

「彼は無事なんだろうな？」

「ええ、かすり傷ひとつなしよ」

「どこに行けば会える？」

何いってんのよ、とわたしは思いつつ、「自宅に行けば会えるんじゃないかしら」と答えた。

「そうか、縛りあげて放置したわけじゃないんだ」

「いいかげんにしてよ」

アーソの目は笑っていた。でもそれも一瞬で、レベッカとイポをふりかえる。

「ふたりはこのまま家にいるように。記者や町の人たちに姿を見られないようにしてほしい。自分はすぐにもどってくるから」

「弁護士を呼ぶほどのことではないの？」

わたしが訊くと、アーソは人差し指をわたしにつきつけ、わたしは両手をあげて身を守る真似をした。わが町の警察署長は大またで、無言のまま歩き去った。

＊

つぎの日の朝は、すさまじい音で始まった。いったい何の騒ぎだろう？　わたしはキッチンに駆けこんだ。

エイミーが「ばか、ばか、ばか」とつぶやきながら、食器棚の戸をつぎからつぎへ、たたきつけているのだ。

こういうときのエイミーは祖母を思わせる。全身から負のエネルギーが噴出するのだ。からだは大きくてもまだ子犬のロケットは目を皿のように大きくしてテーブルの下にもぐりこみ、クレアの足のあいだに身を隠した。ラグズのほうは、たまに爆発するエイミーには慣れているから、籐細工のベッドでまるまっているだけだ。

クレアは美術クラスの宿題でニードルポイントの刺繍に集中している。

「エイミーはどうしちゃったの？」わたしはクレアに訊いた。

クレアは髪を耳にかけながら、「トミーに怒ってんのよ」といった。「きのうの夜、ぜんぜんかまってもらえなかったから」

「トミーじゃなくてトマスよ！」エイミーが声をはりあげた。「いまはそう呼んでるの。トマスにそうしろっていわれたから。それにね、かまってもらえないっていうのもちがうわ」

エイミーの声は怒りに震えている。「だって、トマスはわたしに氷水をかけたのよ！」

クレアは笑った。「まだましじゃない？　氷を投げつけることもできたんだから」

わたしはここで口をはさむより、もっとよい方法を知っていた。まずは冷蔵庫を開け、グルテンフリーのパンケーキ生地をとりだす。きのうの深夜、気持ちを鎮めるためにつくったのだ。

「クレーム・フレーシュとチョコレート・チップのパンケーキを食べたら、少しは気分がよくならないかな？」

エイミーはわたしをにらんだ。「きょうは何をしてもだめよ。気分なんかよくならない。トマスは……トマスは……」

「まぬけだもんねえ」と、クレア。

エイミーはくるっとふりむき、「まぬけじゃない！」とさけぶ。

「きのうの夜は、あいつなんかもう嫌いだっていわなかった？」

「うん、いった」エイミーの怒りはおさまらない。「二度と好きになんかならないもん」

少女はキッチンを飛びだし、階段を駆けあがった。部屋のドアが勢いよく閉まる音が家じゅうに響きわたった。

＊

一時間後に到着したショップにも、エイミーとおなじようなムードの人がいた。もちろん、理由はまったく異なる。そしてレベッカはわたしを見ると駆けよってきた。

「なんとかなりませんか？」わたしの赤いタートルネックの袖口をぎゅっと握る。「お願いします！」

「マシューはどこ？」

「たぶん地下貯蔵庫を見にいったんだと思います。シャーロット、なんとかお願いします」

「いったいわたしは何をすればいいの？」

ショップにお客さんはいなかった。わたしはレベッカに連れていかれるままに、奥のキッチンに入った。レベッカはここでギフト用のバスケットをつくっているのだ。御影石のカウンターには、いろんなチーズがのっている――白かびタイプでトリプル・クリーム（脂肪分七十五％以上）のブリア・サヴァランに、イタリアのウォッシュ・タイプの代表選手タレッジョ、そしてミモレットだ。独特のオレンジ色が特徴のミモレットはすりおろして使うには最高で、ヘーゼルナッツの風味がとてもいい。準備中のバスケットにはイポの農場産の蜂蜜と、ドライ・クランベリーの袋、クラッカーひと箱が入っていた。そばにはリボン一巻とはさみがひとつ。

「アーソ署長はオスカーに会ったあと、イポの家に行ったんです」レベッカはわたしの腕を放すといった。

「それで？」セーターの袖をまくり、わたしはショップの特製ペーパーでチーズを包みはじめた。

「イポは署長からルーアウの棒を見せるようにいわれたんですけど、しまってあった場所から消えていたそうです。だれかに盗まれたんですよ」

「何の目的でそんなものを盗むの？」わたしは包んだチーズにステッカーを貼っていった。チーズの名前と原産地、原料乳――牛乳か羊乳か山羊乳かを記したものだ。

「わかりません。イポも見当がつかないって……。どうか、彼を助けてください」

「わたしに何ができるかしら？」

「真犯人を見つけてください。シャーロットならできます。きっとできます」

「どうやって見つけるの？」

「それはわかりませんけど」

わたしはちらっとレベッカを見た。過去の殺人事件では、レベッカがわたしにいろんなヒントを与えてくれた。どれも《NCIS》や《ジェシカおばさんの事件簿》、《ロー＆オーダー》など、彼女がよく見るテレビ・ドラマから得た情報だ。

「イポとふたりでチェリー・オーチャード公園にいた時間ははっきりしないのね？」まずは時間の流れを押さえなくては。

「四十五分以上はいたと思うんですけど」レベッカは、はさみでリボンを切りとると、心ここにあらずといったようすで撚《よ》りはじめた。

「ケイトリンがイポに会いに来たのは知っていたの？」

「それに関しては、彼もわたしもまったく知らなかったんです」またつぎのリボンをくるくる撚っていく。何度も何度も、これ以上撚れなくなるまでつづける。

「でもたぶん、計画的な殺人じゃないわよね」と、わたしはいった。「犯人の男は――」

「女かもしれません」

「そうね。いずれにしても犯人は、あなたたちが外出することをあらかじめ確信していたとは思えないわ。たんに、ケイトリンと話したかっただけかもしれない。それが結果的に最悪の事態になって……」

「バートン・バレルはどうです？」レベッカははさみを振った。「本心では農場を売りたくなかったとか？」

わたしは黙って彼女からはさみをとりあげ、カウンターの端に置いた。

「その場合は、契約しなきゃいいわ」

レベッカは腕を組んだ。「すでに契約して破棄できないとか？」

「破棄できない契約なんてないわよ。費用はかかるかもしれないけど、破棄したければできるわ。それにケイトリンが亡くなる少しまえに、彼がロイスのＢ＆Ｂで働いているのを見たし」

「それは何の証明にもなりませんよ。シャーロットはヨガ教室に行ったでしょ？　バートンがパブに行ってケイトリンの予定を知るくらいの時間はいくらでもあります。彼はわたしの家に来て、イポとわたしが出かけるのを見て、計画を思いついたのかもしれない。そしてケイトリンが家に入るのを待ってから、彼女と口論になって……」レベッカは手のひらをこぶしでたたいてから、すがるような目でわたしを見た。

「シャーロット？」マシューが手に持った書類の束を読みながら、キッチンを通りすぎていった。そしてあわててあともどりすると、戸口から顔をのぞかせる。「お、ここにいたか」

「マシューはどこにいたの？」

「地下の貯蔵庫にいたんだよ。ティアンがおまえをさがしに来たぞ」

もしや、夫の彫刻を壊した件かしら。それとも、トマスとエイミーのこと？

「ティアンを雇ったんだろ？」

わたしはうなずいた。あれから二十四時間が、あっという間に過ぎてしまった。

「だから彼女には」と、マシュー。「冬祭りのテントに行って、おじいちゃん《ペペール》を手伝うように頼んだよ。問題なくやってくれているといいが。それで悪いがシャーロット、業者との契約書にざっと目をとおしてくれるかな」

「ええ、わかったわ」

「マシュー……」レベッカがわたしの前に進みでた。「意見を聞かせてください。今度の殺人事件の犯人がバートン・バレルっていう可能性はないでしょうか？」レベッカは自分の推理を語った。

「バートンが犯人なんて考えられないよ」というのがマシューの意見だった。「それどころか、この町でもとびきり善人といっていい」

「善人でも殺人を犯すことはあるかもしれません」

「考えにくいね」

「以前、シャーロットから聞いたんですけど」レベッカはわたしの顔を見た。「あの人にとって、牧場は命より大切だと」今度はマシューを見る。「その牧場を手放すことになったら……」

マシューは書類の束を筒に丸めて脇にはさんだ。

「そう、バートンは牧場を心から愛しているよ。あそこは三代もつづいた牧場なんだから、当然じゃないか？　でも断言できるよ、バートンは蠅一匹殺せない男だ。学生時代はアメフトとかボクシングとか、接触競技はいっさいやらなかった。馬には乗るし、牛の角に綱だって巻くよ。そっち方面じゃ競技会で入賞もしてる。でもそれだけさ。人殺しなんてとんでもない」マシューは首を横にふった。「バートンに限ってありえないよ」

「イポだってそうです」と、レベッカ。

「ああ、わかっているよ」マシューはキッチンに入ってくると、レベッカの肩に手をのせた。「気持ちをしっかりもつんだよ。踏んばっていれば、じきに真犯人がつかまるさ」書類の束をわたしのほうに差しだす。「時間をつくって目をとおしてくれ」

マシューはキッチンから出ていき、レベッカは見るからにいらいらしていた。

「だったら、オスカー・カーソンが犯人ってことはないでしょうか？」

「彼はあなたたちのアリバイを裏づけてくれる人よ」

「でも逆に、それで自分のアリバイが成立するとか？　ほんとうはわたしたちの笑い声なんか聞いていないのに、自分のために嘘をついている可能性は？」

わたしはそこまで考えなかった。

「オスカーは農場の敷地内に住んでいます」レベッカはつづけた。「イポの家に忍びこんでカラアウを盗むことだってできるかもしれません。それに、昔は役者だったんですよね？」小走りでキッチンを出て、肩ごしにこちらを見る。「オスカー・カーソンは本名ですか、それとも芸名？」

「何をするつもり？」

「事務室のコンピュータで検索してみます」

わたしはほほえみかけて、自重した。これは笑い事ではないのだ。かわいいわたしのアシスタントはこれ以上ないというほど深刻に悩んでいる。わたしは彼女のあとを追ってキッチンを出ると、ざっとショップを見回した。お客さんはひとりもいない。

事務室は暖かかった。ファクスやコピー機、コンピュータなどのスイッチがみんな入っていて、そのせいもあるのだろう。

「犯罪歴があるかもしれませんよ」レベッカはラグズを椅子からおろし、そこに腰かけた。グーグルを起動して、細い指ですばやくキーボードをたたく。「役者なら、嘘も事実もうまくしゃべれるでしょう」

たしかにそのとおりだとは思う。それにオスカーは、クライズデール・エンタープライズの仕事をやめたいともいっていた。ケイトリンがそれを拒み、話はこじれて、オスカーは怒りのあまり……。だけどその場合、凶器はどうなるだろう？　犯人はあらかじめカラアウを持っていったのだ。つまり計画的犯行だったわけで――。

オスカー・カーソンの検索結果は何百件にものぼった。そこで「俳優」で絞りこむと、わずか三件に激減し、いずれもミドルネームが異なっている。おそらく俳優協会が同姓同名は避けるように要請しているのだろう。つまり「ジョージ・クルーニー」という名の俳優はひとりしかいないのだ。そしてレベッカが最初の人物をクリックすると、かなり年配の男性の写真があらわれた。そしてふたりめは、ミドルネームが〝I〟のオスカー・カーソンで、団子鼻に度の強そうな黒縁メガネをかけている。もちろん、この町にいるオスカーではない。

そして三人めをクリックすると、映画のデータベースのサイトに移った。

「当たり！」レベッカが該当箇所を拡大すると、こちらを一心に見つめる、内省的なまなざしのオスカーの写真があらわれた。「わ、すごい。むさくるしい髭をはやして、だぶだぶの服を着た彼からは想像もつきませんよ」ほかの写真も見てみると、オスカーは十人以上もの美女をいろいろなイベントにエスコートしていた。どの写真でも、カメラのフラッシュのせいで顔が照り輝いている。「犯罪歴はありません……ね」レベッカはウィンドウを閉じ、椅子をくるりと回してこちらを見た。「〝食えないシェフ〟はどうでしょうか？」

「チップがどうかしたの？」

「あの人がケイトリンを殺したとか」

「どうしてそんなことをするのよ？」

「わかりません。でも……」レベッカはまた検索を始めた。

「いいかげんにしてちょうだい」わたしは彼女の手首を握ってやめさせ、顎をドアのほうに振った。「さ、仕事にもどりましょう」

「お願いです、シャーロット」

「いいえ、もうおしまい。チップの過去までインターネットで調べたりしないのよ。いい？」わたしは彼がフランスで、何人もの美女と遊んでいる写真など見たくなかった。彼のことだから、その可能性は否定できない。「それにチップは、ケイトリンに生きていてもらいたかったはずよ。彼女のおかげで、レストランを開店する夢が実現しそうだったんだもの」わたしはチップのことを記憶から完全に消し去りたいと願っているけど、それとおなじくらい強烈に、夢を語るときの彼の目の輝きを忘れられない。

玄関の葡萄の葉の呼び鈴が鳴った。

「さ、お客さまよ」わたしはレベッカをうながした。「行きましょう」

レベッカは不満げながらも、急ぎ足でわたしの前を行った。そしてチーズ・カウンターの手前で立ち止まると、少しだけふりむいてささやいた――「噂をすれば、ですよ」。

わたしは大きなため息をつきそうになった。どうしてこうも毎日顔をあわせなくてはいけないの？　どうしたら町を出ていってくれるのだろう？　チップはにやにや笑い、まるで撃ち合いに勝った酔っ払いのカウボーイみたいだった。いいえ、このたとえでもまだ好意的すぎるわ。

「やあ、シャーロット」チップはカウンターのほうにやってきた。「なかなかいいな。きみは赤が似合うよ」

わたしはセーターの首をいじった。なんだか急に、喉が締めつけられているように感じたからだ（どうか、顔がセーターとおなじくらい赤くなっていませんように）。

「後援者が亡くなったというのに、ずいぶん調子がいいですね」レベッカが小さくつぶやく。

「おい、聞こえたぞ」チップは口をゆがめ、じろりとレベッカを見た。「おれだって悲しんでるよ。だが思いがけないことは起きるものなんだ。あれは偶発的な事件なんだろ？　ロイスはそう話していたよ」

「アーソはまだ断定していないと思うけど」と、わたしはいった。

「署長は、イポのダンス用の棒が凶器だと考えています」と、レベッカ。

「へえ……そうだったのか」チップはおちつかなくなった。「おれだって、今度の事件は胸が痛むよ。イポにも同情するし。それでこんなことをいうと冷たい人間だと思われそうだけど――」チケットを二枚かかげる。「アイスホッケーの試合に行かないか？　ロイスの夫がブルージャケッツのチケットを二枚くれたんだ」

「無理だわ」

「どうして？　まだ試合の日付をいってないぞ」

「わたしは行けないの」

「ふん、そうかい、わかったよ」チップはチケットをしまい、ケースのなかのチーズに目をやった。「コルビーを試食させてくれないか？」

わたしは試食の要望にはかならず応じるようにしている。たとえ百グラムでも、買ったあとで不満をいわれるのは避けたいからだ。お店の評判にもかかわってくるだろう。

わたしはウィスコンシンのコルビー村で誕生したコルビー・チーズをケースからとりだした。これは一見チェダーに似ているけれど、製法がちがうのでもっとやわらかい。それをオクソー《OXO》のワイヤ・チーズ・スライサーで薄く切り、チーズペーパーにのせてチップにさしだす。指先が触れ合って、わたしはあわてて手を引っこめた。

チップはコルビーを口に入れて味わうと、満足そうな声をもらした。

「うん、買って帰るとしよう。アメリカのチーズはやっぱりうまいよ。それからこいつも――」棚に手をのばし、箱入りのシードクラッカーをふたつつかんで、カウンターのレジの横に置く。そしてポケットから財布をとりだした。革が古くてひび割れた茶色の札入れ。かろうじて貼りついているのは〝勝利〟のステッカーだ。わたしの目は財布に釘づけになった。

チップがそれに気づいてウィンクする。

「楽しかったころを思い出すだろ？　そうだ、そういえば、きみに新しい恋人ができたって聞いたよ。農業をやってるらしいな」

「チーズ製造よ。名前はジョーダン」彼のことを考えるだけで、わたしは力を得て、元気になれるような気がした。でもここでこれ以上、ジョーダンのことを話題にする気はない。チップの購入品を包装し、ゴールドの袋に入れる。「じきにフランスにもどるんでしょ？」

「どうして？」

「ケイトリンが亡くなれば、仕事の契約も無効じゃないの？」

「無効にはしたくないね。三十分後にその件で、CFOのジョージア・プラチェットと話しあうことになってるんだ」

レベッカがわざとらしく咳払いをした。わたしは目で彼女を制し、チップにゴールドの袋とお釣りを渡す。

「幸運を祈るわ」

「本気で祈っていてくれよ。ジョージアが了解してくれたら、おれはこの町に残ることになる」チップは帽子をとって挨拶する真似をしてから背を向け、帰っていった。

それからすぐ、今度はジョージアがやってきた。肩をおとし、伏し目がちだ。わたしはなぜか、彼女がチップを避け、彼が帰るのを見届けてから入ってきたような気がした。顔はむくみ、鼻は真っ赤で、ずっと泣いていたかに見える。上司の死を悲しんでいた？　喪服は顔の青白さをきわだたせるだけだった。とはいえ身なりはとても美しく、小ぶりのバッグに革の手袋、プラットフォーム・ヒール。顔はお化粧したてのようで、巻き毛もきれいに整っている。

レベッカが小声でいった――「あの人ならケイトリンと反目する人たちを知っているでしょうね。ケイトリンはプロヴィデンスを支配する気だって、シルヴィはいってましたけど、あれはどういう意味でしょうか。土地を買いまくるつもりだったとか？　この人なら知っていると思います」

「すみません――」ジョージアはくしゃみをした。ティッシュで鼻をたたく。「チーズのテイスティング教室があるって聞いたのだけど？」

「ごめんなさい、それはあしたなの」

「そうなんですか。わかりました」ジョージアは背を向け、帰ろうとした。

レベッカがまたささやく──「彼女に尋ねてみてください」

「ちょっと待って、プラチェットさん」とりあえず呼びとめてみたけれど、ケイトリンの敵だの土地の買収だのをどうやって訊けばいいのか。

「なに？」ジョージアはつっけんどんにいい、すぐにごめんなさいとあやまった。「ケイトリンのことで頭がいっぱいで。かわいそうに、今回はいろんなことを楽しみにしていたのに」

これで話のとっかかりができた。わたしはカウンターを出て、彼女のそばに行った。

「たとえばどんなことを楽しみにしていたの？」

「ドゥ・グッダーズの業務の拡張とか、古い友人に会うとか」

こういうとき、祖母なら率直に訊くのがいちばんだというだろう。

「でも、どうしてバートンの牧場を買いたいと思ったのかしら？」

ジョージアは怪訝な顔をした。「だって、養蜂場をやりたかったから」

「ほかの土地も買う予定だったの？」

「それはいえないわ。でも、ケイトリンはふるさとの町にお返しをしたかったんだと思うの。彼女は──」

玄関が開いて冷たい空気が流れこんできた。毛のフード付きパーカーを着た観光客の女性が店内に入ってくる。でも忘れ物でもしたのか、「あっ！」と声をあげるときびすを返した。そこにアーソが立っていて、ジェントルマンらしく脇にどき、彼女のためにドアをあけておいてやった。女性は外に飛びだしていく。

そしてアーソはこちらを向き、その目のあまりの暗さにわたしはびくっとした。そこでジョージアにていねいに会釈して、わたしは彼女との会話をきりあげた。

いっぽうレベッカは、アーソを見るなり「イポは潔白です」といった。

「おはよう、ズークさん」と、アーソ。言い方は明るいけれど、表情は陰気なままだ。ヨガ教室で話題になったように、ジャッキーとうまくいっていないのだろうか？　アーソはゆっくりとこちらにやってきた。

「サンドイッチはあるかい？　〈カントリー・キッチン〉は満席でね」

わたしは彼に少しでも明るくなってもらおうと、すぐカウンターのなかに入った。冷蔵庫から細長いサブマリン・サンドイッチをとりだす。アーソのお好みは、サワー種のパンにヤールスバーグのチーズと、メープルシロップ漬けのハムをはさんだやつだ。チーズの芳香と甘しょっぱいハムの組み合わせは絶妙というほかない。わたしはボードにサンドイッチをのせ、斜めにナイフを入れて半分にした。

「バートン・バレルは――」いま、レベッカの頭にはそのことしかない。「殺人事件が起きたころ、ロイスさんのB&Bで仕事をしていたらしいです。でも、十分移動できる時間はありました」

アーソは硬い表情でレベッカを見た。「彼には直接質問したたし、確かなアリバイもある。それは奥さんにも確認したよ」

「あの人の奥さんに？」と、レベッカ。

「自宅でいっしょにテレビを見ていた」

「アーソ署長、そんなアリバイは――」レベッカはテレビ・ドラマで仕入れた知識を駆使し、あやふやなアリバイについてしつこくアーソに迫った。

わたしはそれを聞き流しながら、ケイトリンがうちのショップに来たときのことを思い出していた。携帯電話が鳴って、彼女は電話の相手に高圧的な物言いをした。そして「ただじゃすまないわよ」と電話をきって、つくり笑いを浮かべ……。相手は従業員だろうか？ それともオスカー・カーソンが彼女に脅され、殺意を抱いた？

「アリバイがあってもなくても――」レベッカはアーソにいった。「バートン・バレルが怪しいです」

アーソは恐ろしい形相になり、わたしはラッピングしたサンドイッチをゴールドの袋に入れて彼にさしだした。これはお店のおごりだ。

「オクタヴィアなら、バートンの牧場の売買について詳しいかもしれません」と、レベッカ。

「ケイトリンが詐欺まがいのことをして、バートン・バレルが怒って――」

アーソは降参したように片手をあげると、わたしにサンドイッチのお礼をいい、玄関に向かった。わたしはレベッカをにらむ。

「どうしてアーソにあそこまでいうの？」

「署長が頑固すぎるからです！」

わたしはケイトリンの電話についてレベッカに話し、「電話の相手が怪しいような気がするわ」といった。

息をのむ音がした。ふりかえると、ジョージアだった。そう、彼女はまだ帰っていなかったのだ。カマンベールを展示した樽のわきに立ってこちらを見ている。

「どうしたの？」わたしは彼女に訊いた。「ケイトリンの電話の相手を知っているの？」

ジョージアはためらいがちにこちらにやってきた。下唇が震えている。

「そ、それは……いろんな人の可能性があるわ。ケイトリンを嫌っていた人はたくさんいたから。彼女は人に対してすごく厳しかったの」

「あなたもそのひとりですか？」レベッカが冷たい目で訊いた。

ジョージアは弱々しいながらもレベッカを見すえた。

「もちろん、ちがうわ。ケイトリンとわたしは——」上唇をなめる。「親密だったもの」

「ゆうべ、どこにいました？」レベッカはなりふりかまわず、相手かまわずだ。

わたしはかわいいアシスタントの態度に、いたたまれなくなった。

「ティモシー・オシェイのパブで、ダーツをしていたわ」十代の少女のごとく小首をかしげる。「たくさんの人がわたしを見たと思うわ。アーソ署長にもそういったのよ。署長はきの

う の夜、わたしが泊まっている宿に来て、いろいろ質問していったから。なんなら直接署長に訊いてみて」外の通りを指さしたものの、アーソの姿はもうない。

ぎこちない沈黙が流れた。

「シャーロットも何か質問してください」レベッカがいった。

「何を訊くの?」

「気になったことは何でも」

そういわれても、わたしはまだ何も思いつかない。

レベッカはジョージアの目を見ていった。「では、ケイトリン・クライズデールの死を望んでいる人はほかにだれかいますか?」

ジョージアは手袋をはめた手の指を折って、挙げていった。

「彼女のスパイに、デベロッパー。そして恋人」

「三人は同一人物? それとも三人別々?」

「別々よ」

「恋人ってだれなの?」わたしが訊くとジョージアは首をすくめた。

「知らないわ。ケイトリンは秘密主義だったから」

わたしはベッドに横たわるケイトリンとチップを想像した。ただし、チップはケイトリンより二十歳も若い。でも、彼女はチップに大きな仕事を任せようとしていた。彼は自分のお店をもちたいがために、みずから愛人になった?

「そして四人めは、イポ・ホー」ジョージアは冷たい笑みを浮かべた。「彼って、すごくキュートよね。ケイトリン好みだわ」

「イポは人殺しなんかしません！」

「そう？」ジョージアは背を向け、結局何ひとつ買わずにショップから出ていった。彼女の話はレベッカの神経をさかなでしただけで、レベッカは肩を震わせながら事務室に駆けこんだ。わたしはあとを追う。

レベッカは机に両手をつき、苦しそうに息をした。その足もとでラグズが八の字をかき、ミャウーと大きな声で鳴く。わたしはレベッカの腕をたたいた。

「いずれにしても――」わたしは言葉をさがした。「検死官の話だと、コーヒーテーブルで頭を打ったのが死因らしいから、その点では事故とおなじでしょ？　殺意はなかったのかもしれない」

「犯人は通報しなかったんですよ。そして現場から逃げたんです。殺意がなかったとはいいきれません」レベッカは顔をあげ、わたしをまじまじと見た。「そんな話をするってことは、イポが犯人だと思ってるんですか？」

とんでもない。イポは何事も受け身の人で、彼がケイトリンを殴るところなど想像したくてもできない。それにもし彼が殴ったのなら、レベッカが目撃していたはずだ。

「やっぱりそうなんですね」わたしが答えるより先にレベッカはいった。「イポは有罪になっても刑期は短いっていいたいんでしょ。いいえ、あの人は無実です。人殺しなんてしていません。わたしたちはずっと……」胸に手を当てる。「いっしょにいたんですから。それにわたしは、法律を犯したり、むごいことをする人を好きになったりしません」

わたしはジョーダンのことを考えて、少しめまいを覚えた。彼にはむごいことをした経験があるだろうか？　たとえそうでも、わたしは彼を愛せるだろうか？

「バートン・バレルの牧場の売買契約について、オクタヴィア・ティブルに訊いてみてもらえませんか？」と、レベッカはいった。「きっと何かあります。まちがいありません」

7

まちがいないのは、気温がおそらく氷点下までさがったことだろう。予報にあった弱い吹雪は町の北を通りすぎていったものの、身を切るような風はやむことがない。暖かい炎と本と湯気のたつ紅茶が恋しくてたまらなかった。でも、仕事はまだ残っている。わたしはキャメルのコートと赤いスカーフ、赤い手袋に守られて、午後の寒風のなかをテントへ、〝ル・プティ・フロマジュリー〟へと向かった。

三時間かけて、ティアンとふたりで飾りつけと商品整理をするあいだも、気がつけばわたしはイポのことを考えていた。彼を刑務所に行かせないためにはどうしたらいいだろう？だけど明らかな証拠が出てこないかぎり、イポは無実のはず。といっても、ほかに容疑者がいるという噂は聞こえてこない……。

テント内のやるべき仕事が完了して、わたしはレベッカとの約束を果たすことにした。バレル牧場の売買契約でごたごたがなかったかどうかをオクタヴィアに尋ねるのだ。

＊

オクタヴィアにはふたつの顔がある。ひとつはティブル不動産の経営者で、もうひとつは図書館司書だ。わたしは寒風吹きすさぶなか、背を丸めて古い図書館を目指した。町の建設とおなじ年につくられたヴィクトリア様式の建物はレモン色で、一歩足を踏み入れるだけで安らぎと調和を感じることができる。

子どもの笑い声がするほうに行くと、児童室にオクタヴィアがいた。羽根のターバンを巻き、紫のブロケードのローブに身を包んで、おなじくブロケードのスリッパをはいている。彼女の前には三、四歳児が十人ほど。オクタヴィアが読みきかせている本はきらきら光り、ページをめくると羽根がふわりと飛んだ。これはオクタヴィアの演出で、子どもたちは声をあげて笑った。

わたしの顔も自然にほころぶ。小さいころはよく図書館の先生に本を読んでもらったものだった。世のなかのいやな出来事など知らずに暮らしていたあのころに、もどれるものならもどりたい。

オクタヴィアが本を閉じ、子どもたちは思い思いの方向に散らばっていく。わたしは彼女に声をかけた。

「紫がよく似合うわね、オクタヴィア」彼女の肌色は、リッチでクリーミーなカフェ・オレ色だ。

「あら、そう？　ありがと」ターバンをとると、ドレッド編みの黒髪がはらりと垂れた。

「いつものことながら、子どもを笑わせるのが得意ね」

「それが楽しみでやってるんだもの」オクタヴィアはくすくす笑って、ロイド・アリグザンダーの『占い師』をふった。「これはおもしろいわよ。絵もすばらしいし。おたくのふたごよりもう少し小さい子向きだけど、お勧めだわ」つい最近も、ふたごはオクタヴィアにナンシー・ドルーを教えてもらって夢中になった。「で、わざわざここまでお越しくださったのは？」

「ケイトリンの事件にからんでなの」

「ひどい事件よね。棍棒で喉をたたくなんて」

「まだ断定されたわけじゃないわ、その可能性があるっていうだけで」

「だけどイポの棍棒が見つからないんでしょ？」

「それもまだはっきりしないのよ」

「考えたんだけどね――」

「ティブル先生、さよなら」小さな子がつま先立ってダンスをし、手をふった。「くるくる回ってみるから、見てちょうだい」

少女の手を握っていた男性が、その子をオルゴールのバレリーナのように回転させた。くるくる、くるくる……。

オクタヴィアが男性に話しかける――「あなたの孫娘なの、ルイージ？」

ルイージはうなずいた。「末娘の子どもなんだ」

オクタヴィアが名前をいわなければ、わたしはルイージ・ボズートだとは気づかなかったかもしれない。ルイージは〈ラ・ベッラ・リストランテ〉のオーナーで、ここのところデリラとデートを重ねている。すごくハンサムなのだけど、きょうはなぜかとても疲れて見えた。水も飲まずに百キロ走ったみたいで、目の下にはくまができ、肌はざらざらだ。

「へえ、そうなんだ」と、オクタヴィア。「会うのはきょうがはじめてよね？」

「うん、たまたまきょう、ウェリントンから来たんだよ」

「ウェリントンにはとてもすてきな図書館があるのよ」オクタヴィアは身をかがめ、女の子に話しかけた。「図書館に行くことはある？　本を読むのは好きかな？」

「うん。自分ひとりで回れるから見てて」少女はルイージの手を離すと、顎を上げて両手を広げ、くるりと回転した。

「あら、すごいわねえ」オクタヴィアは少女を誉めてからだを起こすと、ルイージの腕に手をのせ、「おいてきぼりにされないようにね」とほほえんだ。

「酒を飲まなきゃいいんだけどさ。おれも歳をとったよ……」ルイージは苦笑した。「ゆうべ飲んだ酒は、睡眠薬《ミッキーフィン》入りだったんじゃないかと疑いたくなる」

疲れて見えるのは、お酒のせいなのだろう。ルイージはワインを飲んでもたいていグラス一杯どまりだった。彼のお嬢さんはともかくおしゃべりで、ルイージは娘一家を楽しませるために、いつになくお酒をのんだのかもしれない。

孫娘を連れて出ていくルイージの背中を見送りながら、わたしはデリラのことを考えた。いまふたりは交際中だけれど、ルイージはデリラのお父さん——〈カントリー・キッチン〉

の大黒柱――より年上だった。ルイージはチャーミングだし、レストラン経営者としての腕もある。だけどデリラの恋人というには、あまりに年齢が離れすぎている。デリラは気まぐれなブロードウェイに翻弄されて傷つき、プロヴィデンスに帰ってきてから、なかなか特定の恋人をつくらなかった。人生初のボーイフレンドだったアーソはいま、ジャッキーとつきあっている。どうか、デリラがまた傷ついて町を出ていくようなことになりませんように。

「シャーロット、ちょっとこっちに来て」オクタヴィアが手招きし、わたしは彼女についてサンルームに向かった。雲の合間から太陽が顔をのぞかせ、ソーラーパネルがあるのでここは暖かい。

オクタヴィアが、小ぶりのテーブルにセットされた小ぶりのスツールに手をふり、わたしはそこに腰をおろした。窓ぎわのやわらかい椅子はうまっていて、みんなのんびり読書をしている。

「で、このオクタヴィアに何を訊きに来たの？」

わたしはケイトリン殺害事件に関するレベッカの推理を話した。

「バートンのアリバイは怪しいし、ケイトリンとの売買契約に何か問題があったんじゃないかって。取引の仲介はあなたがしたの？」

「ええ、わたしよ」

「バートンは契約を破棄したかったとか？」

「ええ、そう」

レベッカの予想は当たっていたらしい。

「それでどうなったの？」

「契約は破棄できなかったのよ」オクタヴィアはターバンをテーブルに置いて、のんびり羽根を整えはじめた。

「ケイトリンに都合のいい条文でもあったの？」わたしが訊くと、オクタヴィアは親指と人差し指を銃のようにわたしにつきつけ、「いい勘してるわ」といった。

つまり、そのとおりということだ。うちのショップの場合も、建物の最初の所有者は自分に都合のよい条文を加えていた。

「契約内容は磐石だったわね」と、オクタヴィア。「クライズデール・エンタープライズのCFOは契約内容を徹底して詰めて、できあがってみればエンタープライズの都合のいいものになっていたわ。バートンは手を引くことができなかったの」

「違約金を払ってもだめなの？」

オクタヴィアはかぶりをふった。

「シナリオを変更できるのはケイトリンただひとりよ」

「バートンはどうして契約を破棄したくなったのかしら？　お金は必要だったんでしょ？ロイスのB&Bで修理を手伝っていたくらいだから」

オクタヴィアの表情が引き締まった。あきらかに答えるのをためらっている。

「わかったわ、オクタヴィア、守秘義務があるのね？」

「イエスでもあり……ノーでもあるわ」オクタヴィアはわたしに顔をよせてささやいた。「バレル家はこの一年、苦戦してるのよ」

「牧場は苦しいみたいね」

「それだけじゃなくて、エマが……」オクタヴィアは眉根を寄せ、両手で太ももをこすった。他の家の私的なことを話すには決心が必要なのだろう。そしてようやくこういった――「バートンとエマは結婚して十年になるの」

わたしも夏の終わりの結婚式に参列した。場所はハーヴェスト・ムーン牧場だ。白いレイヤーのドレスを着たエマは、木の下でワルツを踊り、とてもすてきだった。

「子どもも三人できたけど、みんな男の子でしょ」オクタヴィアはつづけた。「エマは女の子をほしがってるのよ」

「いまお腹が大きいの？」ふつうなら三人でも経済的に大変だろうから、四人めとなると……。

「それがね、何度か妊娠したんだけど、そのたびに流産しちゃって」

「まあ……」一度でも悲しいだろうに、それが重なればさぞかしつらいだろう。わたしは心から同情した。エマは善意の人で、有機栽培に力を入れ、息子たちのカブスカウトでも監督官を務めている。「それで牧場を売りたいのね。プロヴィデンスと悲しい思い出を忘れるために」

「でも同時に、エマは町に残っていたいのよ。ここはふるさとなんだもの。エマもバートンもここで育って大人になった。だからエマはプロヴィデンスで女の子を育てたいの」オクタヴィアは両手を膝の上にのせた。「たしかバートンとエマは、アーソ署長にアリバイを話したのよね？」

「ふたりでいっしょにテレビを見ていたらしいわ」

「それならいいじゃないの」

「レベッカがそれを疑っているの」

「テレビを見るのはべつにおかしくもなんともないわ」

「拘束力のある契約を無効にするには、ケイトリンを排除するしかない、とエマが考える可能性はないかしら」

オクタヴィアはワイン色の爪でテーブルをたたいた。「彼女は暴力に訴えるタイプじゃないわ」

「じゃあバートンは？　全力で家族を守る男性は感情が激しやすいかも。イポのカラアウがどこにあるかを知っていれば――」

オクタヴィアは咳ばらいをした。

「何かを知ってるんでしょ、オクタヴィア？　教えてちょうだい」

オクタヴィアは背筋をのばした。「念のためにいっておくけど、わたしはエマもバートンも、一秒たりとも疑ったことはないわ」

「わかってるって」

「ただ、バートンは毎週、木曜日の夜はイポの家でポーカーをやってるの。だからカラアウの保管場所は知っていたかもしれない」

Yarg Cornish

ヤーグ・コーニシュ

イギリス、コーンウォール地方で作られる牛乳チーズ。セミハード・タイプで、イラクサの葉で包んで熟成させる。開発者グレイ(Gray)夫妻の名前の綴りを逆にした「ヤーグ(Yarg)」と、「コーンウォールの」という意味の「コーニシュ(Cornish)」を合わせて命名された。

8

劇場の背景幕さながら、町は一瞬にして夕闇につつまれた。空は濃い紫。北極星が美しく輝き、希望のない者にささやかな希望をもたらそうとしてくれる。わたしは夜に散歩をして、星に願いをとなえ、自分の未来を想像するのが好きだった。ときには両親に話しかけ、天国にいる父と母が耳を傾けてくれるのを感じたりもする。今夜は、そのすべてをやってみた。

ところがショップに到着すると、ふんわりした気分は消えうせた。チップとジョーダンが、どちらも店内にいたのだ。チップは試食カウンターでロイス夫婦と歓談し、ジョーダンは蜂蜜の瓶の近くでその三人をながめている。ジョーダンがわたしに気づいて首をかたむけ、ふたりで話したいというジェスチャーをしたけれど、彼の経歴が嘘だとわかって、わたしは浮かれた調子で話す気にはなれなかった。というか、お客さんがたてつづけにやってきて、それどころではないというのが実態だ。

レベッカとティアンとマシューは何をしているの？　みんなそろって地下に行ったとは思えない。

わたしはエプロンをとりにラックへ急いだ。「すみません、みなさん、番号札をとっていただけますか？」番号制はいやだったのだけれど、数カ月まえにやむをえず取り入れた。そうでもしないと、休日はてんてこまいなのだ。

チップが心底楽しそうな笑い声をあげた。「すごいぜ、エインズリー！」ロイスのご主人エインズリーの腕をたたいてまた笑う。それも必要以上の大きな声で。ジョーダンを意識しているのかもしれないけれど、わたしはああいう馬鹿笑いが嫌いだし、チップもそれは知っているはずだった。

「やあ、シャーロット！」チップはワインのアネックスにつづくアーチ道まで来ると、「いつもながらきれいだよ」といって、頰に小さなキスをした。

ケイトリンが亡くなって収入の道が閉ざされた人間にしてはずいぶん陽気だ。まさか、なんらかの形で事件にかかわっているとか？　ううん、それは考えられない。たしかに衝動的で怒りっぽい人だけど、極端な暴力をふるうことはない。燃え残りの焚き火のようにくすぶって、ああだこうだと言葉で攻撃するのがもっぱらだ。わたしは彼に捨てられたあと、自信をとりもどすのにずいぶん時間がかかったけれど、いまふりかえってみると、どうして彼に未練があったのか、そちらのほうが不思議でならない。毎晩泣いて、セラピスト（それもふたりも）に話を聞いてもらったりして——。

わたしは彼にキスされたほっぺたをこすると、フックからエプロンをとってカウンターに行った。背後の壁に目をやり、「五十七番のお客さま、いらっしゃいますか？」と呼びかける。

「おれだよ」チップが番号札をふった。

「さっき買ったばかりじゃないの」ついとげとげしい言い方になる。

「あれは宿に帰ってみんなで分けたんだよ。そうだな、ポイントレイエス・ファームステッドのブルーチーズをもらおうか。これはきみのお気に入りだったよな。ホルスタインのミルクに、隠し味として海辺の霧と、それから……」指をふる。「うーん……」

「太平洋のやさしい潮風を加えたもの」と、わたし。

「そうそう」チップはわたしが品物を準備しはじめると、ぶらりぶらりとロイス夫婦のところにもどった。「なあ、シャーロット、いまエインズリーから、ゆうべのホッケーの試合の話を聞いていたんだよ」エインズリーをつつく。「彼女に話してくれよ」

ロイスのご主人は、チップやジョーダンとおなじくらいの背丈だけど、体格はもっとがっしりしている。彼が薄くなりつつある赤毛を掻きながらいった。

「いや、ほんとうにいい試合だったよ」ソフトな語り口はチップと正反対で、けっして大声で話したりしない。ロイスにいわせると、会話よりも読書を好む思索家タイプらしく、それが彼女には多少物足りないのでは、と感じるときがあった。ロイスもたまにはパブでおしゃべりしたり、ピクニックに出かけたりしたいだろう。

チップがまたエインズリーをつついた。「ルカシェンコが二ゴールしたんだろ?」

エインズリーはうなずいた。

「すごいよな」チップはパンチをふたつ。「おれはフランスにいたとき、アイスホッケーが恋しくて恋しくて——」

わたしは品物をショップの袋に入れると、レジに来るよう、チップに手をふった。チップは支払いをしながら話しつづける。「フランスにもチームはあるんだが、ブルージャケッツとはぜんぜんちがうんだよ。シャーロットはネイションワイド・アリーナの試合を覚えているか？ すごい歓声で、きみは怖がっておれにしがみついたよな」わたしの目をじっと見る。「また行こうぜ」

わたしは右の眉をぴくりとあげるだけだ。

「そうか、わかった。冬祭りで仕事があるもんな」

どこからか声がして、そちらをふりむくとジョーダンだった。彼はショップの裏口から外に出ていきながら、二本指で敬礼する。これは「またあとで」の合図だ。いまわたしが走って外に出れば、霜のおりた菜園で彼に追いつくことができるだろう。でもそれでどうするか？ 彼にキスをするか、大昔に亡くなったチーズ製造業者について彼を追及するか。

ドアが閉まった。

走ってジョーダンを追いかけたい気持ちをこらえているところへ、レベッカがキッチンからあらわれた。

「ちょっとこちらへ、シャーロット」レベッカはわたしに手をふった。

「五十八番のお客さま」わたしは彼女を無視して声をあげた。

ロイスが「わたしよ」と返事をしたあとで、「だけどレベッカと何か話があるんでしょ？」

といった。「エインズリー、少しティービスケットを見てみない？　夕食のシチューに合うものをさがしましょう。シャーロットは時間ができたら、いつものチーズを四分の一ポンドつつんでくれる？　あれはイポの蜂蜜ととても相性がいいのよ」

ロイス夫婦がビスケットを見にいくと、チップが寄ってきた。

「なあ、シャーロット」

「いま忙しいの」

きっぱりいうと、チップは何かいいかけてやめ、そのままショップから出ていった。わたしはレベッカに、カウンターのほうへ来るよう手招きした。それからロイスお気に入りのルージュ・エ・ノワールのブリーをカットする。

レベッカがわたしの横に来てささやいた。「オクタヴィアは何ていってました？」

「それを聞きたくて、わたしをキッチンに呼んだの？　さあ、早くお客さんの相手をしてちょうだい」店内にはほかに六人くらいのお客さんがいた。「そのあと話しましょう」

「いますぐじゃだめですか？」

わたしは返事をせずに、ブリーをペーパーでくるみ、ラベルを貼った。でもレベッカはその場に立ったままだ。わたしはあきらめて、バレル家のつらい状況と、バートンがカラアウの保管場所を知っている可能性があることを伝えた。

「やっぱりあの人が怪しいですよね」と、レベッカ。

「いいえ、それはないわ」と否定したのは、なんとロイスだった。ビスケットの箱を樽の上にもどし、こちらにやってくる。「バートンはそんなことはしませんよ」

ロイスはいわゆる地獄耳だ。わたしが自宅のポーチでひそひそ話をしていても、B&Bの庭にいるロイスには聞こえてしまう。

「バートンは犯人じゃないわ。あの晩、彼はずっと――」ロイスは腕時計をたたいた。「いまくらいの時間までうちにいたんだから。しかも、ぐたくたに疲れていたし。蠅をたたく力も残っていないくらいにね。そもそもバートンが人と口論するところを、わたしは一度も見たことがないわ」

「イポもおなじです」と、レベッカ。

殺人犯が町民の意見で裁かれるなら、イポもバートンも確実に無罪になるだろう。

「わたしの意見をいわせてもらえば、隠し事があるのはアルロ・マクミランだと思うわ」と、ロイス。

わたしは彼女にペコリーノ・ロマーノをひと切れ、試食用に差しだした。ロイスはカマンベールのような、なかがやわらかいチーズがお好みなのだけど、わたしはできるだけ新しいものを試してもらっている。ペコリーノ・ロマーノは羊乳の硬質チーズで、塩分の利いた独特の風味があり、削ってパスタ料理などに使う。

ロイスは「あらっ、おいしいわね」と、ひと口で食べきってから指先をなめた。「じゃあこれも四分の一ポンドいただくわ」

わたしはペコリーノ・ロマーノをカットしてつつむと、レベッカに渡した。

レベッカはロイスに「続きを話してください」といいながら、オーダー品をゴールドの袋に入れ、レジへ行く。

「このまえアルロは、ケイトリンに会いにうちに来たのよ。そのときはもう、彼女はヴァイオレットのところに移っていたんだけど」

「ゴシップは、ほどほどにな」ロイスの夫エインズリーがクラッカーと蜂蜜をレジの横に置き、クレジットカードをレベッカに差しだした。

「世のなかを動かしているのはゴシップなのよ」ロイスは夫の腕をたたいた。

レベッカがエインズリーに利用伝票を渡し、エインズリーは手早くサインをすると、ロイスをカウンターから引き離そうとした。

「よしてよ、エインズリー」ロイスは抵抗しながらも、夫に連れられて出口に向かった。そして顔だけこちらを向いて、「アルロ・マクミランとケイトリンのあいだには何かあるわよ。まちがいないわ」といった。

アルロとケイトリンに？　そういえば、ケイトリンがここに来た日、アルロは彼女と入れ替わるように帰っていった。とくに避けている感じではなかったけれど、からだがちょっとぶつかったとき、アルロはひどくいやな顔をした。ケイトリンの携帯電話が鳴ったのは、それからすぐではなかったか……。あの電話は、アルロがかけたもの？　ジョージア・プラチエットによれば、ケイトリンには恋人がいたらしいけど、それがまさかあのアルロとは、わたしには想像できなかった。

レベッカがエプロンをとり、わたしは彼女の手首をつかんだ。ふたりの手のあいだでエプロンが揺れる。

「どこに行く気？」

「ふたりでアルロ・マクミランのところに行きましょう。そして話を聞きましょう」

「だめよ。まだ仕事があるわ」

「ティアンがいますよ。ね？」レベッカがわたしの背後に目をやると、ティアンがラグズを抱いて事務室から出てくるところだった。

「悪いけど、ラグズは事務室から出さないでくれる？」わたしはティアンにいった。

「そうだったわね、ごめんなさい。すごくかわいいから、つい……」ティアンの目は、いやに腫れぼったかった。ひょっとして、泣いていたとか？

ティアンはラグズを事務室にもどすとすぐにカウンターにやってきて、笑顔をつくった。

「五十九番の方、どうぞ」ティアンの呼びかけに、太った男性が番号札をふる。「いらっしゃいませ、ホワイトさん。何になさいます？　きょうはソフトタイプを……カマンベールなどいかが？」

「ね？　彼女なら立派にお店番ができます」レベッカはわたしの手をほどいた。「それにおじいちゃんもじきに来ますし」

「どうしてわかるの？」

「毎日、夕飯まえになるとショップに来て、チーズをつまむじゃないですか」

「それはもうやめたはずだけど」

レベッカはあわてて口に人差し指をあてた。「すみません、このことはおばあちゃんには内緒にしといてください」

祖父のつまみぐいの習慣が復活したことが祖母にばれたら、ひと悶着あるのは確実だ。

「シャーロット！」デリラがショップに駆けこんできた。勢いよく開いた扉から、夜の冷気が流れこむ。デリラはカウンターまで来ると、わたしの腕をつかんだ。

「あのおかしな男が、うろうろしてるわよ」

「あのって？」

「オスカーなんとかよ。年じゅうトレンチコートを着てる人。どうも女の人をつけまわしてるみたい。Gで始まる名前の人よ」

「ジョージア・プラチェットかな？」

「そうそう」

わたしはあきれて首をふった。デリラはなかなか人の名前を覚えられないのだ。自分のレストランの常連客ですら、名前を忘れてしまうことがある。彼女のお父さんのほうは、お客さんをニックネームで呼ぶと居心地よく感じてもらえる、といつもいっているのだけど。

「ストーカーっぽいわよ」と、デリラ。「アーソに報告したほうがいいわ」

デリラがわたしを連れだそうとすると、レベッカが行く手をふさいだ。

「アルロ・マクミランのほうが先です」

レベッカは射るような目でわたしを見すえ――この顔つきは、うちの祖母から伝授されたものだ――わたしは動けなくなった。

デリラはふくれっ面をする。

わたしはアルロかオスカーのどちらかを選ぶしかなく、「じゃあ、アルロが先ね」といった。

レベッカは満面に笑みを浮かべ、すぐさま玄関に向かった。

9

わたしはアメフトの守備のラインマンになった気分だった。ショップの玄関へ突進してレベッカを追い越すと、身を挺して彼女が外に出るのを阻止する。

「どうしたんですか?」と、レベッカ。

「あなたは行っちゃダメ。お店に残っていなさい」

「どうして?」

「あなたには仕事があるから」

レベッカはうつむき、「わたしをクビにするってことでしょうか?」と訊いた。

そんなつもりはない。まったく、ない。でも今回、彼女を行かせてはいけないと思った。

レベッカはひどくしょんぼりしたけれど、結果はすぐ報告するからと約束して、あきらめさせる。

わたしはデリラと車に乗って、町のはずれを目指した。途中、冬祭りの会場を通りすぎると、氷の彫刻は総仕上げの真っ最中で、参加商店もテントの最終準備に入っているようだ。テントの外縁や松の木々につけられたライトがきらめいて美しい。

「きれいな夜ねえ……」助手席の窓から顔を出してデリラがいった。耳の上でカールした髪がなびき、かわいい子犬のようだ。「おとぎの国みたいだわ」

日中顔をのぞかせた太陽も、湿った空気を乾かすことはできなかったようだ。

「窓を閉めてくれない？　凍えそうだわ」わたしはデリラにいった。

「これで凍える？」デリラは苦笑した。「だったらニューヨークのみぞれは耐えられないわね」

北へ向かって走る。沿道にはさまざまな店舗が軒を連ね、四月までは休業の園芸店もあれば、納屋や子どもの遊び小屋《プレイハウス》をつくる工務店もある。エイミーとクレアは以前から、ピンクと白の小さな小屋をほしがっていた。マシューはメレディスと結婚して新居に移ったら、プレイハウスも買ってやろうと娘たちに約束している。わたしも小さいころ、祖父母の家にある小屋で遊んだけれど、長年にわたって白ペンキを塗り重ねられた古い小屋は、いまでは芝刈り機や園芸用品の置き場となっていた。そういえば、あの小屋でチップとキスをしたっけ……。わたしはアクセルを力いっぱい踏んだ。窓の外には、何キロも何十キロもつづく牧草地と、粗末な柵が見える。有刺鉄線のついた柵は、霜できらきらしていた。

「チップのことを考えてるんじゃない？」デリラがからかいぎみにいった。

わたしは彼女をにらみつける。どうしてわたしの心が読めたのだろう？

「あなたのショップに来たんでしょ？」

「どうして知ってるの？」

「〈フロマジュリー・ベセット〉のゴールドの袋を持っているのを見かけたから」

わたしはハンドルを指でとんとんたたいた。

「ねえ、シャーロット。ひとりで考えこまないで話したほうがいいわよ。彼はあなたにつきまとってるの？　オスカーがジョージアをストーキングしているみたいに」

「オスカーはストーカーじゃないわ」

「そう？」

「彼女のことが好きなだけよ」

「だからって、つきまとっていいことにはならないわ。チップもそうよ」

わたしは力をこめてハンドルをたたいた。

「ジョージアがうちのお店に来たのよ」デリラはつづけた。「カウンターでルートビアを飲んでいたけど、すごく考えこんでてね。だからどうしたのって尋ねたら、オスカーの証言は信じられないって。レベッカとイポが公園で笑っていたっていう証言よ。オスカーはそういう嘘をつく人だと彼女はいっていたわ」

わたしは首をかしげた。オスカーはたしか、ジョージアは嘘つきが嫌いだから自分は正直でありたいようなことをいっていたけど……。

「ところで、どうしてアルロを優先したの？」デリラが訊いた。

「おかしな行動をとるからよ」わたしはロイスから聞いたこと、自分が見たことを伝えた。

「でも、彼はもともと、何をするかわからないタイプじゃない？」と、デリラ。

「ケイトリンがうちのショップにいたとき、だれかから電話があったのよ。彼女は不機嫌そうに、電話の相手を脅していたわ。〝そんなことをしたら、ただじゃすまない〟って」

「その電話の相手がアルロだっていうの？」

「可能性は否定できないでしょ」わたしはそういいながら、ヘッドライトをつけた。あたりは暗さを増し、街灯などないから、カーブをきるのが不安になる。「ケイトリンが買おうとしていた農場はアルロの土地のとなりだから、彼のところもひっくるめて買う気だったのかもしれないわ。それでアルロは腹をたてた……」

「怒りだけで、人殺しまでしないわよ」デリラは指でドアをたたきながら考えこんだ。「アルロのひいおばあちゃんは、プロヴィデンスの最初の入植者よね……彼はここで生まれ、ここで育って家庭をもって……代々受けついできたものを守りたいという思いは殺人の動機に……なりうるかもね。いっぽうケイトリンは、土地に対するアルロの愛着なんか知るよしもなかった」

「ずいぶん昔のことだけど、彼女はここに住んでいたのよ」

「あら、それは初耳だわ」

「アルロとケイトリンは同年輩だから、当時、ふたりは交際していたのかもしれない」

「アルロが？　それは考えにくいわねえ……。青白い顔で、いつも人をばかにしたような目つきをして、だぶだぶのコートを着ている男。奇人変人の部類よ」けらけらと笑う。「そういう人が、ニューヨークにはいくらでもいたけど。わたしはセントラルパークの池のまわりを一生ジョギングできなくてもぜんぜん平気だわ。ともかく、アルロは得体の知れない人よ。ずいぶんまえだけど、うちのお店にキャンディの袋を持ってきて、お客さんみんなに回していたわね。とても気さくでいい人に見えるときもあれば……」言葉をさがす。「ふつうとはちがって見えることもある」

わたしは牛を乗せたトラックをよけてハンドルをきった。するといきなり、目の前にフォード・エコノラインのバンがあらわれ、思い切りブレーキを踏む。からだがシートに押しつけられ、デリラも窓枠にしがみついた。

「スピードをおとしたら？」と、デリラ。「アルロは逃げないと思うわ」

道路がカーブし、バートンの牧場とイポの養蜂場のあいだの土地に入った。

「アルロは奥さんを亡くしてから、少しおかしくなったのよね」デリラはシートのなかでからだごと横を向き、わたしの顔を見た。「人生の連れ合いがいないと、そんなふうになっちゃうのかしら？」喉が詰まったような声。

わたしはちらっとデリラを見てから、「どうしたの？　大丈夫？」と訊いた。

暗い車内で、彼女の目は光って見える。もしかして泣いているとか？

「ルイージはあなたを愛しているわよ、デリラ」

「ええ……」しばし沈黙。「どうしていま、そんなことをいうの？」

「あなたの目がうるんでいるように見えたから」

「そうね、涙が出たわ、アルロのことを考えて。彼は孤独で、さびしい人なのよ」

わかるような気がした。だけどそういう人でも、罪を犯すことはあるだろう。

＊

アルロ・マクミランの養鶏場の入口には、「マクミラン」と刻まれた杭が二本立っていた。私道の砂利の上をとろとろ走り、かつて流行した牧場《ランチ》様式の母屋――いまは荒れて古びている――に向かった。車のヘッドライトが照らすのは、枯れた草地にころがるおもちゃ、錆びた自転車。

あのケイトリンが逢瀬でここに通ったとは想像しにくいけれど、だからといってふたりが愛人関係ではなかったと決めつけることはできない。ケイトリンはロイスのB&Bからヴァイオレットの〈ヴィクトリアナ・イン〉に移ったらしいから、そこで恋人と会っていた可能性はある。ヴァイオレットはダブルクリームのチーズが大好きなので、濃厚な白かびタイプのフロマジェ・ダフィノワあたりを試食してもらえば、彼女の口も軽くなって話してくれるかも。でなきゃウンブリア地方のカチョッタ・アル・タルトゥーフォか。こちらは牛と羊の二種類のミルクを使ったセミソフト・タイプで、トリュフ入り。黒トリュフのやさしい香りとチーズそのものの風味の組み合わせが絶妙だ。これにメルローでも一本添えれば、ヴァイオレットはたちまち陥落するだろう。

車を玄関前で停め、わたしはドアのハンドルに手をかけた。

「なんだか、うす気味悪い場所じゃない？」デリラがささやく。「ゴミだらけだし。どうして片づけないのかしら。アルロにお金がないとは思えないわ。いつだったか、ギャラリーで姿を見たもの。アルロは美術品の競売に参加しているのよね」

「参加するだけで、実際には買わないんじゃないの？」わたしは美しい食器を見てまわるのが好きだけど、だからといって気に入ったものをすぐ買えるような経済的余裕はない。

「だからかしら、彼がうちで注文するのは決まってクラブソーダだわ。けちけちしてるの」

「けちっていうより、倹約家じゃない？　四人の子どもを育ててあげたんだもの」

「子どもはどこに住んでいるの？」

「さあ？」わたしは高校を卒業したころからいままで、アルロが人と連れ立って歩くところを見たことがないような気がする。「彼はシンプルな暮らしが好きなんでしょ、たぶん」

デリラは、そうかもね、という目でこちらを見た。

わたしはふっと息を吐いて勢いをつけ、車の外に出た。ポーチの電灯は割れていたけど、ともかくそちらに向かう。長年風雨にさらされた鶏舎から、ニワトリの鳴き声が聞こえた。デリラもわたしについてきて、凍える空気に彼女の温かい息が混じった。

「どうする気？　ドアを蹴破って、白状しろって迫る？」

「似たようなものね」

わたしは呼び鈴を押した。でも電灯とおなじく故障しているようで、わたしはノックをして待った。

「留守みたいね」と、デリラ。「じゃあ、あきらめてオスカーの家に行きましょう」

わたしは彼女の腕をとって引き止め、もう一度ノックしてみた。

反応はない。

「何か聞こえない？」わたしは耳をそばだてた。家の奥のほうから、不気味な音楽が流れてくるように思う。そうだ、あれは映画《サイコ》の音楽だ。祖母がかつてお芝居でこれを使ったことがある。

デリラはぶるっとからだを震わせ、「車にもどろう」といった。

わたしも背筋が寒くなったものの、デリラを引き止める。

「待ってよ。もしアルロが犯人の手がかりをつかんで、それに犯人が気づいたとしたら？」《サイコ》のシャワー・シーンが脳裏をよぎり、想像は一気に膨らんだ。「家のなかでアルロが倒れていたらどうする？」それを見過ごしたら、わたしは一生後悔するだろう。「なんとかして家のなかに入らなきゃ」

「あのね、シャーロット・ベセットさん、あなたはプロヴィデンスの救世主でもなんでもないのよ」デリラはそういってから、目を伏せた。「ごめんなさい、ひどい言い方だったわね」

わたしも噂は耳にしていた――わたしが殺人事件の犯人を見つけたのは、初回はたんにラッキーだったから。それが二度になったのは、わたしがおせっかいで、詮索好きだから。そして最近になって、〝救世主きどり〟というあだ名がついたことを知った。うちのショップでお客さんたちのひそひそ話が聞こえたのだ。でもわたしは、ゴシップの類は気にしないことに決めている。

「手ぶらで帰ったら、レベッカに罵詈雑言を浴びせられるわ」と、わたしはいった。

「たしかにね。彼女は怖いわ」

「何も起きてないことを確認しなきゃ」

「わかったわ。だけどちょっとのぞくだけで、すぐに帰るのよ」デリラはドアノブを回してみた。が、動かない。建物の角まで行ってのぞきこむ。「懐中電灯はある?」

わたしは小走りで車にもどり、助手席の小物入れから懐中電灯をとってもどってきた。スイッチを入れて、木造の外壁を上から下まで照らす。

「窓があって少し開いているように見えるけど、ずいぶん上だわ」

「木造なんだから、手がかりになる節穴はあるわよ」と、デリラ。

彼女とメレディス、わたしの三人は子どものころ、よく木登りをした。メレディスの家の敷地には樹齢二百年のカシの木があるのだ。いちばん上手だったのは、ここにいるデリラだ。

わたしは壁面に光を当てた。デリラが壁をよじ登っていく。そして窓をこじあけると、きしんだ音がした。デリラは首をのばしてなかをのぞく。

「あっ。床に人が倒れてるわ。懐中電灯を投げてくれない?」

わたしの投げ方はへたくそで、懐中電灯は窓の下の壁に当たって地面に落ちた。頭部がはずれ、電池が外にこぼれる。

「しょうがない。わたしがなかに入ればいいのよね」デリラは窓の開いた部分にからだをねじこませた。

また不法侵入したことをアーソが知ったら、確実に怒り爆発だわ……。わたしはいやな予感に怯えながらも、壁をよじのった。窓枠をまたぎ、室内の床に飛びおりる。

部屋にはニワトリのにおいが充満し、しかもひどく埃くさい。

「どこに人が倒れているの？」わたしはあたりを見回した。

「あっちよ」

デリラについていくと、何やら丸まったものがあり、しゃがんで目を凝らしたところで、湿った藁のにおいが鼻をついた。

「なんだ、古い案山子《かかし》じゃないの」

「あら……。電気のスイッチをさがすわね」

目が暗がりに慣れると、部屋の中央にテーブルがあるのが見えた。上にはさまざまな形のものがのっている。そして壁のあちこちに棚があり、こちらにもいろんなものが置かれていた。

いったい何かしら？　わたしは一歩踏みだした。と、しゃがれた咆哮がとどろきわたった。照明がいっせいに点灯し、アルロがわたし目指して突進してきた。パジャマ姿で、手にはヌンチャク。二本の棒をつなぐ鎖が恐ろしい音をたてた。

デリラが悲鳴をあげ、背後から彼にとびついた。アルロは彼女をはねつける。

「やめて、アルロ！」わたしはさけんだ。

アルロは止まらない。わたしは両手で頭をかかえ、防御の姿勢をとった。彼が全力でぶつかってきて、わたしの頭が彼のみぞおちに衝突した。彼は息ができなくなり、手からヌンチャクが落ちる。うめきながらつんのめって、アルロは木の床にひざまずいた。

すかさずデリラがアルロの首に片腕をまわす。彼女はニューヨークで襲われた経験があり、以来対処法を身につけた。「彼の両手をつかんで」デリラがわたしにいった。

「ううん、放してあげてよ」

「おとなしくなるまではダメ」

アルロは「放してくれ。もう襲ったりしないから。悪かったよ」と苦しそうにいった。

「お願いよ、デリラ」

デリラは腕を放し、わたしはアルロに訊いた。

「こんなに早い時間からパジャマ姿なの？」

「風邪をひいたみたいでね。ずっと寝ていたんだ」

「《サイコ》を見ながら？」

アルロはうなずいた。「あんただとは思わなかったよ」

「だれと勘違いしたの？」

「おれを追っているやつさ。尾行されているんだよ。どこにいても見張られてる」

「ヒッチコック映画の見過ぎじゃない？」と、デリラ。

「それなら全部ここにある」

きっとそれはほんとうだろう。しかもこの部屋を見るかぎり、集めているのはヒッチコック映画にとどまらない。棚には骨董品に小間物、ＤＶＤ、缶製品がずらずら並び、床には自転車やボール類。古いものを集めるジャンク・コレクターにとって、ここは宝の山だ。あの奇妙な形をしたものは……中世の武器？　この調子なら、イポのカラアウもほしくなるかもしれない。

「どうやってここに入った？」アルロは腕を組み、憮然としていった。

「あなたが倒れたかもしれないと思ったのよ」ケイトリンの恋人かもしれない、殺人事件の犯人かもしれない、と疑ったことは、もちろん黙っておく。

部屋の古物を見てまわっていたデリラが、「これにどんな価値があるの？」と訊いた。彼女がかかげたのは、丸めた包装紙のてっぺんにウェディングベルをつけたものだ。「それからこれは？」指さしたのはぬいぐるみのキリンで、町の玩具店に行けば、小さな子におまけで提供するようなものだった。

「それなりに意味はあるのさ」と、アルロ。

「このクラッカーも？」全粒粉クラッカーの箱を手にとる。「お金を払って買ったの？」

「い、いいや……」

デリラはわたしをふりむいた。「あなたのお店の品物じゃない？　これを売っているのは、わたしの知るかぎり〈フロマジュリー・ベセット〉だけよ。ほら、あそこにはチーズの丸い容器もあるわ」険しい目でアルロを見る。「万引きしたのね？」

アルロは組んでいた腕を両脇に垂らし、うなだれた。

「女房が死んで、何か……何かしないと、いたたまれなかった」

「それがこのコレクション？」

アルロは床のヌンチャクを、目にするのさえいやそうに蹴った。

「だれかに怯えているの？」

「え？」彼はうるんだ目でわたしを見た。

「尾行されているっていったでしょ。その人はだれ？」わたしはオスカーではないかと思った。彼がケイトリンの命令でアルロをつけていた可能性はないだろうか？「それに、どうしてそんなふうに感じたの？」

「ゆすられたんだ」

「ひょっとして、ケイトリンにじゃない？」

「そう、そうなんだよ！」アルロは一転して語気を強めた。

殺人のあった晩、ふたりは口論になったのだろうか？

「いくら要求されたの？」

「うちに金はない。おれは無一文さ。財産は全部、四人の子どもに使っちまったからね。ところがどうだい、子どもも孫も、じいさんの顔を見に一度だって帰ってきやしない。おれを嫌ってるんだよ！」アルロの顔が悲しげにゆがんだ。

わたしは胸が痛んだけれど、話を先に進めなくては、と思った。

「ごめんなさい、アルロ……。でもやっぱり教えてほしいの。どれくらいの金額をゆすられていたの？」

「要求されたのは金じゃないんだ」アルロは嫌悪感むきだしの顔をした。

「だったら何を？」

「おれの土地だよ」

ケイトリンは養鶏場も経営する気だったのだろうか？　それとも養蜂場を拡大する一環として？

「イポのカラアウを黙って持ちだしたのはあなた？」

アルロはとまどった顔をした。「なんでそんなことをするんだよ。イポはおれの友だちだ」

わたしは床のヌンチャクに目をやった。カラアウとおなじくらいの大きさだ。凶器はなにも、カラアウとは限らないのではないか……。わたしがヌンチャクを見ているのに気づいたアルロの表情が険しくなった。

「あなたはこのまえうちのショップで、ケイトリンが来るとすぐに帰ったわよね」

「そんなことはない」

「いいえ、すぐに帰ったわ。それから数分して、彼女の携帯電話が鳴ったの。かけたのはあなたなの？」

「電話番号を知らないよ」

ここでデリラが口を開いた――「だけどあなたをゆすってたんでしょ」

「電話で話したことはない」

「通話履歴を見ればすぐにわかるわ。いま、携帯電話はどこにあるの？」

「そんなものは持っていないよ」

デリラが怖い顔で彼に近づいた。

「なくしたんだよ」と、アルロ。

「いいかげんにして」と、デリラ。

「嘘じゃないよ。きのうヴィレッジ・グリーンに行ったときになくした。たぶんコートから落ちたんだろう。ポケットに穴があいていたから」

「遺失物取扱所には行った？」わたしは冬祭りの会場の北側、警察署に近い場所に設置されているのを知っていた。

アルロは背を丸め、首を小さく横にふった。

「あなたの話は納得がいかないわ。ケイトリンはあなたの万引き癖をネタに脅迫したんじゃないの？　それであなたは口封じをしようと……」

「ああ、あの女を脅したよ。でも殺したりはしない」目がうつろになる。「おれは治療が必要かもしれない。精神的な治療がね。だけど人殺しじゃない。信じてくれ、頼むから信じてくれ……」力なく床にすわりこむ。「それに、これも嘘じゃないよ……」涙声。「電話は、ほんとうになくしたんだ」

傷つき倒れた人を殴ってはいけない――祖父はよくそういう。

「わかったわ、アルロ。あなたを信じるわ」わたしだってたまには、罪のない嘘をつくのだ。

アルロは濁流から救われたように、心底ほっとした顔をした。

「でも、ひとつだけしてほしいことがあるの」と、わたしはいった。

「なんだい？」

「わたしといっしょにアーソ署長のところに行って、何もかも打ち明けてちょうだい」

わたしがイポ・ホーのためにできることは、ともかくアーソに情報を与え、ほかにも容疑者がいる可能性を考えてもらうことくらいだった。

10

アルロには外出できる服に着替えてもらい、デリラとわたしと三人で警察署に向かった。アルロの服装はデリラのアドバイスに従って、黒いズボンにセーター、その上にダブルの厚手のウールコートだ。これなら十分、節度ある善良な市民に見える。わたしはアルロを係の人に任せ、デリラとふたりでアーソのオフィスに入っていった。

わたしは手短に、これまでにわかったことを彼に伝えた。ケイトリンがアルロを脅迫していたこと、アルロの盗癖、ケイトリンとバートン・バレルの契約はケイトリンに一方的に有利であったこと――。

「もういい、わかった」アーソは立ちあがると、きれいに片づいたデスクをまわって、獲物を追いつめる熊のようにわたしに迫ってきた。「きみという人は、まったく――」

「何かしたかったのよ」わたしはアーソの言葉をさえぎった。でも思ったほど、声に力がこもらない。「アルロはようすがおかしくて、ロイスも彼がB&Bに来たっていったから」

「ようすがおかしく見える町民は彼ひとりじゃないだろう？　きみはそのたびに不法侵入するのか？」

「でも、それで明らかになったことがあるわ」デリラがわたしよりしっかりした声でいった。

アーソはデリラをにらむ――「おれはいま、シャーロットと話しているんだ」

デリラは先生に叱られた生徒のように、両手を背中にまわして黙りこんだ。アーソはわたしに視線をもどし、大きなため息をひとつ。

「ゆすりの件について、もう一度話してくれ」

わたしはアルロの告白をくりかえした。ただ、いまでも彼がケイトリン殺害の真犯人である可能性は残っている。だからアーソに念を押した。

「彼が逃亡しないように見張っていたほうがいいわ」

「警官としてやるべき仕事をきみに指示されるおぼえはないね」

「それはそうだけど――」

「きみには手を焼かされるよ」

「イポ・ホーは無実だもの」

「そうかもしれないし、そうではないかもしれない。あらゆる面から捜査をするよ」

「そういえば、ケイトリンに恋人がいたことは知っている？」わたしはまだそのことをアーソに話していなかった。

アーソは口を閉じたまま、舌を動かした。どうやら彼は知らなかったらしい。人の鼻をあかして喜ぶのはいやだけど、これでいくらかすっきりした。

「危険な真似をして、何かあったらどうするんだ」ようやくアーソはいった。

「ええ。でも無事にすんだから」わたしはデリラをふりむいた。「そろそろ帰ろうか」

アーソは人差し指をつきたてる。「いいかい、今後また捜査の邪魔をしたら──」

「もうしません」できればわたしだって、こんなことはしたくない。そう思いながらドアに向かって、ふと思い出し、アーソをふりかえる。「そうだ、デリラの話だと、オスカー・カーソンはジョージア・プラチェットにストーカーまがいのことをしているみたいよ」

＊

わたしはデリラにおやすみをいって別れると、ショップに帰った。あしたの冬祭り開幕に備え、〝ル・プティ・フロマジュリー〟に寄ろうかとも思ったのだけど、とりあえずレベッカに報告したほうがいいだろう。

不法侵入とアルロの告白、そしてアーソの反応を聞いたレベッカは、カウンターの向こうで、檻のなかの熊のごとく行ったり来たりした。

「やっぱりアルロは怪しいですよね。アーソ署長は偏見と先入観でイポを犯人だと決めつけていると思います」

「アーソほど偏見のない人はめずらしいとわたしは思うけど」

「署長はイポを逮捕する気ですよ」

「大丈夫よ。そんなふうにはならないから」

「断言できますか？」

「ええ」と、自信はなくても断言する。中途半端なことをいって、またレベッカを悩ますのはかわいそうだ。

「ああ、シャーロット、わたしは何をしたらいいんでしょう……」

「閉店準備をして、のんびりすればいいの。わかった？」レベッカの頬にキスをして、わたしは急ぎ、冬祭りのテントに向かった。

午後八時。ふたつの店舗を行き来して、副業の不法侵入までやってへとへとだったけれど、なんとかあしたのオープニング準備は完了。これはひとえに、ティアンの働きのたまものといえた。ティアンという人はじつに有能なスタッフだと実感する。

「そろそろ帰る支度をしましょうか」わたしがいうとティアンはうなずき、アンティークのビュッフェ・テーブルの下からバッグをとりだした。

と、そこへエイミーが駆けこんできた。

「こんばんは、シャーロットおばちゃん、テイラーさん。ご機嫌いかが？」

「はい、ご機嫌はいいですよ」ティアンはバッグをテーブルに置いて、なかをいじった。

「テイラーさん、こんばんは」エイミーのうしろからクレアが入ってきた。トルコブルーのニットの帽子をぬぐと、静電気でブロンドの髪がふわっと立った。脇にかかえているのは、犬のしつけの本のようだ。クレアはロケットに夢中だった。ボールを投げて遊び、リードを持ってお散歩し、顔の前に垂れた長い毛にブラシを入れる。

「いままで何をしていたの？」わたしが訊くと、エイミーが「合唱の練習」と答えた。

するとマシューがメレディスといっしょに、やあ、と手をふってあらわれた。

「記念式典のチケットはほぼ完売らしいぞ。あしたは観光客でいっぱいだ」

「いま、わたしがおばちゃんと話してたの」エイミーが父親にいった。

「お、悪かったな。つづけてくれ」マシューはメレディスをワインのテイスティング区画に連れていき、そこに重ねてあったグラスをととのえた。

エイミーはストライプのマフラーをとると、投げ縄のように振り回しながらいった。

「きょうの練習はすごかったんだよ、シャーロットおばちゃん」外の寒さにまだほっぺたが赤く、チョコレート・ブラウンの瞳がうれしそうにきらめく。「嘘じゃないわよ、ほんとにすごかったの。おばあちゃん《グランメール》も聴きにきてくれて」

「ほかにだれが来たか、当ててみて」と、クレア。

エイミーがクレアをにらみつけ、クレアはティアンのほうに首をかしげる。わたしは、わかったわ、と無言でウィンク。おそらくティアンの息子のトマスが来たのだろう。きょうの昼間、わたしはトマスとお姉ちゃんのティシャを会場で見かけていた。父親の氷の彫刻を見に来たらしい。

「いろんな歌をうたったの」と、エイミー。「ひとつ、うたってみるね」エイミーはいきなり《レット・イット・スノウ》をうたいはじめた。とてもお上手。

「トミーがエイミーに投げキスをしたの」と、クレア。

エイミーの歌がぴたっと止まった。「トミーじゃなくて、トマスよ」

わたしは横にいるティアンに目をやった。笑いをこらえて口紅をぬっているところだ。わたしはつま先で彼女の靴をつつき、彼女はつつき返してきた。

「あの子、目がまんまるになってたから――」クレアが考えこんだように指先で顎をたたく。

「あれは投げキスをしたんじゃなくて、エイミーを見て吐きそうになったのかも」

エイミーはぶすっとして、棚に並べたジャムを見にいった。クレアはあとを追い、からかいつづける。

そこへシルヴィがやってきた。

「やっぱりここにいたのね。お母さんもリハーサルを聴きにいったのよ。気がついた？」

その格好で気づかないはずはないでしょう。真っ白な厚手のキルトに、大きな肩パッドが入っている。まるでアイスホッケーのゴールキーパーだ……。

ふたごは喧嘩をやめて母親のもとに走り、抱きついた。わたしの視界の隅では、マシューとメレディスが顔をこわばらせている。シルヴィが町に腰をおちつけてからというもの、ふたごは母親にまとわりつき、シルヴィのほうも時間があるときはまあまあの母親ぶりを披露していた。といっても、たいていの場合、彼女の口癖は「忙しいの」だったけれど。

「その服はなんなの？」わたしはシルヴィに訊いた。

「ええ、わたしも知りたいわ」ティアンはシルヴィのセンスを疑うように、小さな鼻に皺を寄せた。でもシルヴィはのんきなものだ。

「気に入った？」

「まさか」とささやいたのはティアンだけれど、たぶんわたしの耳にしか聞こえていない。

「これはグレッチェン・グランフェルドのオリジナルなの」

「聞いたことないけど」と、わたし。

「あら。それなりの人ならみんな知っているはずよ」

つまり、わたしはそれなりの人ではないわけだ。でもむしろ、そっちのほうがありがたいかも。

「寒くはないの?」と訊いたのはメレディスだ。

「エスキモーだったらちょうどいいかも」とつぶやいたのはティアン。

シルヴィは片手を腰に当てて、「これは特殊な素材でできているの」といった。頭を低くして、首のうしろ側のタグを見せる。そして子どもたちに呼びかけた。「さあ、お母さんとおそろいの服を買いにいきましょうね」ふたりの手を握る。「うちの魔法のテントには、きれいなお嬢ちゃんたちが喜ぶものもあるのよ」

「ちょっと待てよ」と、マシュー。「これからアイスクリームを食べにいく予定なんだ」

「それは残念だったわね」娘たちとドアまで行ったところで、シルヴィは肩ごしにこちらを見た。「ところでシャーロット、このテントはかび臭いわ。パチョリのアロマを使うとよくなると思うわよ」

チーズ・ショップにパチョリ? とんでもないわ。ただでさえ、この会場には綿菓子やココア、クッキー、松の木など、いろんなにおいが混ざりあっているのだ。

シルヴィと娘たちはテントから出ていった。

「まったくなあ……楽しい夜がだいなしだよ」マシューがうんざりしていうと、

「まだそう決まったわけじゃないわ」と、ティアンがいった。「子どもたちをとりかえしてきたらいいんじゃない？」

わたしは大きくうなずいた。

メレディスがマシューの首をなでながらいう。「このまえあなたは、もうシルヴィの好き勝手にはさせない、っていわなかった？ わたしたちは、わたしたちが決めたことを曲げずにやりぬくの。たとえ子どもたちの前で彼女と議論になっても――」

「議論なんてものじゃない。言い争い、口論だよ」

「わかったわ。口論ね。だけど、そうなったらなったでいいじゃない。わたしたちはわたしたちで決めて、それを貫くの」メレディスはマシューの背中を押した。「さあ、いっしょに行きましょう。かっこいいお父さんの姿を子どもたちに見せてやるのよ」

マシューはよしわかったというようにうなずいた。そしてメレディスとふたりでドアに向かい、メレディスは外に出るまえ、わたしをふりむいた。

「〈イグルー〉でアイスクリームを食べてから、家にもどってロケットの世話をするわね。ごはんはここに来るまえに食べさせたから。ラグズはあなたがショップに迎えに行くでしょ？」

「ええ、そのつもり」ペットが一匹から二匹になると、それなりに用事も増える。

マシューたちが出かけて、わたしはティアンにいった。

「ずいぶんシルヴィにきつかったわね」

「セラピーの影響かしら。きょうが二度めなんだけど、感じたことを口にしなさい、口にしたことを感じなさいっていわれたから」

「うまくいってるのね」

ティアンは弱々しい笑みを浮かべたものの、すぐ暗い顔になった。「ただの見せかけよ。頭は混乱したままで、どうしようもないわ。テオのいない生活にうろたえるだけみたい。子どもたちも苦しんでいるの。トマスはひどく荒れてるわ。何をやってもうまくできないし」

「頭が混乱しているんだと思う」

「あなたがしっかりしないと」

「きのうは、お仕置きで部屋の隅にすわらせたの。それも三度も」手のひらで顔をあおぐ。

「お姉ちゃんに手をあげるようなことがあったら、とんでもないもの。いまのところは、ランプを壊すくらいだけど……」がっくりと肩をおとす。「男の子は衝動的だから」

わたしはティアンの背中をたたいた。「息抜きしなきゃ。今夜はもう仕事もないし。戸締まりはわたしがするわ」

「先に帰ってもいいの？」

「ええ。子どもたちとアイスクリームでも食べに行ったらどう？　ダブル・デラックス・ストロベリー・マスカルポーネがおいしいって聞いたわよ」

ティアンはわたしの頬にキスをすると、バッグをとって、風塵のように外に飛びだしていった。わたしは母がよく歌ってくれた子守唄を口ずさむ。

おやすみ　泣かないで　坊や　さあおやすみなさい
目ざめたら　かわいい子馬がたくさんいるよ
ぶちの子馬に灰色の子　茶色の子馬にまだらの子
かわいい子馬がたくさんいるよ

最初に冷蔵庫の電源をチェック。つぎにテントの窓のジッパーと、ナイフのケースの鍵を確認。最後に床に四つんばいになり、カウンターの裏にさしこんだ蛍光灯のコンセントのスイッチを切る。

そして立ちあがりかけたとき、何かきしんだ音が聞こえた。首をのばしてカウンターの端から向こうをのぞく。外で輝く照明をかすかに受けて、人影が見えたような気がした。

このテントの奥に、だれかいるのだ。

侵入者は黒いコートにズボン、そしてフェイスマスク。肩幅の広さから、たぶん男だろう。クーラーボックスから何かをとりだし、ナップサックに入れる。わたしは息を殺した。こそ泥だろうか？　暴力をふるったりするだろうか？

気づかれたらまずい。わたしはできるだけ低くしゃがもうとして、カウンターの下に置いた箱に膝がぶつかった。侵入者に気づかれただろうか。わたしがそっとのぞくと、男は音に気づいたらしく、こちらに走ってきた。わたしに逃げ場はない。できることはただひとつ、大声をあげるくらいだ。

「助けて!」思ったように声が出なかった。肝心なときになんという頼りなさ。わたしはもう一度声をあげた。「助けて!」まえよりは大きく叫べた。

侵入者はカウンターをまわり、わたしに襲いかかってきた。ものすごい力で、わたしは前方に投げだされる。人工芝の床に両手をついたものの、カウンターがあるので立ちあがれない。テーブルの脚のあいだを通って逃げるしかなく、わたしは全力で、全速力で這った。

ところが侵入者は追ってこなかった。わたしの足首をつかむこともない。床を踏む足音だけが聞こえ、すぐにドアの開閉音がした。男は逃げたのだろうか?

わたしがテーブルの下から出たとき、侵入者の姿はなかった。窓に走って外をながめても、それらしい人影はない。男はすばらしく足が速いのだろう。

するとまた、ドアが開いた。わたしは身を守ろうとこぶしをつくり、ふりむいた。

入ってきたのはジョーダンだった。両手を高くあげて立ち止まる。

「ぼくだよ。どうしたんだ? 大丈夫かい? きみの悲鳴が聞こえたような気がしたから」

わたしの頼りない悲鳴が聞こえたの? 超人的聴力だわ。

「大丈夫よ。泥棒がいて――」

「どこに?」

「もう逃げたわ」わたしはドアのほうに手をふった。ジョーダンは外に飛びだした。

わたしがテント内の照明をつけたころ、ジョーダンがもどってきて、「走っているやつはひとりもいなかったよ」といった。

わたしはため息。「歩行者にまぎれたのかもね」

「どんなやつだ？」ジョーダンはわたしの両手をとって訊いた。「顔はしっかり見たか？」

「男だけど、フェイスマスクをかぶっていたから」わたしはアルロかもしれないと思った。出かけるとき、黒いコートのポケットにマスクをしのばせたのかもしれない。でもそうすると、警察から逃げてきたということ？　ううん、やっぱりあれはアルロじゃない。身長も横幅も、彼より大きかったように思う。だけどあんな状況では、大きさの感覚なんて当てにならないから……。とはいえ、やはり体格的にはオスカーくらいだろうか。わたしはジョーダンにそういった。

「オスカーじゃないよ」ジョーダンは小さく笑った。「さっき、彼を見たから。ナカムラさんが氷の彫刻の仕上げをするのを見物していたよ。侵入者はたまたまこのテントを狙ったのかもしれないな。この時期は冬祭りで、町の外から来る人間も多いから。で、何を盗まれたんだい？」

「たぶんチーズよ。クーラーボックスをあさっていたから」

重ねたクーラーボックスのいちばん上の蓋が開いていた。のぞいてみるとひっかきまわされていて、何がなくなったのかはっきりしない。

「こそ泥はカルシウム不足を補いたかったのかな」

「いいかげんにしてちょうだい」

ジョーダンはわたしの髪をなでた。

「きみのユーモアまで盗まれたんじゃないかと思って試してみただけさ」彼はわたしの肩を両腕でくるんだ。

「よく盗みに入る気になったわね……。昼も夜も警備員がパトロールしているのに」

「チャンスをうかがっていたんだろ」

「アーソに報告しなきゃ」

「ぼくなら彼には連絡しないな。いまは超多忙だろう。警備担当に知らせたほうがいい」

「男はまたもどってくると思う？」

ジョーダンは笑った。「どうだろうな。そいつはきみを怖がらせた以上に、きみを怖がっているような気がするよ」

あら、そう？　わたしは少し疑問だった。

ジョーダンはわたしを抱く腕に力をこめた。

「きみは認めたくないかもしれないが、世のなかは刻一刻と変わり、プロヴィデンスという町も昔とはちがってきているんだよ」

わたしはこの町を心から愛している。小さな町でしか感じられない空気があって、住民はみんな知り合いで、たとえ喧嘩をしようとおおもとでは仲良しだ。

「プロヴィデンスもどんどん大きくなって、発展すればそれだけ……」ジョーダンは言葉を切り、わたしのおでこにキスした。「人間はそう美しく善良なものではないよ」

わたしの心がざわついた。ジョーダン、あなたは善良ではないの？　わたしは彼の腕のなかから出てたずねた。

「このまえの、あなたの話はどうなの？」

「きみを好きでたまらない、というやつかな？」ジョーダンはほほえんだ。

「ううん、チーズづくりをジェレミー・モンゴメリーから教わったっていう話」

ジョーダンの顔から笑みが消えた。

「その人はあなたが生まれるまえに亡くなってるわ」

ジョーダンの表情は変わらなかった。動揺やとまどいは感じられない。凪ぎのように静か、といえばいいだろうか。ひたすら穏やかで冷静だ。わたしは彼の胸をたたきたくなった。あなたはどうしてそんなに冷静沈着なの？　わたしのほうは熟成過剰のチーズみたいにべとっとしているのに。

「きみはぼくの話の裏をとったのか？」

「わたしじゃなくて……メレディスだけど……」顔が火照るのを感じた。「彼女から、あなたはどうやってチーズづくりを勉強したのかって訊かれて、聞いた話をそのまま伝えたの。そうしたら、彼女がインターネットで調べて……」どんなに言葉を選んでも、この空気は変わらないだろう。

「ぼくを信頼してくれている？」ジョーダンは静かにいった。

「ええ、もちろん。信頼したいし、信頼しているわ。でも、知らないことが多すぎるの。わたしはあなたのことは何でも知りたい」胸いっぱいに空気を吸いこみ深呼吸する。それでも気分は、しぼんだ風船みたいだった。「あなたから聞いたことは、もうけっして人に話さないわ。ジャッキーの夫に見つかっては困るものね」ジャッキーの夫は彼女に暴力をふるい、彼女は兄ジョーダンの手を借りてニュージャージーからこの町にやってきた。身元を隠し、まったくべつの人間として新たな生活を送っているのだ。

「ジャッキーの夫はプロヴィデンスには来ないよ」ジョーダンはきっぱりといった。

そうなの？　どうしてそういいきれるの？

ジョーダンは両手でわたしの両手を握った。

「メレディスが調べたのは、別人のモンゴメリーだと思うよ。もう一度、ジェレミー・K・モンゴメリーで調べるようにいってくれ」

「Kって？」

「〝ケネス〟のKだ。ぼくは嘘なんかつかないよ。十代のころにチーズづくりを学んで、師匠のジェレミー・Kは、ジェレミー・モンゴメリーの息子だ」

そこへ噂のジャッキーが飛びこんできた。胸の前の抱っこひもには、女の子の赤ん坊。

「ああ、ジョーダン、ここにいたのね」茶色の髪は乱れ、顔には血の気がない。「わたしの車が動かないの。セシリーが高熱を出したからお医者さまに診てもらおうとしたら、いまエメラルド牧場にいるって。早く車で連れていかなきゃ」

ジョーダンがこちらをふりむき、わたしは「早く行って」といった。

わたしの頰にキスをして、ジョーダンはセシリーを抱いたジャッキーとともに夜の闇のなかに駆けだしていった。

11

ほんと、人生はままならない。「早く行って」といいはしたけれど、もう少しジョーダンと話していたかった。わたしが彼の〝過去〟を口外したことに怒っていないだろうか？　考えれば考えるほどつらくなる……。

「ジョーダン・ペイス、どうかわたしに過去のすべてを話してちょうだい。そうでなきゃ――」と、つぶやいてみて自問する。〝そうでなきゃ〟〝さもないと〟――どうするっていうの？　高校生のころ、わたしはチップに「わたしといっしょにオハイオ大学に進学しましょう。でなきゃ――」といい、彼は首を横にふった。でも結局、奨学金をもらえることになって、彼もおなじ大学に進んだのだけど、もしそうならなかったら、わたしはどうしていただろう？　彼と別れた？　その結果、べつの人生を歩んでいた？

なんて、すんだことを考えても仕方ないから、わたしはテントの戸締まりをして警備詰め所に行き、さっきの出来事を報告した。それから急いで〈フロマジュリー・ベセット〉にもどる。明かりをつけて、まずキッチンでお腹に入れるものをみつくろい、事務室へ。

ラグズが椅子から飛び降りて、わたしの足に頭をこすりつけた。

「はいはい、遅くなってごめんなさいね。あっという間に時間が過ぎてしまうのよ」わたしはロバート・バーンズの『はつかねずみへ』の一節をつぶやいた――「未来が不確かなのは、おまえだけではない。人間とねずみは、いつ立場が逆転してもおかしくないのだ」

ラグズがまるで同意するように、ミャウンと鳴いた。

わたしはデスクにお皿を置いて椅子に腰をおろした。お皿には青りんごのスライスと、ペイス・ヒル農場の極上のゴーダ・チーズ。そして太ももを手でたたき、「おいで」とラグズに呼びかける。

ラグズは背中を丸めて構え、一気にジャンプ。でも、わたしの脚に乗ったとたん、目はゴーダに釘づけだ。端を切りとって差しだすと、ぺろぺろなめてから前脚をたくしこみ、丸まった。

わたしのほうは、チーズとりんごを重ねて口に入れ、コンピュータをたちあげる。早速ミドルネームがKのジェレミー・モンゴメリーを検索すると、何万件もヒットして、最初の数十件に求める人はいそうになかった。「チーズ」「イギリス」の語を加えてみても、めぼしいものは例のジェレミー・モンゴメリーだけで、息子に関する言及はない。

頭のなかを不吉な想像がかけめぐる。ジョーダンは口からでまかせをいったのか？　彼はもしや、暴力をふるうジャッキーの夫と〝黒いつながり〟をもつ世界にいたのではないか？　彼はだからこそ、「彼はプロヴィデンスには来ない」と断定できた。つまり、夫はすでにこの世の人ではなく、ジョーダンはそれを知る立場にある……。

わたしは気をとりなおして、「ケネス・モンゴメリー」で検索してみた。これも山のようにヒットしたけれど、あきらめずにページをめくっていくと、「J・ケネス・モンゴメリー」という小説の主人公がいて、彼はスパイだった。もしやジョーダンは、自分がスパイだったことを遠まわしに伝えようとした？

いいかげんにしなさい、シャーロット。わたしは椅子の背にもたれ、自分を叱った。スパイ映画じゃあるまいし、ジョーダン・ペイスはおいしいチーズをつくるペイス・ヒル農場の経営者で、とても心のやさしい人。それだけわかっていればいいじゃないの……。

＊

一夜明け、わたしはショップのカウンターで、チーズを選んでいた。午後にテイスティング教室を開くので、その準備だった。でもどうしても、ジョーダン・スパイ説が頭を離れない。

そこで彼に電話をしてみた。でも、応答なし。農場の朝の仕事に出かけているのだろう。搾乳に始まり、熟成庫の温度チェックに、チーズを回転させたり移動させたりする装置の確認など、やることはたくさんある。わたしは留守電にメッセージを残し、電話をきった。

だれかと話せばよけいな想像から現実にもどれると思い、マシューをさがした。だけどアネックスに行っても姿はなく、キッチンをのぞくとレベッカがイポと何やら話していた。イポは搬入した箱から蜂蜜の瓶をとりだしている。状況を考えれば気持ちもわからなくはないのだけど、ショップはすでに営業中だ。

「レベッカ、仕事を忘れないでね」

レベッカはイポに投げキスをして、すぐカウンターにもどってきた。

こうしてふたりで並んでみると、服装がまるで打ち合わせたように似通っていた。レベッカはアイボリーのショールネックのセーターに、ブラックのスリムなパンツ。わたしはベージュのVネックに濃紺のチノパン。

「なんだか制服みたいね」わたしがいうと、レベッカは「おたがいに趣味がいいだけです」と笑った。

「その黒い大理石のトレイにチーズを並べてちょうだい」と、わたし。「取っ手がシルバーのやつ。チーズはティルジットをのせて」ティルジットはプロイセンを起源とする牛乳のセミハード・タイプで、やわらかいオレンジ色が黒のトレイに映えるだろう。「それからブルビルース・ダルジェンタルも」

レベッカは首をかしげた。

「ほら、羊乳の――」と、わたしは教えた。「皮がオレンジ色で、とろっとしたミルクの香りいっぱいのチーズ。それで山羊乳のほうは……アラバマのベル・シェーヴル社のものにしましょう。あとはラズベリー・ジャムね。柄にガラスの飾りがあるチーズ・スプレッダーをふたつ、トレイの中央に置いてちょうだい」わたしは背後をちらっと見た。「〈プロヴィデンス・パティスリー〉のサワー種のパンはまだある？」

「はい、あります」レベッカはバゲットをとった。

「だったら薄くスライスして、このバスケットに入れてくれる？」わたしは浅い四角のバスケットにゴールドのナプキンを敷き、四隅をそらせて外に出した。「冬祭りのテントに行くのは、テイスティング教室が終わってからね。ティアンが先に行ってくれてるわ」

「わかりました、テイスティングはぜひ――」レベッカは言葉を切り、目をまんまるにした。

「何をしに来たんでしょうか？」

レベッカの視線を追うと、アーソだった。眉根を寄せてむずかしい顔をしてこちらに来る。

「イポはいるかな？」

わたしがキッチンに目をやると、アーソはわたしの返事も待たずそちらへ向かった。樽のあいだを通り、カウンターをまわってショップの奥へ、キッチンへ。

「お願いです……イポを逮捕しないでください」レベッカはアーソを追い、わたしはレベッカを追った。

「イポ・ホー！」アーソがキッチンの戸口で名前を呼ぶ。

イポは呆然とした顔でよろよろっとあとずさり、ダブル幅の冷蔵庫に背中をぶつけた。いくら彼が潔白だろうと、その姿は罪を犯した者のそれにしか見えない。

レベッカはキッチンに駆けこむと、大胆にも警察署長の前に立ちはだかった。

「どうしてここにいらしたんですか、署長？　アルロ・マクミランの件はどうなりました？　もう調査はすみましたか？」

「ズークさん、頼むからどいてくれ」

「質問に答えてください」

「一度にいくつも質問されたら、覚えていられないよ」

「ちゃかさないで、署長」

アーソは両手をポケットにつっこんだ。ふだんどおりにしているつもりらしいけど、特別な目的でここに来たのはいやでもわかる。

「動機のありそうな人間は片っ端から調べたさ。もちろん、アルロもね」

「じゃあ、どうしてここへ？」と、レベッカ。「イポの尋問はとっくに終わっています」

「ひとつ、訊き忘れたことがあるんだよ」

「どんな質問ですか？」

アーソはレベッカを脇にどかし、イポのほうへ進んだ。

「プイリはどこにあるのかな、ホーさん？」

「え？　プ……プイリ？」レベッカはぽかんとしている。

イポは右を向いた。視線の先はキッチンの出口だ。まさか、逃げだすなんてばかな真似はしないわよね……。と思ったら、それが伝わったかのように、イポは背筋をのばして胸を張ると、臆することなく堂々といった。

「プイリもハワイの踊りで使う打楽器だ。五十センチくらいの竹の棒で、握り手の部分から先は、縦に切れ目が入っている。二本一組でたたき合わせるか、手足やからだをたたいて音を出す」

「それなら《ハワイ・ファイヴ・オー》で見たことがあるわ」と、レベッカ。

「ズークさん、いまはドラマの話は遠慮してくれ」と、アーソ。「で、プイリはどこにあるのかな、ホーさん？」

レベッカがすがるような目でわたしを見た。そこでわたしはアーソに近づきながら、

「凶器はカラアウだっていわなかった？」と、訊いた。

「見方がちょっと変わってね」

「あれからまた何かわかったの？」

アーソはゆっくりとうなずいた。「被害者の首に、竹の繊維が残っていたんだ。プイリは竹製だからね」

「でも、プイリには切れ目がたくさん入っているから、凶器になるほどの強度はないんじゃない？」

わたしがそういうと、アーソは鋭い目でわたしを見つめた。

「切れ目のない、握り手部分で殴ればおなじだろう。被害者はふらついてうしろに倒れ、頭を打った」イポに目を向ける。「実際にそうだったんじゃないか？」

「ちがいます！」レベッカが怒りの声をあげ、イポが片手を彼女にまわした。

「いいから、レベッカ。おれは平気だ」そしてアーソに向かい、「署長は、おれが人を殺していないのはわかっているはずだ」といった。「でもプイリを見たいなら、うちの屋根裏の

て、けっしてまぜこぜにはしない。だから保管用の箱もべつべつだ。おふくろの家のものはものでで、もう半分はおふくろの家のだ。楽器は結婚しないんだよ。おれは楽器に敬意を表し

「あれとはべつのやつだ」イポの声はおちついていた。「楽器の半分はおやじの家に伝わる

「このまえ見た箱には――」

保管箱に入っている」

――」

「よし、行こう」アーソはつかつかと歩きだした。

イポはレベッカをなだめるように見つめてから、アーソについていく。

あたりは静まりかえった。

「さ、レベッカ」しばらくしてわたしはいった。「仕事にもどりましょうか」

わたしがカウンターに向かうと、レベッカはあわててわたしを追い、両手を握りしめて懇願した――「シャーロット、何かできることはないでしょうか。イポはほんとに無実なんです」

「シャーロット！」玄関から派手な声がとびこんできた。あれはシルヴィだ。その背後にはプルーデンス・ハート。見ればどちらもハーフコートを着て、プルーデンスのほうは水玉模様のオレンジ色、シルヴィは赤茶色だ。自分の髪や肌の色を少しは考えたのだろうか？　もちろん、おしゃれのセンスは人それぞれでいいのだけれど。

「おもしろい話があるのよ」と、シルヴィ。

「耳を貸しちゃだめよ」と、プルーデンス。

「お願いです、シャーロット」小さな声はレベッカだ。

わたしはレベッカの頬を軽くたたいて、「仕事をつづけてちょうだい」といった。「あとでアーソに話を聞くから。約束する。それからまた考えましょう」

「シルヴィったらね」プルーデンスは憤慨している。「みんなにいいふらしているのよ。ジョージア・プラチェットが、ケイトリンは思いやりのない人だったといってるって」

「ジョージア本人が、あちこちでしゃべってるのよ」シルヴィが反論した。「わたしは彼女から直接聞いたんだもの」

わたしはうんざりした。張りつめて切れる寸前のゴムのような気分だ。わたしはシルヴィたちをふりむき、強い口調でいった。

「ふたりとも、うちのショップで騒ぐのはやめてちょうだい」

カウンターにもどり、チーズを切る仕事を再開する。だけどプルーデンスは、わたしが怒ろうと何をしようと平気らしい。

「ケイトリンはすてきな女性だったわ」

「歴史博物館に寄付してくれそうだったからでしょ?」シルヴィはぷりぷりして腕を組んだ。

「お金、お金、お金。あなたの頭にはそれしかないのよ」

わたしは横目でシルヴィを見た。あなたもそうじゃなかったかしら?

「ケイトリンは博物館に一度も来なかったわ」プルーデンスの顔がこわばる。

「あら、そうだったの？」わたしが訊くと、プルーデンスはうなずいた。

「博物館にも劇場にも行ってないわよ。そうする間もなく殺されてしまって……」

「ずいぶん仲良しだったのね」と、シルヴィ。「これからはジョージアをおだてて寄付してもらうの？　でもそんなにうまくはいかないわよ。ジョージアはお金にとっても細かいから」

レベッカがわたしの腕に触れ、小声でささやいた。

「ケイトリンの死で利益を得るのは、ジョージアかもしれませんね。CFOだから、土地の管理とかを引き継ぐんでしょう？　それが彼女に大金をもたらすことになったら？　このままえシャーロットが質問したときも、あの人はあまり話したがりませんでしたよね？」

「だけど、彼女がどうしてイポのプイリを知っていたの？」わたしはため息をついた。ケイトリンさえこの町に来なければ、平穏な日々がつづいていたことだろう。と考えて、強くかぶりをふる。だめ、だめ、あまりに不謹慎で自分勝手だわ。ケイトリン・クライズデールは亡くなったのだ。それも人の手にかかって……。

「お願いです、シャーロット。ジョージアに話を聞いてみてください」切羽詰まったレベッカのささやき声がする。「どうか、お願いです」

12

ジョージア・プラチェットは、クライズデール・エンタープライズの仮事務所にいた。場所はコーヒーショップ〈カフェ・オレ〉の上階だ。ケイトリンは事務所に経費をかけなかったようで、パイプ椅子ふたつとガラストップのデスクひとつ、ファイルキャビネットひとつしかなく、壁の棚には事務用品の箱がいくつか、ホームズ郡の歴史ガイド、あまり元気のない観葉植物の鉢がひとつ。反対側の壁には、〝年間最優秀女性活動家ケイトリン〟と書かれた彼女の写真がかかっている。

ジョージアはデスクでコンピュータのキーボードをたたいていた。わたしが入っていくと顔をあげ、肩のショールをととのえる。

「何かご用？」顔はむくんで、鼻はまえよりもっと赤かった。また泣いていたのだろうか？風邪と涙の組み合わせはつらい。

「ご機嫌うかがいにきたの」わたしはマフラーと手袋をとった。でも、赤いブレザーはぬがない。室内はそれなりに暖かいけれど、上着をぬげるほどではなかった。

「わたしは元気よ」三度つづけてくしゃみをし、ティッシュに手をのばす。〈カフェ・オレ〉のテイクアウト用カップのそばには、丸めたティッシュが山になっていた。が、手は途中で止まり、視線がコンピュータの反対側にある書類に移った。そしてすばやくそれをつかむとフォルダーにはさんで、さらにそのフォルダーをデスク下の赤いブリーフケースにつっこむ。そうしてやっと、ティッシュをとった。全体でものの数秒。じつにすばやい。

わたしのなかで好奇心がむくむくと頭をもたげた。彼女はあの書類をわたしの目に触れさせたくなかったのだろうか？　ちらっと見たかぎり、裁判所の書類のようだったけれど……。レベッカが推測したように、経営権移譲の書類かもしれない。

思いこむのはやめなさい、シャーロット。わたしは自分をたしなめた。あれがどんな書類かは、ちゃんと読まないかぎり判断しようがないのだ。うーん……なんとかして、近くで読めないかしら？

ジョージアがティッシュで洟をふきながらいった。「で、ご用件は？」

ここそこかぎまわりに来たの、とはいえないし、わたしは〝救世主きどり〟といわれているのを知ってる？　なんて訊くこともできないし。

「あなたに会いにきただけよ」と、わたしは答えた。コーヒーのカップに目をやり、「お代わりはいらない？」と訊いてみる。

ジョージアはまたくしゃみをして、洟をかんだ。「いいえ、いらないわ」

初対面のときよりもっと疲れて元気がないように見えたけれど、上司が亡くなったのだから、それも当然だろう。

「体調が悪いときは、できるだけ飲みものをたくさん飲むのがいいわ」わたしがそういうと、ジョージアは力なくほほえんだ。

「そうね、だったらオレンジ・ウーロン茶を飲もうかしら」

わたしはデスクに置いたマフラーと手袋をとり、小走りで下へおりていった。そしてお茶をふたつと、蜂蜜パックを六つ持ってもどってくる。ジョージアはもっと甘いものをたくさんとったほうがいいように思ったからだ。わたしは彼女にお茶と蜂蜜を渡し、自分もお茶を片手にパイプ椅子にすわった。小さな飲み口から立ち上る蒸気に、顔が温まる。

「調子が悪そうね」わたしはジョージアにそういった。

「ひどいわ。マスコミからじゃんじゃん電話がかかってくるし、警察からはいろいろ訊かれて」お茶をすすり、人心地ついたのだろうか、子どものようににっこり笑う。

わたしは彼女のくつろいだ沈黙を邪魔しないことにした。そうしてゆっくりお茶を飲み、かなり時間がたってから口を開く。

「わたしはケイトリンと親しくなかったけれど、町の人たちはすばらしい人だったといってるわ」

ジョージアは少したじろいだように見えた。壁にかかったケイトリンの写真に目をやり、「何にでも全力を尽くす人だったわね」という。

「うちの祖母も彼女をたたえていたわ」

「ええ、ケイトリンのほうも町長を、あなたのおばあさまをとても称賛していたわよ」

　わたしはデスクの下のブリーフケースに目をやったものの、ジョージアのショートブーツが邪魔をする。さりげなく首をのばしてみても、ケースのなかのフォルダーの文字は読めなかった。

「ケイトリンとはどれくらいのつきあいなの？」わたしが訊くと、ジョージアはちょっとためらってから答えた。

「ずいぶん長いわ」

　なぜか目を伏せ、居心地が悪そうだ。

「あなたのことをもっと教えて」わたしはデスクにお茶を置いた。少し腰を浮かせ、上着の裾をお尻の下にきちんとたくしこみながら……フォルダーを盗み見る。ラベルには三つほど単語があり、そのひとつが〝プラチェット〟ということだけはわかった。「いつごろからクライズデール・エンタープライズの仕事をしているの？」

「五年まえから」

「ＣＦＯになったのは？」

「仕事を始めてすぐに」

「だけど、いま三十歳ちょっとくらいでしょ？」

　ジョージアの頬が赤らむ。「もう三十八よ」

「あら、そうは見えないわ」わたしは椅子の上で腰をすべらせた。もぞもぞして見えるだろうけど、気にしない。ともかく、フォルダーの文字を読まなくちゃ。「どんな化粧品を使ってるの？」

ジョージアは頬がゆるみそうになるのをこらえた。そのようすがだれかに似て見えたのだけど……よくわからない。

フォルダーのラベルは、〝プラチェット：ジョージア……〟だ。もう少し目を凝らせば見えそうだけど、さすがに気づかれてしまうだろう。わたしはお茶のカップをとりながら、わざと手袋とマフラーを床にはらいおとした。あら、ごめんなさいといいながらかがみこみ、カシミアのマフラーを拾いあげて横目で見ると——「プラチェット：ジョージア・クライズデール」

それでわかった。彼女の面立ちにどこか見覚えがあり、さっきのわたしの質問に答えづらそうだったのも、これで説明がつく。つまり、ジョージアはケイトリンの娘なのだ。

わたしはマフラーと手袋を手に、椅子にすわりなおした。そしてあらためてジョージアの顔を見ると、目と頬骨の高いところは母親ゆずりに思えた。だけど、ケイトリンはブロンドの直毛で、ジョージアのほうは黒い巻き毛だ。染めてパーマをかけたのだろうか？

「どうしたの？」ジョージアが怪訝そうにいった。「わたしの顔に何かついてる？」

「あなたはケイトリンのお嬢さんじゃない？」

「えっ……」唇を嚙む。

「秘密にしなきゃいけないの？」

ジョージアはもじもじするだけで答えない。

「ケイトリンは自分の年齢を知られたくなかったのかしら?」わたしは憶測でいってみた。「まだ五十代くらいに思ってほしかったとか? でも、あなたが三十八歳なら――」

「ちがうわ。そうじゃなくて、身びいきしていると思われたくなかったのよ」

「だけど経営者はケイトリンなんだから、自分の好きにしてもいいんじゃないの?」

ジョージアはうつむき、爪の先をいじりながらいった。「金銭にからむことを娘に報告するのは、共同出資者がいやがるだろうと考えたの」大きなくしゃみをして、肩からショールが落ちた。黒いドレスの大きく開いた胸元がさらけでる。わたしはこれとおなじものをシルヴィのショップで見たことがあった。

「アーソ署長には親子であることを話したの?」

「質問には全部答えたわ」

「あなたとケイトリンは親子か、なんてアーソが訊いたりした?」

「いいえ。でも、それはわたしから話したから」背筋をのばす。「これで満足した?」

そうか、アーソは知っていたのか……。わたしは彼の部下じゃないから、教えてくれなかっただけだ。それにわたしだって、レベッカに約束さえしなかったら、ここまで首をつっこむことはない。

わたしはまたブリーフケースに目をやった。あそこに遺言書は入っていないだろうか? その内容次第で、このジョージアにも動機が生まれる。

「わたしにはアリバイがあるわ」ジョージアがいきなりいった。「パブでダーツをしていたもの、閉店時間まで。いろんな人に見られてるわよ」

「だったら疑われる心配はないわね」

ジョージアはショールを肩にかけなおした。「でも母とは、ときどき喧嘩をしたから」

「親子喧嘩なんてどこの家でもあるわよ」わたしも十代から二十代にかけては、母ならぬ祖母とよく喧嘩をした。二十八、九歳くらいになってようやく、祖母はわたしが感じる以上に聡明な人だとわかった。

「母はともかく人を怒らせるのが得意だったわ」

わたしはジョージアがケイトリンのことをよくいわなかったというシルヴィの話を思い出した。

「でもお母さんのことは好きだったんでしょ？」

わたしの問いに、ジョージアの頰がぴくぴく震えた。

「好きだったかって？　もちろんよ。わたしは母を愛していたわ」

「だけど〈アンダー・ラップス〉で、ケイトリンは思いやりのない人だって話したんじゃない？」

ジョージアの頰のひくつきが止まった。「そんなことはいってません」口調はまるでケイトリンが生き返ったようだった。「ただ、雇い人に対してやさしくないとはいったわ」

「雇い人って、あなたのことじゃなく？」

「ええ、チップ・クーパーとかオスカー・カーソン、コロンバスのデベロッパー、その他おおぜいよ」

わたしはつぎの質問の言葉選びに悩んだ。そして——

「恋人にはやさしかったでしょ？」と、訊いた。

「あたりまえじゃない？　相手がどんな人であれ」

「あなたは知らないのね？」

「見当もつかないわ。秘密の恋人なんてすてきじゃない？　でも、ともかく母はだれに対しても、手綱をゆるめなかったわ」どこまで話してよいか決めかねているように唇を噛む。ドアに目をやり、髪をいじる。深い褐色の瞳の奥に逡巡が見えるような気がした。「わたしはね、バートン・バレルが犯人じゃないかって疑ってるの」

「どうして？」

「契約を破棄したがっていたから。そうしたら母が死んで、彼の思いどおりになったの。契約書には、母の身に何かあった場合、契約は無効になるっていう条項があったわ」

＊

ショップに帰ると、レベッカの姿はなかった。マシューによると、レベッカはアーソといっしょに出ていったイポから、その後まったく連絡がなくて心配になり、マシューに休憩を願いでて、ようすを見にいったらしい。それから一時間後、わたしたちはレベッカがいないまま、ワインとチーズのテイスティング教室をスタートさせた。

参加者は、アネックスからチーズ・ショップのほうにあふれるほどで、予想をはるかに超える盛況となった。

わたしはアネックスのバーのそばに立ち、チーズとフルーツを盛り合わせた木製皿をひとつ、高くかかげた。「かならず全員の方に試食していただきますから、心配なさらないでください」アーチ道にあふれた人たちは、わたしの姿が見えないものだから、その場で飛びはねたりしている。「メモと筆記道具をお持ちでない方は、手をふってください。ティアンが回ってお渡しします」

彼女が早めに来てくれたのはありがたかった。〝ル・プティ・フロマジュリー〟の開店日が近づくとわくわくして、家でじっとしていられなかったとのこと。彼女はいま、解説カードを頭上でふりながら配っていた。

「これはいかがでしょう」マシューはナパ・ヴァレーのシュラムズバーグのスパークリングワインをついでいる――チーズともよく合いますよ、風味がぶつかって邪魔しあうことがありません。

「こちらはブリーとカマンベールです」わたしはマシューの言葉を継いだ。「アメリカ産とフランス産を並べてみました」そしてお皿をくるりと回す。「冬ぶどうの赤色と緑色が、チーズの白さをひきたててくれますね」テイスティング教室の参加者はチーズを試食するだけでなく、美しい盛りつけ法も知りたがっている。「アメリカでは、六十日以上熟成しないかぎり、低温殺菌していないミルク、つまり生乳でつくったチーズの販売は禁止されています」

　へえーとか、知らなかった、といった声が聞こえる。

「どうしてなの？」と、ティアン。これは事前に打ち合わせておいた質問だ。

「理由は、細菌の繁殖が懸念されるからです。だけどもし、すべてのチーズが加熱殺菌されてしまったら、世界じゅうのチーズ好きが暴動を起こしかねませんね」

「モワ！」〝わしもだ〟といいながら、祖父がソルトウォーター・クラッカーのバスケットを手に、参加者のあいだを縫うようにしてこちらにやってきた。「加熱殺菌すると、せっかくの風味が台無しになる」

　試食した人の一部が議論を始めた。フランス産のほうがおいしいよ、いいやアメリカ産がいい――。

「みなさん」わたしは呼びかけた。「味のお好みは人それぞれですし、どうか、添えたナッツと蜂蜜もお試しくださいね」

「シャーロット！」呼ばれてふりかえると、顔面蒼白のレベッカが人をかきわけやってくる。わたしはお皿を置いて彼女のほうへ行った。「どうしたの？」

「イポが……」レベッカは片手を胸に当て、懸命に呼吸をととのえた。「彼の楽器が……」

「プイリね？」

「はい、それがなくなったんです」

「なくなった？」

「アーソ署長が――」しゃっくりをして、わたしの両手を握る。「イポを逮捕しました。わたしは署長に、プイリはきっと盗まれたんだっていったんですが、まったくとりあってくれません」

13

わたしはマシューとティアンに事情を説明し、レベッカといっしょに警察署に急いだ。古いヴィクトリア様式の管区ビルに飛びこみ、観光案内所の前にいる旅行客の一団をよけて、受付カウンターに向かう。

受付係は新任の、赤毛でぽっちゃりした女性だった。わたしたちが近づくと、食べていたパンをわきに置き（熊の手の形をしたベアクロウだ）、ペーパータオルで手を拭く。

「仕事中の間食で、現行犯逮捕って感じですね」彼女は恥ずかしそうにいったものの、毎日〈プロヴィデンス・パティスリー〉から寄付されるおいしいスイートロールを無視するのはなかなかむずかしいだろう。

「アーソ署長に会いたいのだけど」

「残念ですが、署長は少しまえに〈オール・ブックト・アップ〉に行かれましたよ」

そこはわたしのお気に入りの書店だった。本を何冊も持って椅子にすわり、ビートルズやモーツァルトの音楽を聴きながら読むことができる。

「行きましょう、シャーロット」レベッカはわたしの手をつかむと、ビルの外へ引っぱっていった。歩道を進み、交差点で曲がる。

書店に着くと、レベッカはわたしを先に入らせた。市松模様の絨緞でちょっとつまずき、背すじをのばしてブレザーの襟をなおしてから、並ぶ書棚をぐるっと見わたしていく。でも、たくさんいるお客さんのなかにアーソの姿はなかった。

あとから入ってきたレベッカはわたしを追い越し、目の上に手をかざしておなじようにアーソをさがした。

「何があったの？」オクタヴィアの声がして、わたしは腕をつかまれた。ふりかえって、笑顔を返す。友人は絵本をたくさん抱えていた。いちばん上にあるのは、『急行「北極号」』だ。そういえば、きょうの彼女の服装は極地探検家ふうに見える。

「読み聞かせじゃなく、本を買うときも衣装を気にするなんて知らなかったわ」

「だって、楽しいんだもの。だけどきょうは不動産ビジネスで来たのよ。この書店が売りに出されたから」

「だれが買うの？」

「わたし……だといいんだけどなあ。書店経営は夢なのよね。今度の取引を最後に、不動産業は店じまいしようかと考えてるの」身をのりだし、顔をよせる。「ここだけの話、夜中だろうと早朝だろうと、かまわず電話がかかってくるのよ。売り手も買い手も満足するってことがないわ」

オクタヴィアはそういうと、またどこかへ向かい、レベッカがいった。

「アーソ署長を見つけましたよ」

アーソは推理小説セクションの端にいて、こちらに横顔を向け、おしゃれなスーツを着た若い男性と話している。わたしのところから、顔ははっきりとは見えなかった。

「あそこへ行きましょう」と、レベッカ。

「邪魔しちゃ悪いわよ」

そうはいったものの、レベッカの勢いに押され、わたしはしぶしぶそちらへ向かった。

案の定、わたしたちに気づいたアーソは怖い顔で、「何か用か？」といった。

「友人にはもう少しやさしくしてください」レベッカがそういうと、

「友人なら、あつかましく割りこんできたりはしない」という返事。

「ごめんなさい、ユーイー」わたしは身を縮こまらせていった。「でも、イポのことが心配だったから」

アーソは首のうしろを掻いた。腹が立っているのは一目瞭然。

「イポは絶対に犯人じゃないわ」

「いいかい、シャーロット、殺人事件をふたつ解決したからって、町いちばんの捜査官気どりはよしてくれよ」

「そんなつもりは――」

「もう口をはさまないでくれ。きみもだよ、ズークさん」レベッカのほうに指をふる。「こちらはちゃんと仕事をしている。捜査でも手抜きはしていないし、捜査記録も逐一、もれなく、詳細に、克明に書きとめているよ」

捜査記録には、法医学情報から一般の目撃情報まで、事件に関連するデータを時系列で記すのだと、以前アーソから聞いたことがある。

「ただ、凶器はまだ発見されていない」アーソはつづけた。「イポ・ホーの所有物が凶器として使われた。それを発見すれば――」

「凶器といっても」わたしは彼の話をさえぎった。「殺人じゃなくて過失致死って可能性はないの？」

「おいおい、きみまで刑事ドラマに染まったのか？」

「そうじゃなくて――」

「刑事ドラマをヒントに事件が解決できるなら、これほどありがたいことはない」

「わたしだって――」ぐっと感情を抑える。「法律用語のひとつやふたつ知っているわ」

「へえ。どうやって知ったんだ？　インターネットで調べたか？」

首から頬にかけて熱くなるのを感じた。怒りなのか屈辱なのかはよくわからない。でもともかく、黙っていることはできなかった。

「プイリが凶器だって断定できないでしょ」

「検死官はほぼ確信している」

「ほぼ確信なんて、あいまいよね」

「動機もありません」横からレベッカがいった。

「イポ・ホーにとって、ケイトリン・クライズデールは商売敵なんだよ」と、アーソ。「彼は正式な抗議文書を提出している。彼女が死ねば、バレル牧場の売買契約は無効だ。十分動機になると思うがね」

「イポにはアリバイがあります。わたしといっしょにいたんです」

「きみは彼を愛しているんだろ？　証言をそっくり信じるわけにはいかないんだよ」

「だったら、バートン・バレルはどうなんですか？」

「ええ、そうよ」と、わたし。「牧場を売りたくなかったバートンにも、イポとおなじように動機があると考えるべきだわ」

「べきかどうかは、おれが決めるよ。なあ、シャーロット、非常に申し訳ないんだが、おれはいま、仕事中でね。署員の候補者の面接がてら、町を案内しているところだ」さっきまで話していた若い男性に手をふる。その男性はベストセラーの推理小説のページをめくっていたけれど、アーソの言葉につと顔をあげた。

わたしは息が止まりそうになった。この年齢のころのチップにそっくりなのだ。溌剌《はつらつ》としていて、力がみなぎっていて、目の色もチップとおなじようにとても明るく、鼻すじもとおっている。

わたしはむりやり彼から目をそらし、アーソを見た。「ロダム副署長はやめたの？」

「いや、やめていないよ。補佐官としてふたりめの副署長を募集したんだ。組織強化には、マンパワーがもっと必要だからね」

「ウーマンパワーも」と、レベッカ。

「ああ、女性の面接もしているよ。この何カ月か、盗難や破壊行為がつづいているんだ」

わたしはうちのテントに侵入した泥棒を思い出した。警備には報告したけれど、アーソにも話しておくべきかしら？　だけどチーズ泥棒は、当面の問題とは関係ないわよね……。

「もういいだろ。じゃあな」と、アーソ。

わたしも背を向け歩きかけた。と、そこでいい忘れたことを思い出し、ふりかえって話す。

「ケイトリンがうちのショップに来たとき、携帯電話が鳴ったの。内容はわからないけど、ケイトリンは怒って、相手を脅していたわ」

「それはイポじゃありません」と、レベッカ。

「わかった。調べてみるよ」アーソは腕を伸ばして大げさにふり、「さあ、きみたちは帰って」といった。

その言葉にレベッカは腕を組む。「ここは公共の場です。帰らなくてもいいはずです」

わたしもレベッカに同調した。「ええ。帰るか帰らないかはわたしたちの自由だわ」

アーソは鬼の形相になる。

わたしは首をひねった。このところ、彼にはいつもの冴えがないような気がする。何か悩みごとでもあるのだろうか？　まさかそれで、イポに八つ当たりしている……なんてことは、あるわけないわね。

＊

テント店〝ル・プティ・フロマジュリー〟のオープニングを控えて気持ちをおちつけなくてはと思い、わたしはレベッカをショップに帰してから、祖父母の家に行った。

そしてキッチンに入ったとたん、シナモンにチョコレートにバニラ――天国のような香りに思わず足が止まった。どうやら町の女性が集まってお菓子を焼いたらしい。カウンターには、焼きたてのクッキーを盛った白いかわいいお皿があった。シェーカー様式の質素なテーブルを囲んですわる女性たちはみんな、トルコ石のスタッドがあるカウボーイハットをかぶっていた。そのひとりが、うちの祖母だ。

「こんにちは、シャーロット」全員がわたしに声をかけてくれ、すぐまた封筒にチラシを入れる作業にもどった。祖母が立ちあがって両手を広げ、わたしはそのなかに飛びこんでしばし温もりを感じてから、頰にキスをする。そしてカウンターのお皿から、ハーシーのキス・チョコ・クッキー・クリームチーズをひとついただいた。グルメ・チーズ店のオーナーとしては、もっとエレガントなもの――シャーフェンバーガーとかを食べるほうが格好がつくのだろうけど、亡くなった母の大好物がハーシーで、当然ながらわたしの大好物にもなった。

「よく来たわね」祖母はチーズとジャムのボタンクッキーをつまみ、端っこを噛んだ。「仕事はどうしたの？」

「ちょっと息抜きが必要になったの」

「おまえは少し働きすぎよ。自分の時間をつくるようにしなきゃ」

「そうね。だからここに来たんだわ」

「何か話したいことがあるのね？　でもごめんなさい、いますぐは無理だわ」

「あれは何のチラシ？」わたしはテーブルの女性たちを見やった。

「亡くなったケイトリンをたたえて、ドゥ・グッダーズの地方支部をつくったのよ」

それでカウボーイハットをかぶっているわけだ。

「ケイトリンの遺志を継げば、安らかに眠ってもらえるでしょう」ウィンクをひとつ。「最初のプロジェクトは、劇場の改装の支援者を集めることよ」テーブルからチラシを一枚とる。そこには《ポーの出口なし》や《ヘアスプレー》など、プロヴィデンス劇場の最近の舞台風景や、次回作《シカゴ》の練習風景の写真が掲載されていた。「資金集めで、《グリー》の出演者にひと晩だけ上演してもらうの。オハイオが舞台だものね。名案でしょ？」

わたしはうなずき、「ところで」と訊いた。「エンタープライズのＣＦＯとケイトリンが親子なのは知っていた？」

祖母はびっくりしたようで、胸に手を当てた。

「ぜんぜん知らなかったわ。かわいそうに、さぞかしつらかったでしょうね」

「でも、バーナデット」テーブルの女性が祖母にいった。「あなたはジョージアを気に入ってなかったでしょ」

「あら、どうして？」わたしは祖母の目を見た。祖母はめったに他人の悪口をいわない人なのだ。

祖母は「ゴシップなんて無益よ」と片手をふり、テーブルの女性たちに向かっていった。

「プラチェットさんに報告しなきゃね。お母さまをたたえて、ドゥ・グッダーズの計画を引き継ぎますって」

女性全員がいっせいに大きくうなずく。

わたしはジョージアがそれを聞いてはたして喜ぶだろうかと思った。彼女に会ったとき、プロヴィデンスから早く去りたいような印象をもったからだ。わたしは祖母に尋ねてみた。

「おばあちゃん《グランメール》は、エンタープライズについてはどれくらい知っているの？」

「まったく知らないわ」

「プロヴィデンスにもどってきた理由は何か聞いた？」

「養蜂場をやりたかったからよ」

「ほかには？　おばあちゃん《グランメール》とケイトリンは親しかったんでしょ？」

「そりゃあね。でもあの人はあまり自分のことはしゃべらなかったから。おじいちゃん《ペペール》に訊いてみたら？　今週は毎日欠かさず〈カントリー・キッチン〉に行ってるから、ゴシップはわたしより詳しいわ、きっと」

「無益なゴシップに詳しいの？」

祖母は笑ってわたしの腕をたたき、「さあ早く行きなさい」といった。「おじいちゃん《ペペール》はダイニングにいるから。エイミーたちといっしょに水槽をつくってるの」

わたしはうめき声をもらした。こらえることができなかった。ラグズにロケット、ふたご、そして熱帯魚……。

「心配しないのよ《セ・リアン》」祖母はわたしの心を読んだかのようにいった。「お魚がこの家にいれば、ふたごはここに遊びに来るわ」

わたしは少しほっとして息を吐き、スイングドアを押した。木の着色剤のにおいが鼻をつく。ダイニング・テーブルを前に、祖父とふたごがすわり、サイドボードには工具類が散乱状態だ。

エイミーのスモックはペンキで汚れ、少女はわたしに気づくと走ってきた。

「シャーロットおばちゃん！」何日も会っていないかのようにわたしの手をぎゅっと握る。小さい子のエネルギーが、わたしにはまぶしかった。「ねえねえ、見てよ」わたしを引っぱって、からっぽの水槽に連れていく。マホガニーをあしらった水槽で、下にはビニールマットが敷かれていた。

「きれいでしょ？」と、クレア。この子のスモックには、エイミーとちがって染みひとつない。髪はクリップでまとめ、かわいい顔の横に垂れている。「もうさわっても平気だと思うよ。ねえ、おじいちゃん《ペペール》、木は乾いてるよね？」

「ああ《ウィ》」分厚いレンズのメガネの上からのぞくようにして祖父がいった。「基本どおりにいくからな。まずは水草とネオンテトラだ」

「すっごくかわいいよね！」エイミーがかかげたビニール袋には半分ほど水が入り、ネオンのように輝く美しい魚が小さくひれを動かしていた。

「テトラはね、ブラジルとかコロンビアとかペルーのいろんな川にいるの」クレアが専門家の口ぶりでいった。「温和な性質で飼育しやすいのよ」

「何をしに来たんだ？」祖父がカラフルな石を水槽に配置しながらわたしに訊いた。

わたしは書店でアーソに会ったときのようすを伝える。

「だが、逮捕はできんだろ？」と、祖父。「その、竹でできた……」

「プイリ？」

「そう、それが見つからなきゃ逮捕できんだろ」

「アーソ署長って意地悪ね」エイミーがいい、わたしはそうではない、署長は職務をこなしているだけだと話す。

「レベッカは元気？」クレアが心配そうな顔で訊いた。ふたごはレベッカが家に遊びに来るたびボードゲームをしていて、彼女のことが大好きなのだ。

「がんばってるわよ」そう答えたわたしの声に不安がのぞいたのだろう、祖父は「ヌ・タンキエト・パ」といった。だけど〝心配するな〟といわれたって、それは無理というものだ。

「あの子なら、何があろうと立ち直れるさ」

「だといいけど……。もし初恋で傷ついたら、その後遺症はだれであれ、かなりつらいと思うわ」わたしの初恋の人、チップの顔が脳裏をよぎり、頭をふって彼を追いだす。

「さあ、お嬢さんたち、小石を撒きなさい」と、祖父。「でこぼこしないよう、平らにな」

早速ふたごが仕事にとりかかると、祖父は腰に巻いたエプロンで手をふき、ワインレッドとゴールドの縞模様の椅子にすわった。

「プイリ、といったかな？　わしはたぶん見たことがないな……。それにしても、竹は用途の広い万能選手だ。花壇でも、水槽でも使える」祖父は青竹の入った袋をかかげた。たぶん水槽のディスプレイに使うのだろう。「ほかには……」

「バスケットも作れるよ」と、クレア。

「アクセサリーも！」と、エイミー。

「ウイ、ウイ。そういえば、シャーロット、〈カントリー・キッチン〉でこんな話を聞いたぞ。話していたのはだれだったか……ふたりめの副署長の候補者かな……ケイトリンの首に残った跡には、むらがあったらしい」祖父は顎を掻いた。「うん、むらがあった、という言い方をしていたな。表面のなめらかな棒でたたいた痣とはちがっていたようだ」

「つまり……？」

「割れていたんだろ、プイリのように」

「そうかもしれない。縦に割れ目が入っているから、痣の色も均一にはならなかったのね」

祖父はふむふむといいながら、また顎を掻いた。「そういう痣や繊維を残すものは、ほかに何かあるかな？」

「帽子箱みたいな、丸いチーズの箱とか？」エイミーがいうと、「あれじゃ、そんなふうにはならないよ」とクレアが反論した。

「なるかもよ。だって、表に溝があるもん」

「木でできてるわ」

「そうじゃないのもあるわ」エイミーの口調は議論するときの祖母にそっくりだ。「竹の箱もあるでしょ」

「たたいたらすぐ割れちゃうわ」

「硬いのもあるって。ね、シャーロットおばちゃん？」

「そうねえ……あまり思い浮かばないけど」といったところで、わたしはある光景を思い出した。

「何かあるのか？」と、祖父。

「ケイトリンが殺された晩、レベッカはエメラルド・アイルズを袋に入れたわ」

「うんうん。あのチーズのケースは竹製だな」

「ほらね」エイミーはクレアに自慢げにいい、クレアはぷっとほっぺたをふくらませたものの、ふたりはまたおしゃべりしながら小石を撒く作業にもどった。

わたしは必死で記憶を呼びおこした。あの日、レベッカの家で、二段戸からなかを見たとき、チーズもしくはチーズのケースはなかったか。あそこのテーブルにのっていたのはマンチェゴに、ルージュ・エ・ノワール、シュヴロ。そしてクラッカーとチーズナイフと、蜂蜜と。「事件が起きた日、あそこにエメラルド・アイルズの箱はなかったと思うわ」

「だが、おまえ、どっちみちイポは、チーズの箱でケイトリンを倒したりできんよ」

「箱に石が詰めてあったら？」エイミーがいった。

「いやなこといわないでよ」と、クレア。

「それにイポは力持ちだし」

「でも、レベッカはイポといっしょにいたのよ」

「いいかげんにしなさい」祖父がぴしゃりといった。「水槽を早く仕上げんと、熱帯魚を入れられんぞ」

わたしはそんな会話を聞きながら、またアルロ・マクミランのことを考えていた。彼はカラアウを盗んでいないといったけど、もしあれが嘘で、プイリを持ちだしていたとしたら？　イポとカードをやる仲で、ハワイの楽器の保管場所を知っていた可能性はある。アルロはレベッカの家に行き、盗癖に関してケイトリンと口論になった、プイリで殴ったらケイトリンは倒れ、コーヒーテーブルに頭をぶつけた、アルロは部屋を見回し、盗みの欲求を抑えきれず、チーズを持ち帰った……。

その場合、アルロの家に竹製のチーズの箱があるだろう。

14

　祖父母の家のダイニング・チェアに腰をおろし、わたしは携帯電話をとりだした。チーズの箱の件を、アーソに伝えたほうがいいだろう。でも彼の携帯電話は応答なし。といっても、そう驚くことでもない。わたしからの電話だとわかって、めんどくさいから無視したのかもしれないし。意地になって、もう一度かけてみる。むなしい呼び出し音。結果はおなじだ。

　祖母がダイニングのドアを押して、顔をのぞかせた。

「お客さまのお帰りよ。エイミーたちが合唱の練習に行くまえに、軽い食事を用意するんだけど、おまえも食べない？　ズッキーニのパルミジャーノ揚げよ。ヴォートル・ファヴォリ？」

　もちろん、訊かれるまでもなく〝お気に入り《ファヴォリ》〟よ。わたしがエイミーたちの歳のころ、ズッキーニが大好きで、一カ月ものあいだ毎日つづけて食べたことがある（菜園ではズッキーニが豊作だった）。祖母はコーヒーをいれるのはあまり上手じゃないけど、つくる料理のバリエーションはすばらしく、当時もズッキーニの詰めものに焼きもの、バーベキュー、パンにサラダにパスタ、ハンバーガーなど、じつに工夫をこらしてくれた。パルミジャーノ揚げを最後につくってくれたのはいつだったかしら……。これはズッキーニを、パルミジャーノを混ぜた衣で黄金色に揚げたもので、食べるとほっとするような家庭料理だ。優秀でひたむきで心やさしいわが町の警察署長に腹が立っているときには、うってつけの料理といえる。

「ありがと！　わたしもいただくわ」

「五分もすればできるわよ」祖母はそういうとキッチンにもどっていった。

「お嬢さん方、エアレータを箱から出して、テーブルに置いておくれ」

祖父の指示に子どもたちは素直に従い、わたしはまたアーソに電話をした。そしてもう一度。わたしはため息をつきたいのをこらえた。いくら忙しいからといって、電話に出るくらいの時間もないの？　アーソのいる場所まで出向いていきたいくらいだけど、冬祭りで〝ル・プティ・フロマジュリー〟の開店を控えて、せいぜい十五分くらいしか時間がない。

わたしは最後にもう一度電話をしてみて――どうしようもないわ、とあきらめた。

「どうしたの、シャーロットおばちゃん？」クレアがわたしの肩に手を置いて顔をのぞきこみ、心配そうに訊いた。

「ううん、なんでもないわ。お友だちに腹が立っているだけ」

「アーソ署長？」と、エイミー。

よくわかったわね？　わたしは彼の名前を一度も口にしていないのに。

「エイミー、ドライバーをとってくれ」と、祖父。

エイミーは籐の籠からドライバーをとり、握りのほうを先にして祖父に差しだした。

「どうして署長に怒ってるの？」と、クレア。

「竹でできたチーズの箱があることを教えたいからよ」エイミーがいった。「でしょ？」

「おい、おまえたち、あそこから布巾をとってきてくれ」祖父がサイドボードのほうに手をふった。

ふたごがいっしょにそちらに向かうと、祖父はわたしの目をじっと見た。はい、了解です。子どもとこういう会話をするのはもうやめます。

わたしは携帯電話をテーブルに置くと、もやもやした気分ではじき、回転させた。くるくる回る電話機を見ながら、ケイトリンのあの電話について考える。あれは事件とは無関係なのだろうか？　アーソは調べてくれただろうか？

わたしは電話機をとり、もう一度アーソにかけてみた。

呼び出し音を聞いていると、祖父の手がのびてきてわたしの手に重なった。

「もうあきらめろ」

「今度はメッセージを残すつもりなんだけど」

「自分で自分の首を絞めるんじゃない」

ふたごがそれぞれ白い布巾をふりながらもどってきた。わたしにはまるで降参の白旗に見える。

アーソの電話から留守番電話の応答メッセージが流れてきた。わたしはできるだけ明るい声で、「シャーロットです。ケイトリンの電話の相手はわかったでしょうか？　少しお知らせしたいことがあるので、ご連絡ください」

わたしが電話をきると、祖父が「少しだけか？」といった。わたしは無言で首をすくめる。どう考えるかは、アーソに任せるとしよう。

「署長は電話の記録を調べるの？」エイミーがいった。

「あたりまえじゃない」と、クレア。「警察が最初にやることはそれよ」

「どこでそんなことを教わったの？」わたしはびっくりして訊いた。

「テレビよ」ふたり同時に答える。

「《CSI》に出てきたの」と、クレア。

「ちがう、ちがう、《ジェシカおばさんの事件簿》よ」と、エイミー。

「ねえ、あなたたち――」わたしはいやな予感がした。「まさかレベッカから、謎解きドラマのリストをもらったわけじゃないわよね？」

「うん、ちがうよ」と、エイミー。

「お母さんからもらったの」と、クレア。

まったく……。マシューからシルヴィに話してもらわなきゃ。刑事ドラマは、この子たちにはまだ早すぎる。また、大人の会話に横から口を出すのもよろしくない。わたし自身、反省するところも多々あるから、今後は気をつけなくては。

キッチンにつづくドアが開いて、祖母がトレイを手にあらわれた。そこにはお水のグラスと紙ナプキン、ディッピング・ソースの入った小さなボウル三個、取り皿、おいしい揚げ物が盛られた美しいお皿がのっていた。湯気といっしょに立つ香りに、わたしの胃がもだえる。

「手を洗っておいで」祖母にいわれてふたごはスキップしながら部屋を出ていった。祖母はテーブルにトレイを置くと、トングでズッキーニをとりわける。「さ、お食べなさい」お皿をわたしに差しだし、「おじいちゃんとふたりで、世のなかの問題を解決できた？」と訊いた。

ふたごが近くにいないのをたしかめてから、わたしは祖母にイポのこと、プイリのこと、消えたカマンベール、ケイトリンの怒りの電話について話した。

祖母はテーブルの椅子を引いて腰をおろす。「アルロに罪をきせたい人がいるかもしれないわよ」

「たとえばだれ？　どんな理由で？」わたしはズッキーニをピーチ・ジャムのソースにつけて口に入れ、指先をなめた。ああ……悦楽のひととき。

「ジョージア・プラチェットとか。おまえのいうように、ジョージアがケイトリンの娘なら、財産を相続できるでしょ」祖母は夫とわたしを見た。祖父は無言だ。

「彼女がどうやってイポのプイリのことを知るの？」

「そんなものは人の話からいくらでも知ることができるわ」祖母はわたしにナプキンを差しだした。

「でも彼女にはアリバイがあるの。事件のあった晩、パブでダーツをしていたのよ」

「パブにいた人全員に確認したの？　それに少し休憩したかもしれないじゃない。そのあいだにほんの数ブロック走って、母親と決着をつけたのかもしれないでしょ――」

そこで玄関の呼び鈴がなった。

祖母は夫をふりむいた。「きょうはほかにお客さまの予定があったかしら？」

「アーソがわたしのメッセージを聞いて、怒鳴りこみに来たのかも」わたしはくすくす笑った。

「何の話？」と、祖母。

「ドゥ・リアン」わたしは〝たいしたことじゃないの〟とフランス語で答えてから、優秀な警察署長どのと直接対決する心の準備をととのえながら玄関に向かった。ところが扉をあけると、そこに立っていたのは……チップだった。

「やあ、元気？」灰色の空を背にした彼を、ポーチの明かりがぼんやりと照らしだす。彼は毛糸の帽子をぬぐと、胸の前で丸めて握った。と、そこではじめてわたしは気づいた。彼はもう片方の手に、ひとつかみのヒナギクの花を握っている。

理屈など抜きで、わたしはその場から逃げだしたくなった。何も聞きたくない。見たくない。どうしてお花なんか持ってくるの？　スエードのジャケットのジッパーをしめて、黒いタートルネックにジーンズで、人懐っこい笑みを浮かべて。わたしは自分にあえて思い出させた。この人はわたしを捨てた人なのだ。最後のとき、わたしたちはあれほど激しく口論したではないか。それになにより、いまわたしが愛しているのはジョーダンだ。

「〈フロマジュリー・ベセット〉に寄ったら」と、チップ。「レベッカから、きみはここにいると聞いたんだ。少し話せるかな？」

「冬祭りに行くのよ」

「じゃあいっしょに行こう」

「だめよ、仕事だから」

「話はすぐに終わるって」

「いいえ、だめ」花も、ふたりきりも、未来もなしだ。わたしは彼にけじめをつけてもらいたかった。

「シャーロット、頼むから――」そこで彼は目を大きく見開いた。わたしの背後に何かを見たらしい。

わたしは祖父がうしろにいるのを感じてはいた。たけり狂った雄牛のような息遣い。そしておそらく、射るような鋭い視線。過去、祖父がチップに好意をもったことは一度もなかった。料理人としてのチップは低俗だ、もっと心を配り、手抜きをしない男、おまえにふさわしい男はほかにいる、と祖父はいった。わたしが〈ラ・ベッラ・リストランテ〉の料理教室ではじめてジョーダンを見たとき、彼はとてもていねいに野菜を切っていた。神経質というのではない。ともかく正確なのだ。彼はいま何をしているだろう？　どうして電話をくれないのだろう？

「バール・トワ」祖父がフランス語でいった。そしていいなおす。「出ていけ」わたしをわきにどかせ、一歩前に進みでる。

チップは歯をくいしばり、喉の奥から声をしぼりだすようにしていった――「ほんの数分話したいだけなんだよ、シャーロット。おじいちゃんを盾にしないでくれ」

過去がよみがえった。いつもこうして非難された。おまえは頭が悪い、才能がない、田舎者だ。古い録音テープが、止むことなく回りつづけるようだった。

「バール・トワ。それとも力ずくで追いだそうか」祖父は七十代だけれど、ずっしり重いチーズの円板《ホイール》を長年運びつづけてきた人だ。チップをポーチの階段からつきとばすくらいはできるだろう。

でもチップはひるまなかった。「ホッケーの試合の件なんだよ」

「シャーロットはおまえと観戦などしない。バール・トワ。それともつきとばされたいか」

「試合に誘いにきたわけじゃない」チップはハットトリックがどうのこうのといった。

「何の話？」わたしが訊くと、チップは毛糸の帽子をかぶっていった。

「わかった、もういい」そしてきびすを返し、ポーチの階段を駆けおりていく。

「もう二度と来んでいいぞ」祖父は扉を閉めると鍵をかけた。

「おじいちゃん《ペペール》、彼は何か話があって来たのかもしれないわ」

「ふん。どんな話か知れたもんじゃない」祖父はわたしをふりむいて左右の腕をつかんだ。

「いいかい《シェリ》、あいつはおまえが心を痛めるような男じゃない。おまえにはジョーダンがいるだろう。彼は世のなかを知っている。何が正しくて何が正しくないかを、ちゃんとわかった男だ」

「おじいちゃん《ペペール》……」

「最後までいわせてくれ」祖父はわたしの腕を放すと、じっと目を見ていった。「ジョーダンは愛し方を、心から真剣に愛する方法を知っている。わしはこの歳まで生きてきた。それなりのものを見てきたよ。あの男は、チップという男は……ともかくおまえにはふさわしくない。自分本位で、虚栄心のかたまりだ。それでもまあな、わしはさっき、やりすぎたかもしらん――」

わたしは祖父の唇に指を当てた。「いいのよ、おじいちゃん《ペペール》。わたしのことを守ってくれて、すごくうれしい」祖父のほっぺたにキスをして、妻のところへ早く行けと追い払う。

祖父と祖母が抱き合うのを見て、わたしは自分自身に漠然とした不安をおぼえた。ジョーダンとわたしは合っているだろうか？　彼の過去をすべて知ったとき、わたしの気持ちははたして……。

15

エイミーとクレアは、わたしと手をつないでスキップしながら冬祭りに行くといってきかなかった。祖父母はわたしたちのあとを早足でついてくる。祖父はまだチップについてぶつぶついい、祖母はもう忘れなさいとたしなめていた。わたしはわたしで、もと婚約者の花を手にした姿に調子をくるわされた感じだった。

薄暮は急速に夜の闇へ深まっていったものの、冬祭りの会場に近づくにつれ、逆に空は明るくなっていった。時計塔と白いテントを縁どるライトが、あたりを煌々と照らしている。

「すっごくきれいね」クレアが話しかけてきたけれど、わたしは息がきれて、返事ができない。エアロビクスをもっとまじめに、回数も増やしてやらないとだめかも。

「見て、すごい人だよ」エイミーは目をまんまるにした。

テントとテントのあいだに、まるで人間の川ができているようだった。だれかが立ち止まってテントのなかをのぞけば、そこで流れが淀んでしまう。

わたしは頭をかかえた。子どもたちを連れて、人の大河をうまく泳げるだろうか。

すると祖母が、「わたしがなんとかするわ」といって、人をかきわけ前に進んだ。「みなさん、歩いてください、動いてください。すみません。町長のベセットです、立ち止まらずに動きましょう。メルシ。ありがとう」すると人びとが祖母について、パレードさながら歩きはじめた。

こうして楽に動けるようになると、エイミーがわたしの手をふりきって前方に飛びだした。わたしはあわてて少女の腕をとり、ほかの人の邪魔にならないようにする。

「おいしそうなにおいがしない？」エイミーがいった。「クローヴにお砂糖にパイン」

「〝ル・プティ・フロマジュリー〟はどこ？」と、クレア。

「あなたたちの発表会のテントに近いわ」

「こんにちは！」メレディスがやってきた。青紫のセーターの上にカナリア色のパーカーを着て、パンツはおちついた灰色だ。ふたごはメレディスに飛びついた。

「会えてよかったわ」わたしはほっとした。なっていたのだ。シルヴィは〈アンダー・ラップス〉のテントに常駐しなくてはいけないし、祖父母には小さな会合が控えていた。

「パーカーがすてき」エイミーがメレディスにいった。

「ありがと」メレディスは立てた襟に手をやる。「この色だと、もしはぐれても、あなたたちが見つけやすいと思ってね」そしてわたしをふりむき、「なんだか元気がないように見えるけど」といった。「何かあったの？」

「予定の時間に遅れているから」メレディスにチップの訪問を話せる時間はなかった。

「あっ、〝ル・プティ・フロマジュリー〟の看板があるよ」クレアがいった。

祖母の提案で、会場には場所を示す矢印看板が置かれることになった。昔のヨーロッパの看板に似せて縦に重ねられ、〝イグルー・アイスクリーム・パーラー、十歩〟〝ゾー・インスパイアード・キルト、二十歩〟といった具合だ。遠くても百歩くらいだけれど、テントは何列も並んでいるので、ぼんやりしていると道に迷ってしまう。わたしも品物を搬入するのに、二度ほど通路をぐるぐる回ってしまった。

「あっ！　トマスとティシャだ！」エイミーがメレディスの手を放して駆けだした。クレアがあとを追う。

ふたりはたちまち、馬と騎士の彫刻をとりまく人びとのなかにまぎれてしまった。あの子たちにこそ、カナリア色の服を着せればよかったと、ちょっぴり後悔。

氷の彫刻を囲む人たちから少し離れて、ティアンの夫テオがいた。かたわらでは、ずいぶん若い女性がルビー色のスカーフの先を指でもてあそんでいる。たぶん彼女がテオの恋人なのだろう。人目をはばからず、テオは若い女性を引き寄せて熱いキスをかわした。

「あの年頃だったときのことを覚えてる？」メレディスがわたしの腕に腕をからめていった。

「いっぱい秘密があったわよね」

「でも愛人にはならなかったわ」

「え？　何の話？」

わたしが横を向くと、メレディスが見ているのはテオと愛人ではなく、エイミーとクレアだった。ふたごは人だかりのなかで、何やら一生懸命おしゃべりしている。わたしはほほえんだ。

「そうね、秘密だらけだったわね。メレディスの発案で、いたずらばかりして」

「あら、あなたの発案よ。この木にのぼろう、納屋を探検しよう、ジョーンズさんの庭に入ってニンジンを盗んじゃおう」

わたしは自分の耳をつまんで引っぱった。「おかしいなあ。わたしの記憶とぜんぜんちがう」

「そうお？」メレディスはくすっと笑う。「たしかに、わたしはニンジン大好きだから」

「メレディスはわたしを子分にして楽しんだってこと」

「かもしれない。じゃあ、またあとでね」わたしの頰にキスをして、メレディスはふたごのもとに走っていった。

わたしはテントに向かいながら、秘密や愛人、そしてまたケイトリンについて考えた。彼女が亡くなって、愛人は名乗りでるだろうか？　それとも何らかの理由があって隠れたまま？　もしやその人は既婚者とか？　ケイトリンは愛人をおおやけにしようとし、愛人のほうはなんとしてでもそれを阻止しようとした、なんていうことがあるだろうか？

＊

〝ル・プティ・フロマジュリー〟に到着すると、お客さんはテントの外にあふれんばかりだった。ありがたいことに、ティアンがカウンターできりもりしてくれている。ほっぺたは着ているセーターに負けないくらい桃色で、ブロンドの髪を留めるクリップもきらきらした桃色だ。ティアンは試食用のチーズをひとりずつ、そのたびにスライスして渡していた。カウンターにはワインとチーズのテイスティング・リストと金色の鉛筆が十本ほど置かれ、その横におみやげも積まれている。ただ、おみやげのほうは早くも半分に減っていた。

「遅れてごめんなさいね」わたしはカウンターに入るとあやまった。「予想を超える盛況だわ」

「同感よ。開店して十五分で、お客さんは三十人以上」

「申し分なしね」

「マシューは入れないお客さんのようすを見に外に出たんだけど、あなたは会わなかった？」

ええ、会わなかったわ。

「たぶんすぐにもどってくるわよ」ティアンはつぎのお客さんの名前を呼び、チーズのスライスを差しだした。「サモラーノというチーズです。口当たりはいかがでしょう？」

そこへシルヴィがあらわれた。ゼブラ柄のフリースのコクーン・ワンピースで、一見、センスの悪い寝袋のようだ。お客さんのあいだを縫うようにしてカウンターまでやってくる。

「チャオ、シャーロット」

わたしは笑いをかみころした。「なんでまたそんな格好をしているの？」

「どう？　かわいいでしょ？　寒いときはこれがいいのよ」

「室内着じゃない？　それで外に出るのはちょっと……」

「そんなことないわ。着たところを見てもらうのに、毎回みんなを自宅に招待できないし」

カウンターから、おみやげをひとつとる。「なくなるまえに、いただいとこうと思って来たの。うちのテントにも寄っててね。景品で下着のガーターが当たるかもよ」

はい、はい。

シルヴィはドアに向かい、わたしはふと思いついて呼びとめた。

「ちょっと待って」カウンターから出て、彼女をテントの隅に連れていく。「あなたは町のゴシップ通よね？」

「ええ、そのつもり」にっこり笑う。

「ケイトリン・クライズデールの恋人を知らない？」

シルヴィはぽかんとして、フリースに包まれた腕を胸に当てた。どうやら初耳だったらしい。

「ジョージアから、ケイトリンには交際相手がいたって聞いたのよ」わたしは説明した。

「ああ、あのおしゃべり女ね」

こういうのを、自分のことは棚に上げ、というのではない？

「でもジョージアは、だれが恋人なのかは知らないみたい。そういう人がいるっていうだけで」

「じゃあ、ちょっと調べてみるわ。わかったら教えるわね」シルヴィは帰りかけ、つと立ち止まってふりかえった。「ところで、そのVネック、あまり似合っていないわよ」

このベージュのセーターはカシミアで、わたしにしては高価な買い物だった。それに赤いブレザーに、わりとよく合うと思っていたのだけど……。

「あなたは胸が小さいから、ピーターパン・カラーのほうが似合うわよ」

寝袋のようなワンピースを着たシルヴィは、お気楽な軽い足どりで帰っていった。

カウンターにもどると、ティアンがとなりに来てささやいた。

「いい忘れてたけど、ショップのテイスティング教室は盛会のうちに終わったわよ。わたしが手伝ったおかげじゃない？」爪にふっと息を吹きかけるとセーターでこすり、くすくす笑う。「もちろん冗談よ。でもマシューの話だと、ずいぶん売り上げもあったみたい。何かご褒美もらえるかしら？」

「ええ、きっとホットチョコレートを買ってくれるわ。マシューはそっちに目がないから。小さな子とおなじよ」わけても〈カントリー・キッチン〉の、甘いホイップクリームをたらしたホットチョコレートは傑作メニューだ。

「子どもといえば、うちの子を見なかった？」と、ティアン。

「見たわよ。氷の彫刻の前にいたわ」

「それは父親のそばにいたってことね」ほとんど独り言のようにつぶやく。「だったらあの人もいたでしょ？　ミス・オハイオ気どりの若い子」

「うーん、どうだったかなあ……」わたしは言葉をにごした。

「いいのよ」ティアンは小さくほほえむ。「正直に話してくれてかまわないわ。テオに関しては、もうわりきったから」チーズをスライスして、つぎのお客さんに差しだす。「さあ、どうぞ、ご試食ください。そういえばシャーロット、いまのところ一番人気はサモラーノで、ヴァシュラン・フリブルジョワが僅差で二位かな。ワインで人気があるのはマウント・エデンのシャルドネね、こんなに寒い季節でも」声をひそめる。「ジンファンデルをひと口いただいたけど、とってもおいしかったわ。仕事中でも、少しなら問題ないでしょ？　ほんとにひと口だけだから。最後にグラス一杯飲んだのは、一年以上もまえよ。三人の子どもをつくる計画だったから」唇を嚙む。「たぶん、そのころからテオはほかの女の人に目が向くようになったのよね。日程どおりに子づくりしたがる女なんて、セクシーじゃないもの」

「ティアン……」

「いいのいいの。なぐさめてくれなくても大丈夫。わたしは元気だから。彼とは話しあって離婚することを決めたし」

わたしはお客さんたちを見まわした。だれもこちらの話に興味などなく、テイスティングをしてリストに書きこんだり、並んだ商品を見てまわるのに夢中だ。

「結婚生活は何年もまえから破綻していたのよね」と、ティアン。「そのことから目をそらしていただけなのよ。こうして仕事をして、やることができてみて、わたしはわたしなんだ、わたしはチーズが大好きだって思えて、空に向かって飛べそうな気さえするわ。ありがとう、シャーロット、わたしを信じてくれて、ほんとうにありがとう」ティアンはわたしのからだに両腕をまわすと、すぐに離して苦笑いした。わたしの腕を軽くたたく。「ごめんなさいね。人前でべたべたしちゃいけないわ。テオからよくそういわれたの」

さっきの光景から推測するかぎり、テオはその考え方を変えたのだろう。でもいまここで、あえて口にする必要はない。

「それで、離婚が決まったことは、ここだけの話にしてね」と、ティアンはいった。「子どもたちにもまだ話していないのよ。わたしにはきょうだいがいるんだけど、そのうちリジーがプロヴィデンスに来ていろいろ手伝ってくれることになったの。リジーは楽しい人だし、気持ちもやさしいから、シャーロットもきっと気に入ってくれるわ。セルビーとリンダ・ジョーは来られないいんだけど……。三人ともわたしに、テオの息の根を止めてやれっていうのよ」からからと笑う。「離婚をテーマにした『未亡人になりたい！』って本があるんですって？　おもしろそうよねえ」

ティアンは満面の笑みでふりかえり、お客さんにおみやげを渡した。かたやわたしは、いまのティアンの話がひっかかった。ケイトリンの愛人に妻がいたらどうなるだろう？

「すみません、通してください」レベッカがクーラーをのせたカートを押して入ってきた。髪が乱れ、顔にはりついている。「申し訳ありません、通ります。追加のチーズを持ってきました」レベッカはお客さんのあいだを抜けてやってくると、クーラーを人工芝の上におろした。それからチーズの包装をといて、わたしのうしろにある展示テーブルに並べていく。

「満員御礼ですね？」レベッカがわたしに話しかけ、わたしは彼女の横に行くと耳もとでささやいた。

「訊きたいことがあるの」

「イポは元気です。署長のせいで、やせ細って消えてしまうかもしれませんが。アーソ署長は頑固すぎますよ」

「彼のことはもう考えないの。プライベートでいろいろあるのかもしれないし」ジャッキーがもうひとり子どもがほしいといったとか、ふたりのあいだに何かもめごとがあり、アーソはそのストレスの反動で、かたくななまでに仕事に没頭している、ということもありえる。だからわたしの電話にも出ないとか。「それで訊きたいのは、カマンベールのことなの」

「カマンベール？」

「あの晩、エメラルド・アイルズを家に持っていかなかった？　あの晩って、事件のあった日ね。でもそのあとわたしが見たとき、カウンターにはエメラルド・アイルズがなかったわ。あれはどこに行ったの？」

「さあ……お皿にはラップがかかったままでしたか？　たぶん、キッチンにあると思いますけど。あの日、わたしがひとつのお皿に盛り合わせていたら、急に……」レベッカの顔がみるみる赤く染まった。「イポが、その……散歩に行こうっていうので。シャンパンもあけずに、彼と手をつないで公園に行きました。月のない夜は暗いけどロマンチックだなって思いながら歩いて、その後はあっというまで、彼がわたしにキスして、わたしが彼にキスして……」レベッカは手をふった。「わたし、泣きませんから。ええ、泣かないって決めました。

それで、カマンベールがどうしたんですか？」

わたしは自分の推測を話した。

「チーズが消えたのは、だれかが盗んだから？」レベッカは考えこんだ。「アルロが盗みに来たのかもしれませんね」

「結論を急いじゃだめよ」

「ケイトリン・クライズデールがショップに来たときのことを覚えていますか？　たしか、カマンベールとゴートチーズの近くで、ほかにもお客さんがいて……あのお客さんは……そうだ！　重そうなコートを着た子ども連れの男の人じゃなかったですか？　ボタンがとても大きなコートでした。シャーロットはサンドイッチをつくっていました。あ、また署長です！」

テントの窓の外に、アーソの姿があった。副署長候補者を町民に紹介しているらしく、わたしはあの若い男性を見てまたチップを思い出した。帽子とお花を持ってポーチに立つ彼。わたしが軟弱なせいで、代わりに祖父が彼を追い払うことになった。わたしがきちんと彼に向きあわないからいけないのだ。何か話があって来たようだけど、それならどうしてお花なんか？　わたしは彼に話すチャンスを与えるべきだったような気がする。

「署長にカマンベールの話をしたほうがいいと思います」と、レベッカ。

「いま？」

「つぎにいつチャンスがあるかわかりませんから」

わたしがドアに向かいかけると、シャギーヘアのおしゃれな若い男性が入ってきて、「やあ、レベッカ！」と声をかけた。

「こういうときに限って……」レベッカはうんざりした顔でつぶやいた。「いつ町に来たのかしら」

「彼はだれ？」顔に見覚えがあるような気はした。ほがらかで理知的な目をしている。

「キグリーですよ」と、レベッカ。

彼はお客さんのあいだを、すみません、順番を飛び越すのじゃありませんから、といいながらこちらにやってくる。

レベッカはカウンターの端まで行くと、「よくここに来られたわね」と厳しい口調でいった。

彼は「そんなこというなよ」とにやにや笑う。

「わたしが心を許したのにつけこんで――」

「警戒心を解く、ぐらいじゃなかったかい？」

人をこばかにしたようなその笑い方を見て、わたしは思い出した。そう、記者のキグリーだ。一年くらいまえ、レベッカは彼に好意を抱いてデートの約束までしたのに、彼のほうはべつの女性ともデートしていた。それも何人も。

「きみの怒った顔はかわいいよ」キグリーはチェックのブレザーの襟をいじった。「美しいといってもいい」

「いいかげんに――」レベッカは平手打ちでもする気なのか、片手をあげた。でも、ぐっとこらえてその手をおろす。「いますぐ帰ってちょうだい」

「少し話を聞かせてくれないか？」キグリーはレコーダーをかかげた。

「いやよ」

「ボーイフレンドを救うためでも？」

「彼は潔白だから」

「でも警察には証拠がある」

「イポはプイリの場所をまったく知らないわ。しまったまま何年も目にしていないんだもの」

「プイリって何だ？」

「あなた、かまをかけたのね！」

「そんなことはしていないさ」レコーダーのスイッチを切る。

「ラカーユ……」レベッカは祖父がたまに使うフランス語を口にした。〝ろくでなし〟とか〝ごろつき〟といったような意味だ。

「罵声を浴びせられるのは慣れてるよ。じゃあまたな」キグリーはお客さんを押しのけながら出ていった。

「あの男なら、イポにぬれぎぬを着せるくらいのことはしかねません」と、レベッカ。

「何のために？　あなたを奪いとるため？」

「まさか。キグリーは〝ロサリオ〟――女たらしの遊び人だって、おばあちゃんはいっていました。でも利用価値のある女にしか興味はないんです。ほんと、あんな男とデートしなくてよかったですよ」

レベッカはわざとらしく咳をすると仕事にもどった。そしてわたしは黙々と仕事をこなすなかで、ケイトリンの〝ロサリオ〟について考えた。その男の目的は情事以外にもあったのではないか？　たとえば広大な土地。あるいは、彼女に脅迫されて奪われた財産をとりもどしたかったか。

16

日がいったん沈むと、その後の時間はあっという間に過ぎていった。ジョーダンが顔を見せてくれるのを期待したけれど、結局あらわれず。おなじくアーソもテントに来なかった。くたくたになって家に帰る途中、わたしは携帯電話をマナーモードにしたことを思い出した。バッグから出してみると、ジョーダンから着信ありだ。留守電には十時半ごろのメッセージが残っていた。鼻にかかったすてきな声で——アーソ署長のご母堂の手伝いをした、ツー・プラグ・ニッケルズ牧場で面倒なことが起きたからだ、疲労困憊《こんぱい》でこれから寝る（最後に小さな声で）大好きだよ。

ジョーダンの声が聞けてうれしかったけれど、どこかよそよそしい気がしなくもなかった。電話であれこれ尋ねることもできないし、やはりじかに顔を見たい。といっても、いまから訪ねるのも非常識だから、夜が明けるのを待つしかないだろう。

家に着くと、わたしの隣室の明かりがついていた。ふたごが本を読みながら眠ってしまい、ベッドサイドの照明を消し忘れたにちがいない。わたしは忍び足でキッチンに入ると、ダイニング・テーブルの上にかかったシャンデリアのスイッチを入れた。ロケットの編み細工のベッドでは、ラグズとロケットが寄り添って眠っている。数カ月まえには、犬と猫が仲良くなる、ましてやこんなふうにくっついて寝るなんて想像もできなかった。

そっと階段をあがっていくと、足もとで何度かきしみ音がした。そういえば〝やることリスト〟に階段修理も入っていたことを思い出す。ひと月にひとつ実行するという目標は、呪文のようにとなえるだけでなかなか実現できない。

踊り場まであがると、マシューが娘たちに話す声が聞こえてきた。

「もう質問はないかな」

「あとひとつだけ」クレアの声だ。

何の質問かしら？　わたしは耳をそばだてた。

「ん、なんだ？」マシューの声は明らかに不機嫌だ。

「髪にお花をつけてもいい？」

そうか。結婚式の話をしているのだ。メレディスは秋くらいといっていたけど、具体的な日どりが決まったのだろうか？

「ああ、つけたいならつけなさい、花でもティアラでも。まだ目が冴えているみたいだが、こんな時間だからもう寝るんだ、いいね？」

「ちょっと待って、お父さん」これはエイミーの声で、どすんという音につづき、ぱたぱた絨緞をふむ音がした。「お母さんがね……」そこで言葉が途切れる。

「いいなさい。お母さんがどうしたんだ？」

「あのね、お母さんがね、お父さんとメレディス先生にはいっしょの未来がないって。だから結婚を期待しちゃいけないって。お願い、お父さん、お願い」涙声になる。「お父さんたちに未来があるようにして」

わたしは胸が詰まった。でもたぶん、シルヴィの予想ははずれるだろう。マシューとメレディスは添い遂げるにちがいない。そして……わたしとジョーダンは？　ううん、考えると涙が出そうだからもうやめよう。

＊

あくる日、目が覚めると枕が濡れていた。急いでバスルームに行く。ここは最近サクラ材で改装して、仕上がりに大満足だ。シャワーと洗面台の背面パネルに白タイルを使い、そこに手塗りでハーブの小枝をあしらった。白いレースのカーテンは、淡い緑のリボンで飾る。とはいえ、これは改築・改装のほんの小さな一歩でしかない。このぶんなら全体を仕上げるのに三年くらいかかるだろう。

「がんばんなさいよ、シャーロット」わたしは鏡に向かい、泣いた痕跡をチェックしながらひとりごちた。

そしてまず、腫れぼったいまぶたに温かいティーバッグを当てる。それからクリームでマッサージして、軽く頬紅。トルコブルーのシンプルな丸襟のセーターに、小麦色のパンツ、ツイードのジャケットというスタイルでローファーをはく。全体として気分は明るくなり、朝食はサワー種のパンのトーストにラズベリー・ジャム、ボスク梨を少し、温めたブリー・チーズをいただき、ロケットとラグズを連れて近場のお散歩に行った。午前七時。心身ともに、ほぼいつもの状態にもどった気がする。ほぼいつもの状態に。

そしてショップに出勤するまえ、アーソに電話をかけてメッセージを残した。

＊

二時間後、わたしがいつものようにショップのキッチンに立ち、焼きりんごのスライスをペパロニのキッシュに重ねているところへ、ジョーダンが勝手口から顔をのぞかせた。事前の連絡はまったくなかった。たぶん、わたしの顔には小麦粉がついていたと思うけど、それ以外はふだんどおりだ。

「おはよう」けさのジョーダンは、ロマンス小説の主人公みたいだった——着古した革のジャケット、ヘンリーネックの白シャツにジーンズ、乱れた黒髪、肩にはデニムのデイパックをかけて、眼光鋭し。わたしは背筋が（いい意味で）ぞくっとした。

「腹はすいてないか？」ジョーダンはデイパックをたたいた。「軽くどうだい？」

「いただくわ」彼との食事を断るはずがない。顔をはたいて小麦粉をおとし、髪を耳にかける。

ティアンが「すてきよ。行ってらっしゃい」と耳もとでささやいた（きょう、ティアンは早めにショップにやってきて、その仕事ぶりから、パイシートづくりの名人だということがわかった)。

ジョーダンが裏口から出ていこうとするので、わたしはびっくり。

「外はずいぶん寒いわよ」

「温室がいいと思ったんだが」にやっとする。

ショップの裏手にある生協の菜園は、冬は当然ながら活気がない。でも共同温室のほうは二十二℃に保たれ、トマトやハーブがすくすくと育っている。

わたしたちは朝の冷気のなかに出た。

でも温室に入るとすぐ、バジルの香りが温かく迎えてくれた。そしてジョーダンはデイパックをテーブルに置くと、わたしを引き寄せてキス。数分ほど天国にいた後、わたしたちはふたたび地上の空気を吸った。

ジョーダンはデイパックから茶色のテイクアウト用ボックスをふたつとりだした。そして片方をあけるなり、至福の香りがあふれでてきてうっとりする。わたしは胸にいっぱい香りを吸いこんだ――ブラウンシュガーのパンケーキ、とろりと溶けたゴーダ・チーズ、そしてイチジク。わたしのお腹がダンスを踊りかけた。

「温かいシロップもあるよ」と、ジョーダン。

「申し分なしね」

ジョーダンはデイパックから深緑のフリースのブランケットとナプキン、用具類をとりだし、温室の床にブランケットを敷いてピクニックの演出をした。フレンチローストのコーヒーを入れた魔法瓶まであって、わたしたちは存分に朝食を楽しんだ。そして最後のひと口を飲みこんだところで、わたしは例の件を尋ねてみることにした。といっても、喉に何かが詰まったようで、なかなか言葉が出てこない。

「きみの電話の声は――」ジョーダンが気まずい沈黙を破ってくれた。「ずいぶん心配そうだった。チップがらみかい？　彼がきみのおじいさんの家に行って、ふたりが対決したという話を聞いたが」

「どこでそんな話を？」

「きみのおばあさんからアーソのお母さんへ、そしてぼくへ」

わが町の町長はゴシップ嫌いのはずだったんだけど。

「たいしたことはなかったのよ」

「悪いが、シャーロット、ぼくは気にくわないね、ああいう男は」

「でもあなたは彼をほとんど知らないでしょ」

「じゃあ、きみは知っている？　どれくらいわかっているんだい？」

「結婚の約束までしたんだもの」

「会わなくなって、どれくらいたつ？　人間は歳月で変わるものだよ」

「彼は――」

ジョーダンはわたしの脚をたたいて黙らせた。「彼はケイトリン・クライズデールといっしょにこの町に帰ってきた。そして彼女は亡くなった。彼が犯人の可能性もあるんだよ」

「あら、とんでもない。チップが殺人犯？　あの人は――」

「きみに熱をあげるだけでなく、すぐにカッと熱くなる。きみのおじいさんに対してもそうだった」ジョーダンはわたしの顎をつまんだ。そして身をのりだしてやさしく口づける。

「きみはまるで磁石だな。チップだけじゃなく、テントに侵入したやつもいる」

「からだは無事だったわ」

ジョーダンは顔をしかめた。「わかってないな。きみはターゲットなんだよ」

「どういう意味？」

「きみはかわいらしくて、ちょっぴり生意気だってこと。さあ、立って」ジョーダンはコーヒーと食べものをトマトの木やハーブの下に移動させ、立ちあがった。「習ったことをやってみてくれ」

「習ったこと？」

「メレディスといっしょに護身術を習ってるんだろ？」

「しばらくやってないわ」教室は十一月に閉所したのだ。

「だったら、なまらないようにしなきゃ」彼は手招きした。「さあ、かかってきて！」

そういうことなら負けん気を見せつけてやろう。と、わたしはいきなり彼にとびかかった。ところがあっという間に両手でつかまれ、放り投げられ、わたしは床のフリースに倒れこんだ。そして彼にとりおさえられ――わたしの完敗。

「ちゃんと準備ができてなかったのよ」わたしは本気でくやしかった。

ジョーダンは片手を差しだしてわたしを立たせ、「じゃあ準備はいいかい?」と訊いた。

「いいわよ。わたしの肩をつかんでちょうだい」

ジョーダンは腕をのばし、わたしは教わったとおりに腕で彼を阻止する。彼は反対の肩をつかもうとし、わたしはまたおなじことをした。と、そのあいだに彼は最初の肩をつかんで、わたしのからだをくるっと回し、手首を肩甲骨の下にねじった。

「降参よ!」

ジョーダンはわたしの目を見すえていった——「思ったとおりだ。がむしゃらなだけで、何の効果もない」

わたしは彼をにらみつけた。でも心のなかでは、ここにメレディスがいなくてよかった、とほっとする。もしこれを見られていたら、一生からかわれるにちがいない。

「いくつか動きを教えておくよ」ジョーダンはつづけた。「護身術では、アドレナリン・ダンプという状況をつくるのがいい。要するに、大量のアドレナリンを放出させるんだ。たとえば、相手がきみの首を絞めようとしたとする」

彼は許可を得て、わたしの首に手をまわした。力は入っていないのに、それでも全身が緊張する。

「これをされたら、相手の目を突くわ」

「やってみて」

わたしは指を二本突きあげようと腕をふった。でもジョーダンは頭をのけぞらせ、わたしの手首をつかむ。

「こうなったらどうする?」

「何も考えつかないわ」

ジョーダンは手を放し、「ぼくのどこが無防備だった? どこまでならきみの手が届くかな?」

「喉かしら」

「そう、喉だ。それも喉ぼとけの下がいい。やってみてくれ」

わたしはゆっくりと、手を喉ぼとけの下にもっていった。

「うん、それでいい。実際に何かあったときは、全身の力をこめないとだめだ。相手を動転させるんだよ。それであわてて、相手は手を離してしまう。さあ、そのあとはどうすればいい?」

「走って逃げるの」

「よし、正解。ではレッスンをもうひとつ——」

わたしの全身が溶けてしまいそうになった。キスと護身術はもう十分よ。わたしは彼の胸を押してからだを離し、「スパイ映画のつもり?」と訊いた。

「何のことだい?」

「あなたはほんとうはスパイでしょ?」とうとういってしまった。でもいいのよ、これで。

彼は口をゆがめた。「スパイというのは、諜報活動をするという意味?」

「ええ」

「おいおい……。《わたしを愛したスパイ》ってことか？　ジェームズ・ボンドじゃあるまいし」苦笑いする。「なんでまた、そんな突拍子もないことを考えた？」

「あなたが自分をさらけださないから」

「内気なチーズ製造業者がいたっていいだろ？」

わたしはここで、いま訊くしかない、と思った。「あなたはチーズづくりを、ジェレミー・ケネス・モンゴメリーという先生に教わったといったわ」

「そうだよ」

「J・ケネス・モンゴメリーって、スパイ小説の主人公でしょ」

「すまない。話についていけないんだが」

「ジェレミー・ケネス・モンゴメリーは存在しない。インターネットでは検索できないのよ。あなたがモンゴメリーという人をわたしにさがさせたのは、わたしがその小説にたどりつくのを見越していたから。あなたはそうして、わたしに伝えたかった」

「何を？」

「自分がスパイだということを。だからあなたは過去を秘密にし、つぎのミッションが始まるまでプロヴィデンスに潜伏している」

ジョーダンは文字どおり、お腹をかかえて笑いはじめた。

わたしは彼の腕を平手でたたいた。「笑わないでちゃんと話してちょうだい」

ジョーダンは真顔になり、両手でわたしの両手を握る。

「そうそうだれもがインターネットで見つかるものでもないよ。ぼくは自分をさらけだきないときみはいった。でも信じてほしい。ぼくはスパイなんかじゃない」

「過去に一度も？」

「従軍の経験はあるけどね」

「じゃあ、どうして偽名を使っているの？　証人保護プログラムのせい？」彼はその管理下にあると聞いたことがあるのだ。

ジョーダンはわたしの手を放した。彼のからだのどこかに、まだ緊張が残っているのがわかる。

「ぼくがこれから話すことは口外しないでほしい」

「口外したら、わたしの命はないの？」

「いいや。ぼくの命がなくなる」

わたしの心臓が止まりかけた。「ええ、絶対にいわないわ。マシューにも祖父や祖母にも。レベッカにも」

「アーソ署長にもね」彼はわたしがうなずくのを待った。「そう、たしかにぼくは証人保護プログラムの管理下にある」

あっさり肯定されると、やはりショックだった。保護される証人のなかには犯罪組織の人も多い。でも大半が第二の人生を送ろうと努力していると聞く。ジョーダンもそのひとりだろうか。わたしは答えを彼の瞳に求めようとしたけれど、見つけることはできなかった。

「管理官のような人はいるの？」

「ぼくが報告すべき法律関係者ということなら、イエスだ」

「ジャッキーも保護されているの？」

「間接的にはね」

それでアーソは悶々としているのかもしれない。ジャッキーもジョーダンとおなじように口が堅いだろうから。

「どうして姿を隠す必要があるのかは話せる？」

ジョーダンは唇をなめた。「ニューヨークの北でレストランを経営していたんだが、見てはいけないものを見てしまった」

「殺人ね」

小さくうなずく。「役人が動いてぼくを隠した。チーズづくりを学んでいたから――それは嘘じゃない――カムフラージュにはちょうどいいと彼らが考えたんだ。妹と接触してはならないと命令されて、ぼくは了承した。当時、あの子はしあわせな結婚生活を送っていたからね。いや、少なくともぼくはそう思っていた。ところが、夫が暴力をふるうことが新聞やインターネットにまで書かれるようになって、ぼくは心配でたまらなくなった」

「その夫はあなたのビジネスとは関係ないの？」

「ああ、まったく関係ない。彼は素性のよくない者をクライアントにする弁護士でね」ジョーダンは力をこめてわたしの手を握った。「この部分に関しては、あまり話したくない。きみは知らないほうがいいと思うからだ」

わたしはうなずいた。

「当時、ジャッキーには子どもがいなかったし、深いつながりのある人間もいなかった。両親とも亡くなっていたしね。ぼくは妹も保護プログラムに入れてほしいと要請し、聞き入れてもらえた」ジョーダンはわたしの額にキスをすると、力いっぱい抱きしめた。「いままで黙っていたことを許してくれ。話していいものかどうかの確信がもてなかった。相手がきみであれ、だれであれね。裁判は一年以内に開かれる予定だ」

「レストランを経営していたのね」わたしはつぶやいた。「だから包丁を使うのが上手なんだわ」

「そして健全な欲求の持ち主でもある。食欲にかぎらずね」熱い抱擁と熱いキス。わたしはからだを離してからいった。

「あとひとつだけ質問があるの」

「なんでもどうぞ」

「あなたは人の命を奪ったことがある？」

重苦しい沈黙が流れ、ようやくジョーダンは口を開いた。

「わが身を守るためにね」暗く冷たい目になる。「これでぼくらの関係はおしまいかな？」

Vacherin Fribourgeois

ヴァシュラン・フリブルジョワ

スイス、フリブール地方で作られるセミソフト・タイプのチーズ。アルプス山脈の草や野花を食べて育った牛のミルクから作られ、新鮮な干し草の香りがする。溶かしてフォンデュなどに使うのがお勧め。

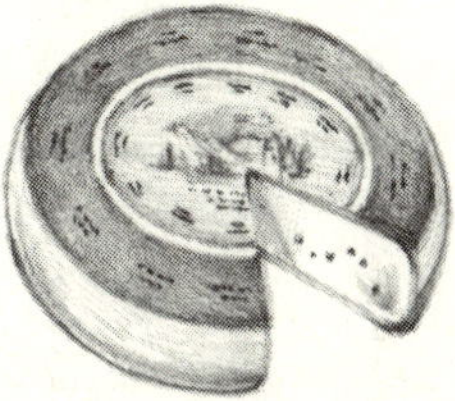

Le Chevrot

シュヴロ

クオリティの高いゴート（山羊乳）チーズを生産することで知られる、フランス、ロワール地方の名品。ざらついた外皮の中はきめ細やかで、しっとりした食感。

17

わたしは温室のまんなかで、ゆっくり呼吸しようとした。でも息を吐くことができない。しばらくまえ、ジーグラー・ワイナリーで殺人犯と向き合ったとき、わたしは殺すか殺されるかの窮地に追いこまれた。だからジョーダンの選択を責めることはできないと思う。

「おしまいになんかならないわ」わたしは躊躇なくいった。「だけど何もかも知っておきたい」

ジョーダンはまたわたしを抱きしめ、ささやいた。

「夕食をいっしょにとりながら、というのはどうだろう？」

「今夜は無理よ。冬祭りとふたごの発表会があるから」

「だったら、冬祭りが終わるあしたは？」

「あしたの夜は祖母の家で創立記念パーティがあるわ。あなたも来ない？」

ジョーダンはうなずいた。「わかった。じゃあそうしよう。こういう話をするのにあと一週間も待てないし、かといっていますぐは無理なんだ。冬祭りに行って、その後は農場で打ち合わせがある」

わたしはわかったわといい、またキスをした。

「ぼくを信じてほしい、シャーロット」ジョーダンはそういってからだを離し、わたしは信じるわ、と答えた。

ショップにもどってみると、店内は十代の男女のグループでにぎわっていた。元気におしゃべりし、笑いあい、サンドイッチを注文する。ショップでは毎週土曜、若い世代の集客をねらって、スパイシーでしつこくないサンドイッチを提供することにしていた。たとえばペパロニとスイス・チーズ、サラミとチェダーといった具合だ。

「こんにちは、ベセットさん」女の子がふたり、挨拶してくれた。

わたしは手をふり、カウンターに行く。するとティアンがサンドイッチを包装しながらいった。

「ボズがうれしいことをいってくれたのよ。わたしには数字やインターネットを扱う素質があるんですって」

「あら、ボズが来てるの？」思わず顔がほころぶ。コンピュータの使い手の、キュートな顔を久しぶりに見ることができる。

「事務室でホームページのアップデートをしてるわ。さっき、わたしにニューズレターの作り方を教えてくれたの。ボズがカレッジに行くころには、わたしもコンピュータの達人よ」

ティアンは笑った。

「こんにちは、ミズ・B」ボズが事務室から出てきた。だらっとしたジーンズに両手をつっこみ、はにかんだようにほほえむ。そして親指で背後をしめし、「何を調べていたんですか？」と訊いた。「ジェレミー・モンゴメリーってだれです？」

わたしはぎくっとした。いくらボズの頭がよくても、検索からジョーダンの保護プログラムにたどりつくことはないだろう。でもやはり、今後は画面の処理をきちんとしなくては。

「ううん、なんでもないわ」わたしがそう答えると、ボズは頭をぽりぽり掻きながら、そうですかわかりましたといった。

「ところで――」わたしは話題を変えた。「ずいぶん久しぶりね」

「学校のほうでいろいろあったから」

「わかってるわよ。来てくれてうれしいわ」

「そうだ、まだ話していませんでしたよね？　フィルビーもプロヴィデンス・リベラルアーツ・カレッジに行くことになったんです」フィルビーというのはボズの聡明なガールフレンドだ。「ぼくも彼女もマーケティングでＭＢＡをとりたいって話してるんです。そうすれば、家の仕事を継げるから」ボズート家は老舗のワイン醸造所、ボズート・ワイナリーを経営している。もともと白ワインで有名だけど、最近はナチュラルソーダも販売するようになった。

「そうなの、だったらがんばらなきゃね」

「はい。それで仕事のほうがおちついたら、町長選挙にも出たいなって。だからこれからは、ミズ・Ｂのおばあちゃんに注目します」

プロヴィデンスで生まれ、プロヴィデンスで育ったボズは、今後もずっとこの町にいたいと考えているらしい。小さな町には、こういう若者が必要だ。

「シャーロット、わたしはそろそろ出かけるわね」ティアンがいった。

〝ル・プティ・フロマジュリー〟はまずティアンが、午後はレベッカが担当することになっていた。マシューとわたしは忙しくなる（と期待する）午後の後半から夕暮れまでで、そのあとはふたごの合唱の発表会を聴きに行かなくてはいけない。その後は閉店まで、ボズとフィルビーが店番をしてくれる。

「わたしがいなくなっても平気？」と、ティアン。

「ええ、大丈夫よ。だけどレベッカはどうしちゃったのかしら？」マシューはアネックスにいて、バーの黒板に書き込みをしている。

「ぼくがやりますよ」ボズはエプロンをつけると、サンドイッチを選んでいる若者たちのほうへ行った。

ティアンはじゃあねと手をふり、わたしは彼女を見送りがてら玄関まで行って、外の通りを見渡した。連絡なしに遅刻するなんて、レベッカらしくない。それにこの時間では、遅刻と呼べる範囲をとっくに過ぎている。イポを早く釈放してもらうため、カマンベールの件を伝えに警察署に寄っているのかもしれない。そんなに心配しなくても大丈夫だろう……と自分にいいきかせる。

そしてカウンターにもどろうと通りに背を向けかけたとき、ジョージア・プラチェットがいるのに気づいた。配達トラックとＳＵＶのあいだに入ると立ち止まり、しゃがみこむ。すると双眼鏡をとりだして、それこそまるでスパイか何かのように、道の向こうの〈カントリー・キッチン〉をながめた。わたしも手をかざしてまぶしい陽ざしを避け、おなじように〈カントリー・キッチン〉に目をやると、窓際のテーブルにバートン・バレルと妻のエマ、オクタヴィアの三人が見えた。

ジョージアは母親の殺害犯を独自にさぐり、レベッカやわたしが考えたようにバートンが怪しいと思っているのだろうか？

きのう彼女に会ったとき、ケイトリンの娘だと打ち明けはしたものの、ほかにまだ何か隠しているような印象はあった。ただ、事件の晩、彼女にはアリバイがある。

視界の隅で赤い点が動いた。あれはレベッカだ。消防自動車のような真っ赤なコートを着て、猛スピードでこちらへ走ってくる。片手には丸めた新聞。そしてショップへ飛びこんできた。

「いったいどうしたの？」

「これを見てください！」

わたしはレベッカから新聞をとって開いた。第一面に、怒ったレベッカが人差し指をつきつけている写真がある。これは、あのキグリーの記事だ。

「警察署でアーソ署長を待っているときに新聞を見たんです。キグリーは卑劣な真似を、隠し撮りをしたんですよ」新聞の見出しをたたく。そこには〝ハワイの伝統楽器が示唆する犯人の故郷〟とあった。「わたしはこんなことはひと言もしゃべっていません」

記事にざっと目をとおしてから、わたしはいった。「イポが犯人とは書いてないじゃない」

「これじゃ書いたもおなじですよ。アーソ署長を恨みます」

「え？　どうしてアーソを？」

「怠慢だからです。いまだに真犯人を見つけられない」

「おちつきなさい、レベッカ」

レベッカはいわば頭から湯気が出た状態で店の奥に行くと、コートを脱いで仕事の準備にとりかかった。

しばらくして若者の一団が去り、アニマル・レスキューのタルーラ・バーカーが入ってきた。

「おはよう、シャーロット、レベッカ、ボズ！」きょうのタルーラはコーヒーブラウンのフードつきコートを着て、《スター・ウォーズ》のイウォークを思わせた。彼女自身、ころんとした体格でぬいぐるみのようなのだけど、外見に似合わず高い声で早口でしゃべる。けさはめずらしく犬も猫も連れていなかった。

タルーラはフードをとると頭をふり、ちぢれた毛を指ですいた。

「あら、またヘアスタイルを変えたのね」わたしはタルーラにいった。六十何年かの人生で、彼女は何度、髪型を変えたことだろう。わたしが知っているだけでも十回は下らない。

タルーラは長めの前髪の下からこちらを見て、「どう？　似合ってる？」と訊いた。

「ええ、よく似合ってるわよ」

「コッカスパニエルみたいじゃない？」髪を右と左と、両方の耳にかける。

わたしは笑いをこらえた。たしかに、角度によってはそう見えなくもない。

「スタイリストじゃなくて、料金の安い理髪師に頼んだのよ。けちったのが、よくなかったわね。ところできょうは、いつものやつと、サラミ・トスカーノを八分の一ポンドもらえるかしら。これは粒こしょうがたまらなくいいわ」店内を見回す。「めずらしくお客さんが少ないわね。みんな冬祭りに行ってるんでしょう」タルーラはいつになくおしゃべりだった（日ごろは動物とばかり話している）。そしてショップの編み籠をひとつとって腕にかけると、蜂蜜とジャムの棚のほうに行った。わたしはカウンターにもどる。

「ありがとう、ボズ。いまのうちに少し休んでちょうだい。レベッカが〝ル・プティ・フロマジュリー〟に出かけたら、また手を借りたいから」

「了解」ボズは事務室に向かった。

レベッカは怒りがさめやらぬようすで、ぷりぷりしながら、低温殺菌したシャビシューを切っている。これがタルーラの〝いつものやつ〟で、円筒形をしたシェーヴル（山羊乳）タイプのチーズだ。外皮は白く、なかはこっくりしながらも、味わいはマイルド。とはいえ……どうしてレベッカはわざわざカットしているのだろう？

玄関の呼び鈴が鳴って、デリラが入ってきた。

「悪いんだけど、急ぎでトム・クルーズをちょうだい」デリラのいうトム・クルーズは、わたしの大好きなトム・クレイユーズというチーズのことだ。牛乳でつくるセミソフト・タイプで、クレイユーズ（白亜）の名称どおり、白くてきめ細かい質感をもつ。「最低二ポンドほしいんだけど。朝食のサンドイッチの新作をつくるの」

「おはようございます、デリラ」わたしは最初にご挨拶。

「あ、ごめんなさい、シャーロット。おはようございます。きょうはいい天気ですね。で、悪いんだけど、急いでくれない？」

「サンドイッチにはほかに何を入れるの？」わたしは注文されたチーズをとりだしてカウンターに置いた。

「スクランブルエッグとグリーンオニオン、トム・クルーズを二切れ、胡椒のグラインダーを三回まわして、最後に仕上げのタバスコをぱぱっとふるの。ぴりっとしてシンプルなサンドイッチよ」ウェイトレスの制服の、赤いフリル・スカートのよれを直す。「サンプルをアーソのところに持っていったのよ。何か事件の新情報を聞けないかと思って。そうしたら新任の副署長がいたわ。なかなかすてきな人じゃない？　いい意味で危険なタイプね」

「ルイージが聞いたら心穏やかじゃないわよ」

「彼は心配なんかしないわ。あのおまわりさんは、わたしには子どもっぽく見えるもの」

ルイージのように、ずっと年上がいいってことね？

「ところでシャーロット、ハワイの楽器が消えてなくなったことは知っていた？」

「プイリという名前です」レベッカが横からいった。

「それでそのプイリが消えたのなら、アルロの家をさがしてみたらどうなのってアーソにいったら、もうさがしたよって。だけど見つからなかったみたい」

「バートン・バレルの家はさがしたんでしょうか」レベッカはそういってから、わたしを見た。「はい、わかっています、わたしはおなじことばかり、しつこくくりかえしていますよね。だけどバートンには動機があるんです。シャーロットもそういったでしょ？」

わたしはウィンドウの外に目をやった。ジョージアの姿はなく、バートン夫妻も帰ったようだ。

デリラがわたしを急かし、レジにはタルーラがやってきた。籠は黒セサミのクラッカーといろんなジャムでいっぱいだ。

「まるでパーティを開くみたいですね」レベッカがいった。

「間食が多いのよ。そうそう、これを忘れるところだったわ」タルーラは大きめのバッグから小さな茶色の紙袋をふたつとりだした。「おやつを持ってきたのよ」ラグズとロケット用の手づくりおやつだ。

レベッカはそれを受けとって下の棚に置くと、レジを打ちはじめた。わたしはデリラの注文品を手にカウンターの外に出る。

デリラはわたしの手からチーズをとると、「きれいな袋は不要よ。料金はまとめて請求してね。それじゃ！」と、ほとんど爆走状態で帰っていった。

「彼女はいつも忙しそうね」タルーラは試食カウンターに行くと、日替わりのプレートから麦わら色のピアーヴェ・ヴェッキオをつまんだ。口にふくんで、猫のように喉を鳴らす。

「パルミジャーノに似ているかしらね」

「アジアーゴとかも？　おなじ北イタリア産ですから」

「ええ、おいしいわ。ところでレベッカ、イポのアリバイを裏づける証人が必要だったら、わたしが手をあげてもいいわよ」

レベッカの目がまんまるになった。「ほんとうですか？」

「ふたりを見たの？」と、わたし。

「いいえ。だって、ふたりはその……ほら、ね？」

レベッカの顔が真っ赤になった。「声を聞いたんですか？」

「そうなのよ」タルーラの家はチェリー・オーチャード公園沿いにある。

「どうしてわたしとイポだとわかりました？」

「あなたの笑い声は特徴的だもの。クリスタルのチャイムみたいっていうか、一度聞いたら――」指でこめかみあたりをたたく。「記憶に残るわ。それからあの晩、公園を走っていく人も見かけたんだけど、アーソ署長に話したほうがいいかしら？」

「だれを見たんですか？」レベッカの声は悲鳴に近い。

「男？　それとも女？」と、わたし。

「それはわからないわ、暗かったもの。でもわりと背が高くて、全力で走っている感じだったわね。ものすごい足音がしたから」

タルーラは小柄だから、うちの祖母以外はみんな〝わりと背が高い〟部類に入ってしまうだろう。だけどもしジョージアだったら、いつも履いているプラットフォーム・シューズで、外観的にはすぐそれとわかるのではないか？

「それからその人は、何か棒のようなものを持っていたわ」

「プイリでしょうか？」レベッカは身をのりだした。

タルーラは首をすくめる。「そこまではわからないわ。暗かったんだもの」

「はい、でもそれで十分です」レベッカはわたしの手を握り、「ね、彼は潔白です。無実なんです」と、歌うようにいう。

わたしは彼女の手を離してからタルーラに訊いた。「どうしていままでアーソに話さなかったの？」

「よけいなことかもしれないと思ったから」

「アーソには、どんな情報だってありがたいはずよ」

「ごもっとも」タルーラは財布をとりだして支払いをすませた。「この足で署長のところに行くわね」ショップのゴールドの袋を腕にぶらさげ、タルーラは帰っていった。

するとと入れ替わるようにエイミーとクレアが入ってきた。

「この服かわいい？」エイミーがくるっと回転すると、合唱団の赤い衣装が闘牛士のマントのようにふわりと広がった。

「プロの歌手みたいじゃない？」クレアもエイミーの真似をする。

「ええ、そうね。ところでメレディスは？」ふたごは彼女と三人で朝の買い物に出かけたはずだった。

「用事があるって」

「メレディスは衣装の裾を縫ってくれた？」でなければ、わたしが休憩をとって家に帰り、仕上げるつもりだった。

「ううん、お母さんがしてくれた」と、エイミー。

「え？　どこで？」わたしは衣装を部屋のミシンの横に置き、鍵をかけてきたのだ。

「ん……家で縫ったの」クレアはうつむいた。

「お母さんは鍵を持っていないでしょ？」

「わたしの鍵を……まえにコピーしたから。わたしたちが帰ったとき、お母さんが家にいたの」

わたしはうめき声をもらした。

「クレアはお母さんに、勝手に入らないでねって頼んでたのよ」エイミーは生まれが一分違いの妹をかばった。「だけど、お母さんってああいう人だから」

ふたごはわたしとおなじくらい、シルヴィのことをわかっているらしい。

「それからお母さんがね、シャーロットおばちゃんに教えたいことがあるっていってた」エイミーはつづけた。「だれかを見たんだって……ミス……プラッシーじゃなくて、プラモ……」

「プラチェット？」

「そうそう。〈カントリー・キッチン〉で、プラチェットさんがお年寄りの男の人と女の人といっしょにいるのを見たっていってた」

シルヴィは、四十代なら〝お年寄り〟という。

「契約の話をしていて、すてきなドレスを着ていたって」

わたしは考えこんだ。年上のふたりがケイトリンの遺言にかかわる弁護士の可能性もあれば、バレルの牧場やアルロの家など、不動産を扱う業者の可能性もある。

エイミーは試食カウンターのチーズをひとつ手にとり、香りをかいだ。

「これは何？　すっごくいいにおいがする」

「当ててごらんなさい」そうだ、製品名のカードを置くのを忘れていたわ。

エイミーは口に入れると、「うーん……風味がよくて、ちょっと結晶がある。ピアーヴェだ、イタリアの」

「よくできました！」

エイミーなら、その気になればいずれすばらしいチーズ専門家になれるだろう。

「ねえ、シャーロットおばちゃん」クレアがいった。「ラグズがロケットと裏庭で遊んでいたから、そのままにしてきたの。それでよかった？　ラグズはドッグドアから部屋に入れるよね？」

「大丈夫だと思うわよ」といいはしたものの、ラグズがドッグドアをうまく抜けられるかどうかの確信はない。ただ、犬がいっしょにいてくれるのはとても助かる。ロケットがラグズのボディガード代わりになるからだ。うちのフェンスは低いから、臆病なラグズは何かが侵入してくるととても怯える。ただ、ショップの狭い事務室に一日じゅう閉じこめられるよりは、たまには広い戸外もいいだろう。

「道の向こうのお店のホットチョコレートが飲みたいなあ」エイミーがいうと、クレアがアネックスのほうに首をふり「あっちでお父さんにいいなさいよ」といった。

「ううん、シャーロットおばちゃんでいいの。だって、あとでテントに行くんだもん」

仕事をもつ親、あるいは保護者にとって、学校が休みの土曜日は何かとたいへんだ。わたしはふたごに、ランチタイムには〝ル・プティ・フロマジュリー〟でティアンを手伝いなさいといっていた。お客さんにおみやげを渡すくらいの手伝いならできるだろう。そのあとは図書館で宿題をさせる。それからメレディスと合流して手早く夕食をすませ、合唱団の本番を迎える、というのがきょうの予定だった。

「いいわよ、ふたりいっしょなら」わたしがそういうと、ふたごは手をつないで駆けだした。

それからしばらくして、祖母が「急ぎで準備してちょうだい！」と声をあげながら入ってきた。わたしはため息をひとつ。きょうは急ぎの注文ばかりのようだ。

「おじいちゃんがね、劇団のリハーサルのためにピザをつくってくれるらしいの。ほら、あのぴりっと辛いピザよ」

「〝オリアリー夫人のピザ〟ですね」レベッカがいった。

オリアリー夫人というのは、シカゴ大火災の原因になったといわれる納屋の持ち主だ。祖父はこのように、自分の創作料理にいっぷう変わった名前をつけるのが好きだった。〝オリアリー夫人のピザ〟はぴりっと辛いのが特徴で、材料は三種類の胡椒と赤トウガラシ、ガーリック、オニオン、ポークソーセージに、リオーニのスモーク・モッツァレラだ（自然木のチップでスモークしたチーズで、森林のかぐわしい香りがする。外皮は明るい琥珀色）。〝オリアリー夫人のピザ〟はひと口食べるたび、ビールを飲みたくなる。

「どうしてかっていうとね」祖母は笑った。「演目が《シカゴ》だから。おじいちゃんは、役者にふるまうならシカゴにゆかりのあるピザがいいだろうと考えたみたいよ。すてきな人でしょ？」

「ほんとにね」わたしはそう答えてから、レベッカにモッツァレラを用意するよう頼んだ。

祖母はレベッカをふりむき、「元気にしている？」と心配げに尋ねる。

「はい」と、レベッカ。「新しい目撃者もあらわれましたし」

「まあ、よかったわね。それはだれなの？」

レベッカがタルーラ・バーカーの名前をいうまえに、ショップの玄関が勢いよく開き、アーソの大声がとどろいた。

「ジョーダンはいるか？」

18

わたしはパニックに陥りかけた。アーソはジョーダンの過去を知ったのだろうか？
カウンターの縁を握って気持ちをおちつけ、なんとか大丈夫と思えたところで、

「ジョーダンに何の用があるの？」と訊いた。

アーソはきびきびした態度でこちらへ向かい、軽く会釈して祖母のわきを通りすぎる。

「犯罪を目撃した可能性があるんだよ」

人前で話されてはまずいと思い、わたしは急いでカウンターの外に出るとアーソの腕をとった。

「あっちに行きましょう」

「あっち？」

「わたしについてきて」

「ついては行かない」アーソはアネックスにつづくアーチ道で立ち止まり、わたしの腕をふりはらった。「おれは職務で来ている」

「お願い、ユーイー、いい合ってる場合じゃないわ」

「いい合う？　おれはきみにジョーダンの居場所を知っているかどうか訊いただけだ」

「大きな声を出さないでよ」

「出していない」

「出してる」

チーズ・カウンターのほうから、レベッカが「タルーラ・バーカーさんとは話しましたか？」と訊いてきた。

アーソは彼女をふりかえる。

「何の話かな？」目つきは怖く、鼻はふくらんでいた。

「バーカーさんは事件の晩、走って逃げる人を見たんです」レベッカがスモーク・モッツァレラをカッティングボードに置く、ドサッという鈍い音がした。「それからバーカーさんは、アリバイの裏づけを――」

「いいかい、ズークさん――」

「よくありません、署長」レベッカの声が大きくなる。「バーカーさんの見た人が、わたしの家から逃げてきたなら重大だと思います」

「あとで確認しよう」アーソの声もレベッカに負けず劣らず大きい。「かならず確認する。だが、いまはすぐにでもジョーダン・ペイスと話したい。電話をかけても通じないんだ」

「何の騒ぎだ？」マシューがワインの瓶とコルク・スクリューを手にアネックスから出てきた。「みんな大声を出して、何があったんだ？」

「だれも大声なんか出していません」レベッカがいい、マシューは苦笑した。祖母は自制心を保ち無表情。

アーソがいった。

「冬祭りの会場から、氷の彫刻の道具が盗まれたんだ。テオ・テイラーが、ジョーダンが通りすぎるのを見たというから、彼が犯人を目撃した可能性がある」

全身から力が抜けた。アーソはジョーダンの過去にからむ事件で来たわけではないのだ。わたしは自分の過剰な反応を反省した。それにしても、また事件とは。殺人ほど凶悪ではないにせよ、盗難がつづくのはやはり恐ろしい。

「うちのテントに入った泥棒は」と、わたしはアーソにいった。「わたしを襲いはしたけど、そのまま逃げていったわ」

アーソはびっくりしてわたしの顔を見た。「おれはその話を、いまはじめて聞くんだよな？」

「ええ、警備員の人には報告したけど」

「わたしの家でもカマンベールが盗まれました」レベッカが祖母の注文品を包装しながらいった。「それを署長に話したかったんですが……」

「プロヴィデンスはいったいどうなってしまったの？」祖母がつぶやく。

「くそっ」アーソはハットをぬいで髪をかきむしり、またかぶった。「ともかく一度にひとつずつ片づけていくしかない。まずはジョーダンだ」

「ぼくもさがすのを手伝うよ」マシューがいった。「シャーロットには心当たりがないのか？」

「農場で打ち合わせがあるとはいっていたけど」

マシューはワインとコルク・スクリューをわたしに持たせ、アーソの肩をたたいた。

「さ、行こう」

「わたしも行きましょう」といったのは祖母だったが、アーソがそれを止める。

「いいえ、そこまでの必要はありません」

「ウイ、イレ・ネセセア」祖母はフランス語で〝必要はあるわ〟といった。「町長のわたしがそういっているのだから、議論の余地はないでしょう」

アーソとマシュー、祖母の三人は玄関に向かった。途中でアーソが背後の祖母に向かって肩ごしに、「ところでバーナデット、補佐官としてふたりめの副署長を雇いました。問題はありませんよね？」といった。

「ウイ、アブソリュマン。問題ないですよ」

レベッカがあわてて祖母を追い、「おばあちゃん《グランメール》！　チーズ！」と、ゴールドの袋をかかげてふる。「それから署長、お願いです、かならずバーカーさんの話を聞いてくださいね」

「約束するよ」

祖母はチーズの袋を手編みのバッグにしまい、レベッカの頬を軽くたたいた。

「アーソ署長は約束を守る人よ。がんばりなさい《ボン・クラージュ》」

わたしはほほえんだ。かつて殺人事件の容疑者にされたとき、祖母はアーソに対し百八十度ちがった見方をしていたからだ。

アーソが玄関の扉をあけて、先にマシューと祖母を通した。そして自分が最後に外に出ようとしたとき、チップが入ってきた。寒そうに顎を引き、片手でスエードのジャケットを上から押さえるようにしている。ふたりの肩が触れ、チップはぐいっと自分の肩を突きだした。それから相手の顔を見て、たじろぐ。

アーソのほうはむっとしたものの、無言で歩道に出ていった。

「何か用？」わたしは冷たく尋ねた。

チップはなぜか、叱られた子犬のようにおどおどして見えた。ジャケットの下からフィルムで包んだヒナギクの花束をとりだし、わたしに差しだす――「きみの好きな花だ」

ヒナギクの花束はこれが二度めで、わたしはむしょうに腹が立った。思い出のよすがとなるお花を持って、早く町から出ていってくれないだろうか？　ケイトリンが亡くなったいま、もう仕事はないはず。

わたしは花束をうけとると、小さな声でお礼をいってカウンターにもどった。レジの横にワインとコルク・スクリュー、そしてヒナギクを置く。それから濡れた布巾でカッティングボードやらナイフやらを拭き、ひと拭きするたび、心にくすぶる怒りを感じた。レベッカもやってきて、濡れた布巾でおなじことをする。わたしと彼女の共同戦線のできあがりだ。

チップは中央の樽まで行くと、置いてあったクラッカーの箱をとりあげた。そしてためつすがめつしながら、「ゆうべのことだけど」といった。

「それが何？」

「きみに話があって行ったんだよ」クラッカーの箱をもとにもどし、アップルゼリーの瓶をとって、すぐにもどす。頬がときどきひくつき、どことなくおちつきがない。「エインズリーは……ロイスの夫は嘘をついたんだ。殺人事件があった夜、彼はホッケーの試合を観にいっていない」

「どうして知っているの？」わたしはカウンターを拭く手を止めた。

チップは疲れた足どりでこちらにやってくる。

「おれがエインズリーとロイスといっしょにここに来たときのことは覚えているか？　アイスホッケーの話をしたとき、エインズリーはルカシェンコのハットトリックを知らなかったんだ」

「ハットトリックってなんですか？」レベッカが訊いた。

「選手が一試合でゴールを三度決めることよ。めったにできないすごいことなの」

レベッカはわたしの目をじっと見た。「ロイスのご主人は、ルカなんとかが二ゴール決めたといいました」

「おれがいいたいのもそれなんだ」

「見過ごしたんじゃないの？」と、わたし。

「それはないさ。ハットトリックなんて滅多にあるもんじゃないし、観戦していればその話題でもちきりだ。エインズリーは試合を観ていないってことだよ。アリバイは捏造なんだ」

わたしは顔をしかめた。チップがロイスの夫にこだわり、それをなぜわたしに伝えるのか、その意図がわからない。

「どうしてわたしにそんな話をするの？」

「エインズリーの嘘を最初に聞いた人間のひとりだからだよ」

「アーソに話したほうがいいわ」

「あいつはおれの話なんかまともに聞きやしないさ」

「どうして？」

「昔から、おれをばかにしていたからだ。さっきだって、玄関でわざとおれにぶつかった」

ほんとに？　わたしの目には逆のように見えたけれど、あえて口にはしない。たしかに昔から、アーソはチップを毛嫌いしていた。

「アーソに報告したくない理由はそれだけ？」

チップは少しためらってからいった。「あいつはおれに、ケイトリンが殺された時刻はどこにいたかと訊いたんだ」

「それはみんなに訊いているわ」

「おれはパブでルイージといっしょだった」テイスティング・カウンターの前に並んだラダーバックの椅子にすわり、フックにかけたサラミをたたく。サラミは大きく前後に揺れた。

「大勢の客がおれを見てるさ。たとえば、ジョージア・プラチェットとか。彼女はダーツをしていて、ルイージとも口論したし」

わたしは布巾を丸め、たたきつけるようにしてカウンターに置いた。どうしてチップはわざわざアリバイの話なんか始めたのだろう？　もしや自分ではなく、ジョージアのアリバイの裏づけをしたいとか？　疑惑の目をジョージアでなくエインズリーに向けさせるため？

よしなさいよ、シャーロット。わたしは自分をたしなめた。それじゃまるでジョージアに嫉妬してるみたいじゃないの。

ともかくわたしは、イポとレベッカのために、真犯人の手がかりを得たいだけだ。そしてジョージアに関して、アリバイは堅固に見える。パブの何十人ものお客さんが彼女の姿を見ているだろう。

わたしはチップに注意をもどした。早くいなくなってほしい、と思う。この町から。わたしの人生から。

「ケイトリンとの関係はどうなったの？」

「何のことだ？」

「仕事の契約よ」

チップの口もとが引き締まり、鼻がふくらむ。「そういうことか」

「え？　そういうことって？」

「おれには彼女を殺す動機なんかないよ。きみの知りたいことがそれなら」

「わたしはべつに――」

「もういい」椅子から立ちあがる。「彼女が生きていてこそ、おれには利益がある。そんなにおれを信じられないなら――」ジャケットの内ポケットからたたんだ書類をとりだして、ひらひらとふる。「契約内容を自分の目で確認するか？」

「よしてちょうだい」

「はい、どうぞ」チップは書類をレジの横のワインと花の上に投げ捨てると、背を向けた。そのまま玄関まで歩いていき、扉の手前でふりかえる。「きみならおれのことをわかってくれると思っていたよ」

扉が音をたてて閉まった。

レベッカが捨てられた書類を拾い、目をとおしていった。

「あの人の話はほんとうですね。バレル牧場とおなじで、ケイトリン・クライズデールが死亡すれば契約は無効になると書いてあります」

ケイトリンは法律に明るく、手抜かりはなかったらしい。だけどわたしがチップのことで気になるのは、契約の内容や怒りの爆発ではなかった。昔からチップはよく癇癪を起こしたし、そのあと時間がたてば冷静になる。わたしがひっかかるのは、彼が祖父母の家やこのショップにまで足を運んだその目的だった。彼はエインズリーに嫌疑を向けさせようとしたのだ。エインズリーはアイスホッケーの試合を観戦しなかった、あるいは競技場に行っても試合すべてを観ていたわけではなかった……。エインズリーはどこに行ったのだろう？

もしやケイトリンの愛人はエインズリーだった？　彼にはロイスという妻がいる。ケイト

リンが自分たちの関係を公表するといったら、彼は怒り、困りはてるにちがいない。そして
その結末が、あの事件？

19

　わたしはそんなことを考えながら、カウンターをごしごし拭いた。実際、そこまできれいにする必要などなかった。カウンターはもちろん、店内はおしなべてきれいに掃除されているかいい。チーズは所定の場所にきちんと並び、樽はどれも清潔で、商品のディスプレイもなかなかいい。うちでは毎週、クリーニング・サービスを頼んでいるのだ。地下貯蔵庫への入口にかけたビニールカバーにも、埃や汚れはまったくない。

　レベッカがわたしの顔の真ん前で指をぱちんと鳴らした。

「シャーロットさん、お元気ですか？」レベッカは契約書をレジの横に置き、ヒナギクの花束を手にとった。「灰色の脳細胞を駆使しているんですよね、きっと」キッチンに行って、琥珀色の花瓶にヒナギクをさし、水を入れる。「経過はどんなです？」

「エインズリーは何かを隠しているかもしれないわ」

「わたしもそう思います」花瓶を持ってもどってくる。「エインズリー・スミスを取り調べるよう、アーソ署長にいったほうがいいですね」

「でもいまアーソは盗難事件でジョーダンをさがしているわ」

「だったら、わたしたちでやりましょう」レベッカはわたしの手から布巾をとり、キッチン近くのランドリーボックスに入れた。「ね。すぐに行きましょう」

わたしは片手をあげて彼女を止めた。「だめだめ。行くとしても、わたしひとりよ」

「でも――」

「あなたはテントのほうに行っててちょうだい。ティアンが待っているわ」

「ボズではだめですか？」

「ボズはこっちを手伝う予定なの」

レベッカの不満げな顔を見て、わたしは苦笑した。「ふたごと変わらないわね」ワインとコルク・スクリューをアネックスに持っていき、その途中で肩ごしにいう。「わたしが知っているロイスとエインズリーは、人から追及されるとうまく対処できないタイプだと思うの。だからわたしのやり方に任せてちょうだい」

「でもご主人は人を殺したかもしれないんですよ」

「万が一、エインズリーが犯人だったとしても、最初から殺すつもりはなかったと思うわ。カッとした結果、不幸な結末になったのよ」

「殴る道具を持って、ただカッとしただけなんですか？」レベッカはヒナギクの花瓶を手に、ショップにもどるわたしとアーチ道ですれちがった。「この町でプイリを持ち歩く人は、そんなにたくさんいないと思いますけどね」壁の棚に並んだバルサミコ酢の瓶を動かしてスペースをつくり、そこに花瓶を置く。そしてこんな感じでいいでしょうか、とわたしをふりかえった。ちょっとくやしいけれど、チップからもらった愛らしいヒナギクが、店内にささやかなお化粧をほどこしてくれたのはまちがいなかった。

「それにエインズリーは、いつプイリを盗んだの？」わたしはエプロンをはずした。「彼はイポやバートンのポーカー仲間じゃないわ」

「イポの家の補修とかメンテナンスをしたのかもしれませんよ。わたしならそういった質問ができます」

「だめ」

「スミスさんに気づかれないように、それとなく質問しますって。取り調べの技術を勉強しましたから」

「どうやって？」

「インターネットには、その種のテレビ番組のサイトがあるんですよ。そこで尋問方法や諜報機材の種類について学びました」

あらあら……。そんなサイトがあるなんて、わたしはまったく知らなかった。

「お願いです、シャーロット。わたしを連れていってください」

「だめよ。あなたは冬祭りのテントに行くの」

レベッカは唇を噛んだ。「わかりました。でも、露骨な訊き方は避けてくださいね。場合によってはお世辞をいうと、相手のガードがゆるんだりします」

「はいはい、わかりました」

「侵入する場合は、サングラスを持っていくといいです。鍵をこじあけたり、隙間に何かを入れるときは、耳にかける部分の先端を利用できますし、アーソ署長に見つかっても、サングラスなら怪しまれません」

「もう十分よ。早くテントに行ってちょうだい」

レベッカが急ぎ足でショップから出ていくと、わたしはボズを呼んだ。

返事がない。

「ボズ？」事務室に入ってみると、コンピュータの画面に〝フィルビーから連絡があって出かけます。とくに問題ないですよね？〟という付箋が張ってあった。

いいえ、問題ありですよ。ショップを無人にして出かけるわけにはいかないもの。どうしたものかしら……。

玄関の呼び鈴がちりんちりんと鳴り、わたしはあわてて事務室から出た。なんと、入ってきたのは祖父で、わたしは歓喜の叫びをあげそうになった。

でも、祖父のほうは眉間に皺をよせている。「おばあちゃん《グランメール》は来なかったか？　チーズのお使いを頼んだのに、まだ帰ってこんのだよ。劇場には腹をすかせた役者が大勢いる」

わたしはおばあちゃんが来たこと、アーソといっしょに出かけたことを話した。

「何かあったんだとは思ったがな」太くてぷっくりした指をふる。「もうあの歳じゃ町長の務めはきつい」

「それはないでしょ。四月は万物に若さの息吹を吹きこむって、シェイクスピアもいってるわ」

「シェイクスピアだと？」祖父は不満げな声をもらした。「おまえはおばあちゃん《グランメール》にそっくりだな。仕方ない、手ぶらで帰るとするか」テイスティング・カウンターのチーズをつまんで、口へ。「お。ピアーヴェか。うまいうまい。メルシ。じゃあな《オ・ルヴォワール》」

「ちょっと待って、おじいちゃん《ペペール》。一時間くらい、お店番をしてくれないかしら？　いまのところ暇だし。ね、お願い。役者さんたちを待たせるのは心苦しいけど、すませなきゃいけない用事があるの」

「用事？」祖父は眉をぴくりとあげた。「いいかい、お嬢さん《プティット・フィーユ》、自分じゃおばあちゃん《グランメール》とおなじくらい抜け目がないつもりだろうが、残念ながら年季が足りんよ」

「かもしれない」わたしはとりあえずすなおに認め、陳列ケースからハート形のチーズをとりだした。リバーズ・エッジのオールド・フレームという白かびタイプのシェーヴルで、一年のうち二月のみの限定商品だ。そして祖父の大好物――。

わたしはスライスして祖父に差しだした。祖父が手をのばしてチーズをとろうとしたところで、差しだした手を引っこめる。

「これは交換条件よ」

「おまえは悪魔《ディアブレス》か！　ああ、わかったよ。店番してやるよ」祖父はオールド・フレームを口に入れ、満面の笑みを浮かべた。

ああ、世のなかの男性がみんなこうだといいのだけど……。

＊

エインズリーは、B&Bのポーチの籐椅子で新聞を読んでいた。格子縞の膝かけの上にはシーズーのアガサがいる。

わたしが玄関につづく私道を歩いていくと、アガサがかわいい声で鳴き、エインズリーはちらっとこちらのほうを見た。でもわたしの姿が見えなかったかのように、広げた新聞の皺を片手でたたき、また読みはじめる。

アガサがぶるるっとからだを震わせ、その場で一回転してからまたすわりこんだ。

わたしはポーチの階段をあがると、「こんにちは、スミスさん」と挨拶した。

「やあ、シャーロット」エインズリーは目を細めてわたしを見ると、咳払いをひとつ。「来たのに気づかなかったよ」何か心配ごとでもあるのか、とても元気がないように見えた。

わたしは両手をこすりあわせ、「ずいぶん寒いですね」といった。

「こっちはこの格好だからね」エインズリーは自分の服を指さした。分厚いピーコート、コーデュロイのズボン、革の手袋にティンバーランドのブーツだ。薄くなりつつある赤毛が、ラベンダー色のニット帽からのぞいている。この帽子はロイスの手編みだろう。

「少しおしゃべりしてもいいかしら？」

エインズリーは身をよじり、わたしはそれをイエスの答えとうけとって、彼の向かいの椅子に腰をおろした。わたしの重みに、籐がきしんだ音をたてる。冷気がコートやパンツをものともせずからだに浸みこんでくるけれど、B&Bのなかに入る気はなかった。ここにいるほうがたぶん、彼は本音を話しやすいだろう。

「すごいニュースを聞いたのよ」わたしは切りだした。

エインズリーは新聞をたたみ、からだと椅子の隙間にはさんでからいった。

「お腹はすいていないか？」玄関の扉が少しあき、網戸の向こうからポットローストのいい香りが流れてくる。でもエインズリーはわたしをランチに誘わなかった。椅子の横のテーブルから、かわいい花柄のお皿をとりあげ、クッキーを一枚わたしに差しだす。その手はかすかに震えていた。

「いいえ、けっこうです。ありがとう」

「で、どんなニュースかな？」クッキーを口に入れ、かけらをアガサに食べさせる。アガサはありがとうの代わりに彼の指をなめた。

「このまえの、アイスホッケーの試合のこと」

エインズリーはクッキーをのみこんで、お皿をテーブルにもどした。「どの試合かな？」

「ケイトリンの事件があった晩の、ブルージャケッツの試合。うちのショップで、話していたでしょ？　チケットは、ロイスからのお誕生日プレゼントだったという……」

エインズリーははるか昔の記憶をたどるように顎をなでた。

「ああ、あれか、対キングズ戦の」

「ええ、ええ。エインズリーは、あの試合を最初から最後まで観たのかしら？」

「もちろん観たよ」胸の前で腕を組む。「そうしょっちゅうはリンクまで行かないからね。行ったときは満喫するよ」

「気持ちはわかるわ。わたしもオハイオ州立大のアメフトの試合を観るときはそうだったから」片手を高くあげ、「行け行け、バックアイズ!」と叫ぶ。

エインズリーは小さく笑い、いくらか緊張がとけたようだった。

「それでニュースというのは?」

「スター選手の、えっと、ル……ルカ……」

「ルカシェンコか?」

「そう、そのルカシェンコがあの晩、ハットトリックをしたって。じかに観戦したらすごかったでしょうね?」

「ああ、そうだね」

「でもおととい、うちのショップに来たときは、三ゴールじゃなくて二ゴールだって話していたような……」

エインズリーは一瞬顔色を変えたものの、すぐにおちついて、「まちがえたんだな」といった。

「でも試合をずっと観ていたんでしょ? ゴールはどんなふうだったの? ピリオドごとに一点ずつ?」

「うーん……」節くれだった細い指で頭をたたく。「最近、ここがどうも駄目なんだよ」

「ゴールをひとつ見逃したのかしら?」

エインズリーは目を細めた。

「それとも、どこかべつの場所にいたの?」少し引っ掛けてみる。「売店にスナックを買いに行ったとか」

エインズリーは小さくうなずいた。「そうだったな。試合中ずっと食べていた。競技場のホットドッグは最高だよ」

「チーズと豆がたっぷりで」

「それとオニオンもな」

「フォークが必要なくらいでしょ」わたしは祖父が真似してつくったホットドッグを思い出した。あのとき、豆が何かもの足りない気がして、糖蜜を多めにして白胡椒を加えたらどうかといったことがある。ああ、思い出すだけで、お腹が鳴りそう……。「でもどの売店にもテレビ画面があるから、そこで試合のようすがわかると思うの。ゴールが決まったら、みんな大騒ぎするんじゃないかしら」

エインズリーは黙りこくった。視線は玄関の網戸へ、そしてわたしへ。消え入りそうな声で彼はいった——「競技場には行かなかったよ。シャーロットはそれを知っていたんだろ?」

「じゃあどこにいたの?」

沈黙。

「ケイトリンといっしょ?」

「ケイトリン？　いいや、ちがうよ」

「でも彼女のことは知っていたでしょ？」

「もちろんだ。ここに泊まったからね。ひと晩だけで、そのあとヴァイオレットのところに移ったが」ポーチの屋根を見上げ、またうつむく。この人は嘘をついている、とわたしは思った。

「ずいぶん昔――」と、わたし。「ケイトリンはこの町に住んでいたから、高校生のころから知っていたのかしら？」

「思い出せないな」練習を積んだ回答のように聞こえた。

わたしは腰を少し浮かせ、立ちあがるように見せかける。

「だったらヴァイオレットに訊いてみようかな。彼女なら、ケイトリンの男友だちを知っているだろうから」

「何が望みなんだ？　金か？」エインズリーは嚙みつくようにいった。「みっともない写真でも手に入れたのか？　え？　いくらほしいんだ？」

「お金なんかほしくないわ」

「じゃあ――」口をゆがめる。「何が望みだ？」

「真実を知りたいの。あなたとケイトリンは恋愛関係にあったとわたしは考えているから」

エインズリーは銛《もり》を打ち込まれたような、大きな息を吐いた。「それはまったくちがう」

「だったらほんとのことを教えてちょうだい」

「ロイスにはいわないと約束してくれ」また玄関のほうを見る。

わたしもそちらに目をやり、ロイスや宿泊客の姿がまったくないのに気づいた。

「ロイスはどこにいるの?」

「キッチンだ。あんたのおばあちゃんのレシピでポットローストをつくっているよ」

それは祖母が自分のおばあちゃんから受けついだレシピで、資金集めの景品にしたものだ。特徴は多めのローリエとクローヴひと握り、胡椒をグラインダーで十回。寒い季節向きの、からだの芯から温まる家庭料理だった。

「ロイスにはいわないと約束できるか」エインズリーはくりかえした。

「話しても何の得にもならないわ」

エインズリーはふたたび大きなため息をついた。「言葉ではいくら説明しても説明しきれないよ」アガサを膝からおろし、膝かけを丸めて立ちあがる。アガサは空いた椅子に飛び乗ると、クッションの上で丸まった。エインズリーはポーチの階段をおりながら、わたしについてこいと人差し指を曲げた。わたしは首を横にふる。人目につかない、暗い場所に行く気はなかった。

「ここで話しましょうよ」わたしは椅子にすわったままでいった。

「しかしロイスがもし――」

わたしはからだをぴくりとも動かさない。

「仕方ないな。あいつはさっきクッキーを持ってきたから、すぐにまた来ることはないと期待しよう」エインズリーは階段をあがり、アガサを抱いて椅子にすわった。籐がきしんだ音をたてる。

「ケイトリン・クライズデールのことを話して」わたしはうながした。

エインズリーはアガサを力をこめてなでまわし、アガサは小さく鳴くと膝から飛びおりた。そして鼻で網戸をあけて、家のなかへ入っていく。

「あなたはケイトリンの恋人だったの？」

「は？　恋人？　とんでもない！」吐き捨てるように。「恋人どころか、目的の達成に必要な駒のひとつだよ」

冷たい突風がポーチを吹きぬけ、わたしは身震いすると両手をポケットに入れた。

「ロイスとわたしは……」エインズリーはこめかみをもんだ。「長いあいだいっしょに暮らしていると、退屈になってくるものでね。そんなときにケイトリンがあらわれて、青春時代を思い出させてくれた。若さをとりもどした気分になれたんだよ。彼女の堂々とした魅力にさからえなかった。だが、二度ほど愛し合ったあと、彼女はわたしのことなんか好きでもなんでもないのだと気づいてね」居心地が悪そうに、椅子のなかでもぞもぞする。「要するに、魂胆があって近づいてきたんだよ。わたしがこんな関係は終わらせようというと、あの女はロイスにばらすといいだした。それだけはやめてくれと頼んだら、代償を払う覚悟があるかと……」

「お金を要求されたの？」

「いいや、もっと悪いよ。わたしが町の北側にもっている土地の一部を譲渡しろといわれた。そのときだよ、わたしが気づいたのは」

「気づいた？」

「あの女は最初から、わたしを脅迫するつもりだったんだ」

ここでも〝脅迫〟だった。ケイトリンはいったい何人を脅迫していたのだろう？

「じつに卑しいと思わないか？」エインズリーは丸めた膝かけの糸をむしった。「わたしは土地を譲ることに同意したよ。するとあの晩、彼女は……殺された」

「ずいぶんタイミングがよかったように思えるけど」

「おい、殺したのはわたしじゃないぞ！」首を横にふりながらも、わたしはエインズリーがまだ何かを隠しているような気がした。

「あの晩、彼女に会ったんでしょ？」

「いいや……」視線が定まらず、きょろきょろする。エインズリーは嘘をつけないタイプかもしれない。「会ったのはあの日だが、時間はもっと早かった」

「場所は？」

「ヴァイオレットの〈ヴィクトリアアナ・イン〉だ。あの女はほんとに性根が悪いよ」ぐっと喉をつまらせる。「土地の譲渡にかかわらず、ふたりの関係をロイスに話すといいはじめたんだ。なぜなら……妻には夫の裏切りを知る権利があるからだと」

それはケイトリン自身がむごい別れを経験したからではないだろうか？

「だからわたしは、もしロイスにしゃべったら土地の譲渡は無効にするといってやった。するとあの女、大声で笑って――」

「やあ、エインズリー！」マラミュート犬を連れた男性が、歩道から手をふった。「商売は順調かい？」

「ああ、いい調子だよ、フレッド」エインズリーは手をふりかえしたものの、目はうつろだ。犬と男性の姿が見えなくなったところで、話を再開する。「ケイトリンは大笑いして、朝まで待ってやる、それまでにロイスに直接打ち明けろといって、ドゥ・グッダーズの会合に出かけていった。信じられるか？　あの女は偽善者そのものだ。〝善行の人《ドゥ・グッダー》〟とはほど遠いよ」手のひらで椅子の肘掛けを力いっぱいたたく。「わたしの人生をむちゃくちゃにして、自分はいい子ぶる。正しく生きようと努めていると、世間に信じさせたいんだ」

わたしは怒りが鎮まるのを待ってからいった。「そんな話を聞いてしまうと、殺人の動機があるように思えてくるわ」

「ああ、殺してやりたいと思ったよ。しかし――」

「スミスさん！」背の高いひょろっとした三十代の男性が、こちらに向かってきた。女性をひとり伴っている。その女性のほうが先にポーチの階段をあがり、ニットの帽子をぬいだ。それから男性があがって先に網戸をあけ、彼女を待つ。「北極熊にはこれくらいの寒さが快適なんだろうな」と男性がいい、女性はくすくす笑いながらなかに入って、網戸が閉まった。

エインズリーが両手を広げ、首をすくめる。「わたしは人殺しなんかじゃないよ」

「彼女と会ったあとは、どうしたの？」

「ここに帰ってきた。といっても、ロイスに打ち明ける勇気はなかったから、アガサを連れて散歩に出かけた」

「どれくらい？」

「二時間……三時間くらいだろうか」

「どこまで行ったの？」

「町の北、例のわたしの土地までだ」

「夜はどうしたの？　試合には行かなかったんでしょ？」まるで尋問のようだと思いつつ、訊かないわけにはいかなかった。

「行きたくても行けなかったよ。むかついて、腹が立って、いつもより長い散歩をつづけた」立ちあがって網戸まで行き、なかをのぞく。そしてポーチへもどってくると、手すりのほうへ行った。

「だれかそれを証明してくれる人はいる？」

「アガサがいっしょだったよ」肩ごしにこちらを見る。「だがアガサは人間の言葉を話せないし、名犬ラッシーでもない」

「ロイスはアガサがいないことに気づかなかったの？」

「アガサはやんちゃだからな。リスを追いかけたりして、姿が見えないことはよくあるんだよ。ロイスはアガサのそんなところが気に入っている。わたしは話し相手がほしかった。この世に犬以上の話し相手はいない」

「だれかとすれちがったりしなかった?」

「知り合いには会わなかったな。アーミッシュの男を見たが、あっちはわたしのことなど覚えていないだろう」手すりをばしっとたたく。

「家に帰ってからどうしたの?」

「貝のように静かにしていたよ。ロイスは鍋を洗っていた。お客さんたちはダイニングで夕食だ」首を大きく左右にふる。「ロイスに打ち明けることなんかできなかった」

「でもケイトリンに話されても困るでしょ?」

「ロイスには、朝になったら話すつもりだった。勇気をかき集めるのに時間が必要だったんだよ」法廷で宣誓するように手をあげる。「おたくのアシスタントの女性の家には、けっして行っていない」

わたしも手すりのほうへ行き、エインズリーの横に並んだ。もしや――と、頭に浮かんだことがあった。足もとを冷たい風が通りすぎ、鳥肌がたつ。

「町の北の土地って、ひょっとしてバレル牧場の近くじゃない?」

「ああ、隣接地だよ」

事件が起きた夜、わたしはレベッカの家の外でシルヴィと話したことを思い出したのだ。シルヴィはケイトリンが〈アンダー・ラップス〉に来て、〝帝国〟について話したといっていた。あのとき、わたしはたいして気にもとめなかったけれど、いま考えるととてもひっかかる。〝帝国〟なんて、ふつうに使う言葉じゃないからだ。

「ケイトリンはプロヴィデンスに〝帝国〟を築きたいとか、そういう話はしていなかった？　バートン・バレルやあなたの土地にかぎらず、もっと大規模に手に入れたがっていたような気がするの。アルロの土地もねらっていたし」

エインズリーは顎を掻いた。「〝帝国〟という言葉は記憶にないなあ……。しかし権力欲が強かったのはたしかだよ」ため息をつく。「こういってはなんだが、彼女の死をいたむ気持ちはあまりないね」

そのとき女性の嗚咽が聞こえた。驚いてふりむくと、網戸の向こうでロイスが口に手を当て、足もとではアガサが歯をむきだしてうなっている。

エインズリーが駆けより、網戸をあけて手をのばした。

「ああ、ロイス」

ロイスは夫の手を払いのけた。「よくもそんな……」涙をこらえる。「よりにもよってケイトリンなんかと」恐ろしい目でわたしを見つめ、「わたしがいったとおりでしょ？　あれはろくでもない女なのよ」

「わたしは脅迫されたんだよ」エインズリーは必死でいった。

「それはあなたが誘惑に負けたあとでしょ？」

「ああ、弱い男だった」エインズリーは両手をあげた。非力が浮気の言い訳になるかのように。

「だったらわたしが強くなるわ」ロイスは背筋をのばし、胸を張った。「あなた、荷物をまとめなさい」

「本気じゃないだろ？」

「いいえ、本気よ」

エインズリーは片膝をついた。「きみを愛しているんだよ」ロイスの手を握る。

「いまさら遅いわ」ロイスは夫の手をふりはらい、アガサが追いうちをかけるように吠えた。

「話すことはないわ」

「だが――」

「出ていって。お母さんのところに帰るといいわ。いまだに目のなかへ入れても痛くないほどかわいいと思ってるんだから」

エインズリーはふらっと立ちあがると、重い足どりで談話室に入っていった。そしてアーチ戸の向こうで、壁にかかった大事なアイスホッケーのスティックに手をかける。

「それはだめよ！」ロイスがあわててそちらへ向かった。「はずさないで。ここにあるものは何ひとつ持っていっちゃだめ」

「斜めになっていたから、まっすぐにしようとしただけだ」

「ばからしい」

エインズリーは上目づかいでロイスを見た。「頼むよ、ロイス。わたしを追いださないでくれ。話し合いで解決できるよ」

ロイスは腕を組んだ。冬祭りの氷の彫刻のようにみじろぎもしない。

エインズリーは冷たい目でわたしを見た。いうまでもなく、こうなったのはわたしのせいだといいたいのだろう。それから彼は、廊下に出て、キッチンの裏手にある自室に入った。

エインズリーの姿が見えなくなると、ロイスは長椅子にすわりこみ、アガサを膝にのせた。

「わたしが何をしたっていうの？」アガサをなでながらつぶやく。「わたしのどこがいけなかったの？」

ロイスはわたしがいることも忘れたかのように、つぶやきつづけた。彼女はとっくに夫の浮気に気づいていたのではないか。わたしはそんな気がしてならなかった。だからためらいもせず、すぐに夫を追いだせたのではないか？

20

わたしは陰鬱な気分でショップにもどった。ロイスがもし夫とケイトリンの関係を知っていたとすれば、レベッカの家でケイトリンと口論になり……という可能性もけっして否定できない。でもあのロイスが、頭をぶつけて失神した人間をほったらかしにするとはどうしても思えなかった。

ショップに入ってみると、ボズがカウンターそばのガラスの前でシャドーボクシングをしていた。そしてパンチの途中でぴたっと止めて、こちらをふりむく。

「ミズ・B、勝手に出かけてすみませんでした。人手が足りないとは思わなかったので」

「いいのよ。おじいちゃん《ペペール》はどこ？」

ボズは親指で自分の背後を示した。「ついさっき劇場に行きましたよ、《ふしぎの国のアリス》のマッドハッターみたいに〝遅刻だ、遅刻だ、遅刻だ〟ってつぶやきながら。ずいぶんあせっていました」

わたしは胸が痛んだ。お腹をすかせた役者さんたちを待たせ、祖父をあわてさせたのは、このわたしなのだ。しばらくまえまで、わたしとマシューは祖父母に休暇をとるよう勧めていたのに、最近はほとんどそんな話をしなくなった。もちろんたまには老夫婦でオハイオの観光地――コロンバスのドイツ村とか、シンシナティの動植物園に日帰りで行ったりもする。また、わたしとマシューがアメリカ各地のチーズ農場を訪ねるときは祖父が同行することもあったけれど、これはけっして休暇ではない。そういえば、このまえわたしがフランス旅行を提案したら、祖父母ともに鼻で笑ってとりあわなかった。ふたりとも母国にはさほど未練がないらしい。

「悪いんだけど、ボズ、もう少しお店番をしてくれる？　劇場でおじいちゃん《ぺぺール》の手伝いをしたいの」

ボズは店内を見回し――お客さんはひとりもいない――ウィンクした。

「わかりました。きょうはみんな冬祭り優先でしょうね。店は何時に閉めればいいですか？」

「五時半にお願い。玄関に、〝ル・プティ・フロマジュリー〟のテントへおいでくださいってサインをぶらさげてくれる？」

「了解」

*

祖父のことは心配無用だったらしい。プロヴィデンス劇場に到着してみると、祖父は長いビュッフェ・テーブルのまわりをうろちょろしながら、女優さんたちのお相手をしていた。本番の衣装はまだできていないので、ワークシャツ姿の女優さんが何人もいたけれど、それでもシャツの上にレースはたくさん付けていた。できるだけ早いうちから、役柄に近い服装でいるように、というのが祖母の方針だったからだ。

裏方さんたちは、〝ロキシー・ハート〟の大きなネオンサインの前で、床にすわっていた。劇場では彼らが最初に食事をするのが習慣で、きれいに平らげられた紙皿が何枚もあった。

「ほかに何かご所望のものは？」祖父が囚人役のセクシーな女性ふたりに訊いた。「飲みものは足りているかな？　ご不満はありませんかな？」

あたりにはスパイシーなピザの香りが漂っている。

祖父がわたしに気づき、手招きした。

「よく来たな。どうだ、あの派手なネオンはなかなかいいだろ？　ブロードウェイの巡業中の一座が寄付してくれたんだ」お皿からピザをひと切れとって、かじりつく。つまんだ指に、溶けたチーズとポークソーセージの肉汁がたれてきて、祖父はお行儀悪くぺろぺろっとなめとった。「おまえも食べなさい」

わたしは紙皿を一枚とり、祖父が用意したチーズやサラダなどをざっと見回して……結局ピザを選んだ。たちのぼるこの香りには、あらがえない。がぶりとかじって、至福のうめき。口のなかに燻製のクルミの木とサクラの木、そしてガーリックの風味が満ちる。

「これはおじいちゃん《ペペール》の創作料理の自己ベスト更新ね」

「ニンニクを増やしたからな。そこが肝だ」

祖父と孫娘は、黙々と残りのピザをいただいた。

そしてきれいに平らげたところで、「おまえの〝用事〟はどうだった？」と祖父が訊いた。その目はきらきらし、笑っている。「また、こそこそかぎまわったんだろ」

「そんなことはしないわよ」

祖父は声をたてて笑った。「いいや、おまえの性分だ。おばあちゃん《グランメール》の性分でもある。あいつがハーヴェスト・ムーン牧場の事件を調べたときのことを話したかな。本人にいわせると——」

「エティエン！」舞台監督をやっている元気いっぱいの女性が走ってきた。「照明がおかしいのよ。こっちに来て見てくれない？」

「ああいいよ」

「ちょっと待って」わたしは祖父の袖をつまんだ。「おばあちゃん《グランメール》は何ていったの？」

「たいしたことじゃない。ただ、パズルのピースを全部そろえてから、自分の推理をそれに合わせて調整するといっていた」額をたたく。「エルキュール・ポワロの受け売りらしい。事件の真相は灰色の脳細胞の中にあるんだと。あいつはその日の午後、事件を解決したよ」

祖父は舞台監督といっしょに階段をおりて、照明ブースへと向かった。わたしはその場に残って、ポワロの台詞について考える。わたしはピースをすべて持っているだろうか？　どこか欠けてはいないか？

「えーっ、ほんとなの？」舞台の袖で、女性の大きな声がした。細身の女優さんが、赤いシルクの下着姿の、背の低い女優さんと話している。

「ええ、ほんとよ」赤い下着姿の彼女はそういうと、あたりをきょろきょろ見回した。「ねえ、もっと小さな声で話してくれない？」

周囲を気にしているようだけど、わたし以外、だれも聞いていない。彼女はガーターベルトを調節すると、話をつづけた。

「ミュージカルの《シカゴ》のもとになった劇は、モーリン・ダラス・ワトキンズという女性の記者が、実際の殺人事件をヒントに書いたものなのよ。ビリー・フリンは、実際の弁護士ふたりをモデルにしてるの」

「ふたりともタップダンスは踊らなかったわよね、たぶん」と、細身の彼女。

「たぶんね」

「じゃあどうして、わたしたち、い、い、いのビリーは踊らなくちゃいけないわけ？」

わたしはほほえんだ。どうやら細身の女優さんはその点が気に入らないらしい。

「だって、法廷でタップして陪審員にアピールするのが見せ場だからよ」

わたしは背を向けて帰りかけ——足が止まった。細身の女性のこんな言葉が聞こえたからだ。

「バートンだったらもっとうまくやったわよね。噂を知ってる？　バートンはあの人と、男女の関係だったみたいよ」

「どこでそんな話を聞いたの？」

「あのブティックよ」

〈アンダー・ラップス〉だろうか？　でもこんな大スクープを手に入れたら、シルヴィはすぐさまうちのショップに駆けこんできそうだけれど……。

わたしはまた歩きはじめた。いまの大スクープとパズルのピースのことが頭から離れない。これまではバートンとケイトリンを不動産つながりでしか見てこなかった。でも、噂がほんとうで、バートンが彼女の愛人だったとしたら？　ケイトリンはバートンにも、エインズリーにしたこととおなじようなことをしたのか？　ううん、それは考えにくい。だってバートンの場合、不動産の正式契約をかわしていたのだ。わざわざ脅迫めいたことをする必要はない。ということは、ふたりはほんとうに愛し合っていたのだろうか？

＊

冬祭りの会場に到着したのは、夕方の四時前後だった。〝ル・プティ・フロマジュリー〟はお客さんでいっぱいで、レベッカとマシューがカウンターに立ち、お勧めチーズ三種のサンプルを提供している。驚いたことに、ティアンが仕事にもどっていて、試飲用のワインが入ったグラスのトレイを運び、ほっぺたが真っ赤だった。そしてセーターは、深紅。

わたしはコートとツイードのジャケットをぬいでたたみ、ラックの一番下の棚に置かれたほかのコートの上に重ねた。

マシューが腕時計を見て、「時間ぴったりかな」と、わたしにいった。

「めずらしいこともある、とてもいいたいの？」わたしは彼の襟を引っぱった。シャツはピンストライプで、ショップのチョコレート・ブラウンのエプロンによく似合う。「それでジョーダンは見つかったの？」

「ああ。そのあとアーソとふたりで窃盗犯をさがしにいった」

「おばあちゃん《グランメール》は？」

「男ふたりにべったりくっついてるよ」

わたしはカウンターの下からエプロンをとって、丸首のセーターの上からつけた。

「ティアンがもどってきてくれたのね？」

「忙しくしていたいらしい。子どもたちはテオといっしょだ。彼女にはワインのことをいろいろ教えといたよ」そして咳払いをしてからいった。「ティアン！　シン・ジンってどんなワインかな？」

ティアンは片手をこちらに大きくふって答えた。「バニラとベリーの風味があるワインよ」お客さんたちが試飲しようと、彼女のまわりに集まった。

マシューはうれしそうに、「ティアンは天才かもな」といい、わたしは同意してうなずいた。

レベッカがそっととなりにやってきて「いかがでした？」と訊いたので、わたしはエインズリーの話を手短に伝えた。

マシューがたしなめるような目でわたしを見る。

「いささかやりすぎじゃないか？　この町にはちゃんと警察がある」

「警官が三人しかいない警察ね」

「ふたりよりいいだろ」

「〈フロマジュリー・ベセット〉の働き手は四人で、ほかにおじいちゃん《ペペール》とボズもいる。それでもてんてこまいになるのよ。警察だけじゃ手がまわらないと思えば、町民として協力してもいいんじゃない？」

「そういえば……」レベッカがいった。「忘れるところでしたが、シャーロットをたずねて男の人が来て――」

そこへメレディスがあらわれた。エメラルド色のジャケットにビスケット色のシルクのブラウス、茶色のスラックスというスタイルで、とてもすてきだ。彼女がこちらに手をふった。

わたしは身振りでレベッカに、話はあとでね、と伝える。マシュー同様メレディスにも、よけいなことに首をつっこむなとお説教されかねない。

メレディスはお客さんたちのあいだを縫ってやってくると、マシューの頰にキスをして、わたしを軽くにらんだ。

「また探偵ごっこをしてるんでしょ」

「ううん、してないわ」

「でも目つきが鋭くて、おまけにきらきら輝いているわ。正直にいいなさいよ」

わたしはため息をついた。長いつきあいの友人に隠し事はできないようだ。

「マシューにね、傍観しているわけにはいかないって話していたの。なんといっても、イポが勾留されたんだもの。マシューだって、イポが犯人だとは思えないって、いったでしょ？」

「それはそうだけど、ぼくは昔、人を見誤って苦労したからなあ」

「こんにちは！」噂をすればで、シルヴィがやってきた。スカーレット・オハラ顔負けの南北戦争時代ふうスタイルで、大きく優美なスカートに、上はブラジャーとコルセットを合わせたような黒いビスチェだ。彼女のドレスを見て驚き、額を寄せてひそひそ話すお客さんたちもいた。

「自分の姿を鏡で見たのかしら……」と、つぶやくメレディス。

シルヴィはカウンターまで来ると、扇でマシューをあおいだ。手にはレースの手袋。

「行きましょ、マシュー。そろそろかわいい娘たちが歌う時間よ」

「まだ二時間も先だよ。それにぼくはメレディスといっしょに行くから」マシューはメレディスの手を握った。たぶんかなり力がこもっていたのだろう、メレディスがちょっと顔をしかめた。

「まあ。あなたとわたしのあいだには親としての絆がないわけ？」

「そんなものは、きみがぼくらを捨てた日に消えてなくなったよ」マシューは薄い笑みを浮かべていった。一年まえの彼なら、こんな台詞はいえなかっただろう。マシューが自信をとりもどせたのは、なんといってもメレディスのおかげだ。

「わたしはほんの少し息抜きをしたかっただけよ」と、シルヴィ。

「よくそんなことがいえるよ」マシューはメレディスの頬にキスすると、カウンターの仕事にもどり、お客さんの相手をした。

シルヴィはむっとしてテントの出口に向かう。と、少し手前でふりむき、そうだ忘れてたわシャーロット、と小走りでもどってきた。そしてわたしをテントの隅に連れていくと、片手を口に当ててささやいた。

「ケイトリンの愛人がわかったのよ」

わたしは彼女に耳を近づけ、たぶん劇場でもれ聞いた話のくりかえしだろうと思った。

「相手はね、エインズリー・スミスだったの」

「それなら知ってるわ」

「えっ？」シルヴィはきょとんとした。「だったらどうして、わたしに調べさせたのよ？わたしの時間はとても貴重なのよ」

「ついさっき、知ったばかりなの」

「まっ！　わたしはきのう知ったわ」

「だったらきのう教えてくれたらよかったのに」自分がシルヴィとおなじ調子でしゃべっているのに気づく。

「ゴシップは、じれるくらいのほうがおいしく食べられるのよ」

いったい何をいいたいんだか――。「バートン・バレルのほうはどうなの？」

シルヴィは手のひらで扇をたたいた。「どういうこと？」

「彼も愛人だったらしいのよ」

「どこで仕入れたネタ？」

「あなたは知らなかったのね？」

「ええ。でも、わたしが知らないということは、真実ではないってことよ」

劇場での話だと、噂の出所はブティックらしかった。シルヴィのお店でないとすると、プルーデンスの〈ル・シック〉かしら？

「シルヴィのゴシップ市場は最新のもの？」

「そのつもりよ。あなたもせいぜいがんばって」シルヴィはたっぷりしたスカートの裾を手でまとめて出ていった。

「シャーロット、サモラーノがなくなりそうですよ」

レベッカにいわれ、わたしはアイスボックスから新しいものをひとつ出してカウンターに置いた。

「少し休憩してくるといいわ、レベッカ」

レベッカはタオルで手を拭き、「そういえば、あの人がまだ外でうろついていますよ」といった。

「あの人って？」

レベッカは北側の窓に顎をふった。その向こうに見えたのはオスカー・カーソンだ。

「早い時間に来て、シャーロットはいつ来るかって訊くから、はっきりわからないと答えたら、じゃあ外で待っているって。シャーロットが来たことに気づかなかったんですね」

オスカーがわたしに何の用事だろう？

「ちょっと外に出てくるわ」

「わたしの休憩は？」

「すぐもどってくるから、もうちょっとだけ待っていて」

ところが、わたしがお客さんのあいだを抜けて外に出てみると、オスカーの姿はもうなかった。急いであたりを見回すと、オスカーはテントのあいだの通路を歩き、その横にジョージアがいた。片手をオスカーの肩にかけて顔を寄せ、耳もとで何やらささやいている。わたしはふたりを追っていこうかどうしようかと悩んだ。するとジョージアがふりかえり、わたしに気づいてにやりとした。わたしはなぜか、背筋が寒くなる。あの意味ありげな笑いはいったい何だろう？

でも、考える時間はなかった。バートン・バレルが三人の息子を連れてやってきたのだ。彼らの行く手に目をやると、奥さんのエマがいた。騎士の彫刻のそばに立っているのだけど、ずいぶん陰気に見えるのは、ずっしりした黒いコートのせいばかりではないだろう。片手にソーダの瓶を持ち、独り言でもいっているのか、口が小さく動いている。

バートンが到着し、妻の手からソーダの瓶をとりあげた。顔つきは厳しく、その瓶を近くのゴミ箱に投げ捨てる。そして妻をふりかえり、両手で引き寄せ抱きしめた。エマはわっと泣きだし、子どもたちがふたりを囲んでしがみつく。

わたしはその光景に胸が締めつけられる思いがした。エマは夫とケイトリンの関係を知ったのだろうか？　それとも、生まれてこなかった子どもへの悲しみ？　いずれにせよ、バレル家は悲しみに震えていた。

21

五時半になり、レベッカはイポの面会に行った。それから数分後にマシューとメレディスが出発。そして六時に、わたしとティアンはボズとフィルビーにテントを任せた。

外に出ると、ホット・プレッツェルとロースト・ナッツのいい香りが迎えてくれて、わたしのお腹が悲鳴をあげる。きょう食べたものといえば、劇場のピザとサモラーノのかけらくらいだ。

「発表会が始まるまで一時間あるから、そのあいだに食事をしようか？　お腹すいてるでしょ？」わたしがいうとティアンも、

「ええ、すいたわ。食べるとほっとできるかも」といった。

「シャーロット！　ティアン！」デリラがフレックルズと並んで、小学生のようにスキップしながらやってきた。どちらも綿菓子を持っている。「たまには、はめをはずすのも必要ということで、意見が一致したの」

「冬祭りはほんと、わくわくするわね」と、フレックルズ。「娘たちはだんなさまが面倒を見てくれてるから、わたしはフリーなの。どう？　いっしょに行かない？」

「こちらはお腹がぺこぺこなんだわ」ふたりの綿菓子を見るだけで、お腹がせつなげに鳴いた。「でもあまり時間がないの。合唱の発表会に行くから」

「じゃあ、食べに行こうよ」デリラがわたしたちの手を引っぱった。

「ジャッキーとは話した？」わたしはデリラに訊いた。「赤ちゃんの具合はどうなのかしら？」

「うちの店に来たわよ。セシリーは元気で、よく泣くけど問題ないわ」

「ジャッキーは冬祭りに来ないって？」

「ベビーシッターが約束をすっぽかしたみたい。いま代わりの人をさがしているわ」

ティモシーのアイリッシュ・パブは、耳をおおいたくなるほどうるさかった。長い木製のバー・カウンターの先では、二挺のエレクトリック・ヴァイオリンがクランシー・ブラザーズの曲を演奏している。冬祭りのおかげで、お客さんはいつもの二倍だ。カウンターの上方には音を消したテレビが何台かぶらさがり、種類のちがうスポーツの試合が中継されている。ジーンズにチェックのシャツ、首に赤いスカーフを巻いたウェイトレスがひとり近づいてきて、フレックルズの肩に触れた。

「あちらのテーブルをご用意しました」

フレックルズのあとについていくと、木製のブースに「予約席」のテーブルサインが置かれていた。

わたしたちはそれぞれ帽子、手袋、コートをぬいでオーク材のテーブル席にすわった。フレックルズとティアンが並び、その向かいにデリラとわたし。

「マシューが発表会のテントの席取りにいくのを見たんだけど」と、フレックルズがいった。

「右にメレディス、反対側にシルヴィがいて、マシューはぶすっとしてたわ」

そうか、さっきシルヴィは、マシューが出かけるのに合わせ、うちのテントで時間つぶしをしたのかもしれない。

「シルヴィって人は、口を開くとろくなことをいわないわ」と、ティアン。

「ほんとにね」フレックルズがうなずく。「きのう、うちのショップにあの人が……ほら、クライズデール・エンタープライズを引き継いだ巻き毛の女の人……」

「ジョージア・プラチェットね」と、わたし。

「そう、その彼女が黒い手袋のほつれをなおすのに、レースを買いに来たのよ。そうしたら、たまたまショップにいたシルヴィが、つかつかと彼女のところに行って、レースなんて流行後れよっていったんだわ。信じられる？」

スカーレット・オハラまがいのドレスを着るのは、シルヴィにとって、流行後れじゃないのかしら？

フレックルズは苦笑した。「個性派タレントとしてテレビに出るといいかもね。観客からブーイングを受けるキャラクターよ。イギリスっぽさを前面に出して」

「あら、噂の女性がいまここにいるじゃない」と、デリラ。

「えっ、シルヴィが？」わたしはふりかえった。

「ううん、ジョージアって人。プルーデンスと話しているわ」

「プルーデンスはこのところ飲みすぎだと思わない？」ティアンがいった。

プルーデンスはからし色のスーツにピンヒールをはき、テーブルの椅子にすわったジョージアに抱きついていた。なんとも不思議な光景で、わたしはプルーデンスが人を抱擁するのを見るのはこれが初めてだった。あえて推測すれば、ジョージアがプルーデンスのペット・プロジェクトにドゥ・グッダーズから寄付をしたとか？　ジョージアのほうはあんなに露骨に抱きしめられてとまどっているようだ。黒いスカートが太もものほうまでずりあがっている。そしてようやくプルーデンスは、ジョージアを解放した。

ジョージアのテーブルには、年配のカップルがいる。ふたごがシルヴィから聞いたというのは、このふたりのことだろうか。わたしのいる場所からでさえ、年配の女性とジョージアが血縁なのは想像がついた。祖母と孫、といったところだろうか。

すると右手からテーブルに近づく人影があった。あれはオスカー・カーソンだ。グラスとビールのピッチャーをのせたトレイを持っている。それをテーブルに置くと、プルーデンスはジョージアにさよならをいって、自分のテーブルにもどった。そこには彼女の友人で、針金のように細い園芸協会の会長がいた。

ジョージアはオスカーに意味ありげな笑顔を向けた。どうやらオスカーは彼女の関心を引くことに成功したようだ。

オスカーは何かいいながら白髪の男性、たぶんジョージアのおじいさんの横にすわった。

白髪の男性は、オスカーがしゃべるたび、心底楽しそうな笑い声をあげ、笑ったときの目じりの皺はジョージアそっくりだった。

「シャーロット――」デリラがわたしのセーターの袖を引っぱり、メニューを見せた。「注文しなきゃ」

ウェイトレスが鉛筆で注文書をたたいている。BGMのリズムとはちがうから、その意味は明らかだ。

「ごめんなさい。ちょっと待ってね」わたしは急いでメニューを見た。

このパブは百五十種類以上のビールがあることで知られる。わたしたち四人ともビールセットを注文した。これなら小さなジョッキで三種類のビールを楽しめるのだ。わたしがポテトスキンをオーダーすると、残念ながら売り切れとのこと。またいつものことながら、ゴートチーズときのこも早々と売り切れだ。そこで三番めのお気に入り、ひと口サイズのチャバタ付きリコッタ・チーズとサーディンを注文した。ティアンもわたしとおなじもの。デリラとフレックルズはマカロニ&チーズの小サイズをふたりで分けることに決定し、ウェイトレスはオーダーを持って去っていった。

「あら、見て！　よかったわね」と、ティアン。「釈放されたみたいよ」

イポとレベッカが入ってきて、受付案内台の前で止まった。どちらも厚手のコートに厚手の青いマフラーを巻き、レベッカは胸を張って、イポの守護女神さながら堂々としている。かたやイポはおちつきがなく、視線も定まらない。

「アーソはイポに好意をもっているのね」デリラがいった。

「どうして?」と、フレックルズ。

「だって保釈したんだもの」

ううん、ひょっとしてイポの無実の証拠が見つかったのかもしれない。アーソに訊いてみたいけど、彼はどこにいるのだろう? 泥棒の捜索は終わったのかしら?

ウェイトレスがビールを運んできて、わたしたちの前に置いた。ピルスナーとポーター、そして地ビールの三種類だ。わたしはまず地ビールを飲んだ。ライトで喉ごしがよく、とてもさわやか。

「ねえ、ロイスとエインズリー夫婦に何があったの?」デリラがいった。「ちょっとまえ、エインズリーがうちの店に来たんだけど、ピックアップの荷台に荷物が積んであったのよね。家を出てきたのかしら?」

わたしはエインズリーがケイトリンと浮気をして、それをロイスが知ったことを話した。

デリラは仰天。「プロヴィデンスの男のなかで、浮気とはいちばん縁がなさそうな人なのに。とくに二枚目ってわけでもないし」

「外見なんか関係ないわ」ティアンが専門家の口ぶりでいった。その表情に悲しみやくやしさはみじんもない。

「エインズリーが口止めしようとしてケイトリンを死なせたのかしら」と、フレックルズ。

「かもしれないし、ちがうかもしれない」と、わたし。

「もしかして――」デリラはわたしに指をつきつけた。「シャーロットは一枚かんでいるんじゃない？　話しちゃいなさいよ。シルヴィから教わったなんていうのはナシね」

わたしはエインズリーの話をおおざっぱに伝えた。

「犬の散歩は、アリバイとしては弱いんじゃない？」と、デリラ。

「シャーロットは、ほかにだれが怪しいと思うの？」フレックルズがテーブルに両肘をつき、身をのりだした。

「たとえば、バートン・バレル」

「それはないわ」フレックルズは首をふった。

「同感よ」と、ティアン。「バートンは心根のやさしい人だもの」

「でも彼もケイトリンと男女の関係にあったかもしれないわ」わたしはバートンが土地を売りしぶっていたことを話した。「だからケイトリンは彼を誘惑してから脅迫した」

「アルロにエインズリーに、それからバートンってわけ？」と、デリラ。

「ケイトリンはアルロを脅迫していたの？」フレックルズは目をぱちくりさせた。

「彼には盗癖があるみたいよ」と、デリラ。

「えっ。盗癖？」ティアンは唖然。

「噂っていうのは、こうやって広まっていくのよね」わたしはみんなに忠告した。

「でも噂のなかに真実のかけらが隠れていることもあるわ」と、デリラ。

アペタイザーが到着して、わたしは黙々と食べた。銀白色のストーンウェアのお皿には、リコッタとサーディンをのせたチャバタのスライス六枚が風車のように並び、バジルが添えられている。わたしは一枚とって、行儀も何もなくかぶりついた。チャバタはもちっとして、リコッタとサーディンの組み合わせはほどよいしょっぱさを生み、チャバタにふくまれるオリーヴオイルの風味と絶妙にからみあう。

フレックルズがマカロニ&チーズを口に入れ、「このチーズは……ハヴァーティに……パルミジャーノ、フォンティーナね。すっごくおいしい！」というと、お皿をデリラのほうに押した。

「あら、ひと口だけ？　もう食べないの？」

「体形が気になるから」

「わたしはどうでもいいってこと？」デリラは笑った。「まあいいわ。食べるときは何も気にしないことにしているから」お皿を手前に寄せ、元気に食べはじめる。「ケイトリンの事件のことだけど、あのオスカーって人はなんなの？　ジョージアをストーキングしているかと思ったら、今度は楽しそうにいっしょにビールを飲んでいるわ」

オスカーはいまもジョージアのテーブルにいた。ただ会話には参加せず、あたりを見回している。そういえば、レベッカの話では、オスカーはわたしに何か用件があったらしい。

「なんだか怪しいわよね」と、フレックルズ。「体格がよくて、目はぎらついている感じ。アルロといっしょだわ」

「でもバートンはちがうわ」とティアン。

「そういえば――」デリラは食べおわったお皿をわきにどけた。「ジョージアがバートンをスパイしているのを見たわ」

「わたしも見たわよ」わたしはジョージアとケイトリンが親子であることを教えた。

「あまり似ていないわね」とはフレックルズの感想だ。「遺産はジョージアが全部相続するの？」

「それは訊かなかったわ。だけどジョージアには鉄壁のアリバイがあるの。事件の夜はこのパブに来て、明け方近くまでダーツをしていたらしいわ。チップも彼女を見たって」

「自分の手はよごさずに、人を雇ったのかもしれないわ」

そういったのはティアンで、わたしは彼女もレベッカ同様、刑事ドラマの見すぎじゃないかと思った。「ここはプロヴィデンスなのよ」

「プロヴィデンスは変化しつつあるわ」と、デリラ。

「そのとおり。わたしたちは変わりつつあるの」と、ティアン。

「変化ねえ……」フレックルズは納得いかないらしい。「わたしのお店は観光客をあてにしているし、カレッジ創設にも賛成したわ。だけどいまのプロヴィデンスは、学問に励む若者とか買い物を楽しむ観光客が増える程度の〝変化〟を超えていると思うの。人間のクズもどんどん町に入ってきているわ」片手を口に当て、その手をゆっくり離しながら声をひそめていう。「いまのわたしの話し方、プルーデンスそっくりだったわね。〝人間のクズ〟っていったでしょ？　いやだわ、反省しなきゃ」

デリラが声をあげて笑った。

でも、わたしは笑えなかった。うちのテントには泥棒が入ったし、彫刻の道具も盗まれたという。のんびりした田舎町を守るために、わたしたちにできることはあるだろうか？

「考えすぎないほうがいいわ」フレックルズがいった。「プロヴィデンスはいまもいい町よ。アメリカでもとびきり安全な町だわ、まちがいなく」

デリラが肘でわたしをつついた。「ほら、来たわよ、あの人が。こうしてみるとやっぱり、甘いマスクの悪魔って感じよね」

チップだった。いつものスエードのジャケットに、ストライプのボタンダウンのシャツ、ジーンズといういでたちで、案内係の女性と話している。夕方になってひげが濃くなり、髪は風に吹かれてやや乱れた印象。一見、男性モデルのようだった。

「恋心はもどってこないの？」デリラの問いに、わたしは首を横にふった。

「それにしてもハンサムよね」と、フレックルズ。

「そう？　ふつうだと思うけど」わたしは心にもないことをいい、ティアンが笑った。

「彼に〝ふつう〟のところなんかひとつもないわ。俳優だったら、《ピープル》の〝世界の美男〟に選ばれるかも」

チップは案内台からジョージアのテーブルに向かった。彼女の椅子の背に手をかけ、ジョージアは目を輝かせて彼を見上げる。そして年配の男女にチップを紹介。チップにも椅子にすわるように手をふるも、彼はすわらない。オスカーはむっとした顔つき。でもすぐにそれを隠して立ちあがると、チップの肩に旧友さながら手をのせて、何やら話しかけた。チップは彼の腕をこぶしで払いのける。オスカーはジャブでやりかえしたものの、あくまでシャドーボクシングだ。チップも笑いながらパンチをくりだす。と、オスカーはパンチをよけてしゃがんだ拍子に、チップのポケットから携帯電話を引きぬくと、からかうように背後に飛びのいた。チップは電話をとりかえそうとし――わたしの視線に気づいたのだろう、ジョージアに短く声をかけて、こちらにやってきた。

「彼が来るわよ」デリラがいった。

「ええ、わたしにも見えてるわ」そっけなく答えたのには、理由があった。いま、彼の手に花束はないものの、胸に何かを秘めているように見えるのだ。わたしは気持ちを引き締めた。彼とよりをもどす気などまったくないし、ケイトリンが亡くなって、レストランの計画が消滅した以上、チップはプロヴィデンスにとどまる必要はないはずだった。わたしは通路側にいたデリラをつついてブースから出てもらい、自分も腰をすべらせてあとにつづく。そして通路に足を出し、完全に立ちあがったところでチップが到着した。

「こんにちは」チップはみんなに挨拶した。

フレックルズがくすくす笑い、わたしは彼女をにらみつけた。

「ちょっと話せるかな？」チップはわたしの肩をなでながらいった。「ふたりきりで」

「あのね、わたしは――」なぜか言葉がつづかない。

「一分でいいから」

「いやよ」そう、その調子よ、シャーロット。がんばりなさい。

「そうか、わかった。だったらここで話そう」親指をジーンズのベルト通しに引っかける。

「おれ、フランスにもどることにしたよ」

ほっとした。心の底から。そして同時に、なんとも表現できない複雑な思いも芽生えた。

「ジョージアがケイトリンの仕事を引き継いでね」と、チップ。「契約は白紙にもどすというんだよ。あいつ――」言葉を切る。「ともかく、おれにうろつかれたくないらしい」

さっきの彼女のようすは、そう見えなかったけど……。

「それで、おれ――」チップの視線が左に流れた。

そちらを見ると、ジョーダンが案内係の前にいて、係がこちらに腕をふっている。ジョーダンは口もとを引き締め、近づいてきた。チップが彼のほうへ歩いていく。ふたりはアイスホッケーのフェイスオフさながらにらみ合い、対峙した。

「何か話したいことでも？」チップはつんと顎をあげた。

「彼女が困ってやしないかと思ってね」と、ジョーダン。

「将来計画を語っていただけさ。あんたに何の関係がある？」

「きみはわかっているはずだ」

わたしにはわからなかった。ジョーダンは何をいいたいのだろう？　もしみんなの前で、わたしを愛しているといってくれたら、わたしはすぐに応えられる。わたしもあなたを愛していると――。だけどジョーダンは、何もいわない。

ふたりがにらみ合っている最中、オスカーがこちらに向かってチップの携帯電話をふっていた。わたしは胸に手を当て、身振りで伝えた——わたしを呼んでいるの？　オスカーはうなずいた。テントで待っていたくらいだから、やはり何か話したいことがあるのだろう。でも、いまこの状況ではむりだ。

わたしは口を動かして「だめよ」と伝えた。

オスカーは電話をいっそう大きくふった。

チップが首をねじって背後を見る。つづけてオスカーも——チップとおなじ動作で——肩ごしに見る。何を見ているのだろう？　ジョージア？　彼女は椅子にすわったまま視線をあげた。不満げな顔つき。

オスカーはまたわたしを見た。なぜか怯えた目をしている。話したいことは、殺人事件がらみなのだろうか？　でも、それをあえてわたしに話すということ？　オスカーは携帯電話をふりつづけている。わたしは何かを見落としているのかもしれない……。

ジョージアは、かなり不機嫌そうだった。オスカーはどうしてチップの携帯電話をとりあげたのか。そうだ、携帯にはカメラ機能がある。ひょっとして、事件がらみの写真が撮影されているとか？

「シャーロット、何か困ったことはないか？」ジョーダンがチップの横を通り、わたしのところまでやってきた。手の甲で、わたしの頬をなでる。

と、ちょうどそこで店内の音楽が止んだ。なんとも居心地の悪い静寂が訪れる。

わたしはぞくっと身震いして答えた。「ううん、何もないわ」

「ぼくには怯えているように見えるよ」

いまここで考えたことを話すわけにはいかない。

「平気よ。なんでもないわ」

「嘘をつくな」チップがいった。

「わかったようなことをいわないで」わたしはチップをふりむき、いった。「わたしのことなんか何も知らないじゃないの。わたしがなんでもないっていったら、なんでもないの」

チップは両手を広げてかかげた。「ちがいます、ちがいます、わたしは敵ではありません」

「いやなやつだ」ジョーダンがいい、チップはくすくす笑った。

「ここにいてもいいことはないわよ」わたしはチップにそういうと、「今後の幸運を祈ってるわ」と、しらじらしく片手をつきだした。チップはその手をとると、親指で甲をなでる。

わたしはあわてて手をひっこめ、「さようなら」といった。

チップは一瞬顔をしかめたものの、何もいわない。ジョーダンは無言のままだ。

チップが背を向け立ち去ると、わたしはオスカーをさがした。でも、店内のどこにもいない。と、入口の骨董の木製扉が大きく開いて、あのシャギー・ヘアの記者、キグリーが駆けこんできた。

「レベッカ！」

その姿に、わたしは『欲望という名の電車』の泥酔したスタンリーを思い出した。といっても、キグリーはスタンリーのようにがっしりした体格ではないし、下着のシャツ姿でもなく、皺の寄ったジャケットを着ている。ただ、目が血走り、何をしでかすかわからない感じだ。キグリーはレベッカとイポがいる小さな丸テーブルに走っていった。

イポが憤然と立ちあがったものの、勢いで脚が椅子にからんでしまい、椅子ごと床に倒れこんだ。

殴り合いにでもなったら……。わたしは駆けだした。背後にはジョーダン。でもレベッカのほうがすばやかった。席から飛びだし、倒れたイポをよけて立つと、キグリーの顔を思いきり平手打ちした。

22

キグリーは呆然としてから、周囲を見回した。お客さんたちの視線は彼に集中している。みんなあっけにとられていた。キグリーは傷ついた目でレベッカに尋ねた。

「どうしてこんなことを？」

「あなたは……あなたって人は……」レベッカはもう一度たたこうと、手を振りあげた。そしてその手を、わたしがつかむ。

「おちついて、レベッカ」

張りつめた長い沈黙がつづき、レベッカはつぶやいた。「もう大丈夫です。手を放してください、シャーロット」

わたしはいわれたとおりにした。すると直後にレベッカはまた腕を振りあげ、今度はジョーダンが目にも止まらぬ速さでレベッカの両腕を脇にぴったりはりつけた。

「よしなさい。この程度で訴えられたらつまらない」

レベッカは身をよじったものの、ジョーダンは彼女を自由にしなかった。

「おれは訴えたりしないよ」キグリーがいった。「彼女を愛しているから」

「すみません、ちょっと通して」パブのオーナーのティモシーがやってきた。赤い髪と赤い髭に、シャツも真っ赤だ。片手に冷水のピッチャーを持っている。対決が手に負えないものになったら、ティモシーは躊躇せず、その水をかける気なのだろう。野球のバットより水のほうが、傷口の縫い目の数が少なくてすむ、と以前ティモシーから聞いたことがある。

「レベッカ……」キグリーは片膝をついた。膝が床に当たると小さくうめき、唇をなめる。「おれと結婚してくれないか？」口を開くたび、強いアルコールのにおいがした。

「いいかげんにして」レベッカは身をよじり、ジョーダンも今回は彼女を解放した。「答えはノーよ」

「どうして？」

「なぜなら、レベッカはぼくと結婚するからだ」顔を紅潮させ、イポがいった。

「婚約したのよ」レベッカはそういい、わたしはここではじめて、彼女が指輪をしているのを知った。ハートのエッチングがある細い金の指輪だ。いつもらったのだろう？　わたしに教えてくれないなんて、ずいぶん水くさい気がするけれど……。

レベッカはイポの胸に飛びこみ、イポは彼女の細い肩に腕をまわす。

キグリーは立ちあがると、ジャケットの裾を引っぱった。「だけど、こいつは殺人犯だぜ」

「とんでもないわ。いまの発言、取り消してちょうだい」

「しかし凶器が――」

「犯人がイポの家から盗んだのよ。イポはむしろ被害者なの。罠にはめられたんだわ」レベッカは周囲に集まった人たちを見回した。「みなさん、イポは潔白です。もし事件について何かご存じでしたら、どうか警察に行って話してください。申し訳ありません、わたしたちはここで失礼します」レベッカはイポの手を握ると、精一杯胸を張り、愛する人とともにパブを出ていった。

扉が閉まり、キグリーは両手で髪を掻く。「よくわからないよ。まんざらでもないと思ったんだけどなあ」

わたしはあきれて首をふった。チップといいキグリーといい、いったい何を考えているのか。

ジョーダンがキグリーのところへ行き、「なあ、きみ――」と背中をたたいた。「いっしょにコーヒーでも飲むか」

ジョーダンがキグリーをバーに連れていき、ティモシーが指をぱちんと鳴らした。たちまちアイルランド音楽が流れはじめ、集まったお客さんたちはテーブルやバーにもどっていく。「ほら、あなたも」ティアンがわたしの腕をたたいた。「席にもどりましょ。お料理がさめちゃうわ」

わたしはジョーダンを追いかけたかったけれど、キグリーの酔いを醒ますにはわたしがいないほうがいいだろう。と考えて、友人たちのいるボックス席にもどり、チャバタの残りを食べた。

「その後、ジャッキーから連絡はない？」わたしが訊くと、デリラが携帯電話をかかげた。

「あったわよ。ベビーシッターは見つかったけど、女友だちより大男とのデートを選択したみたい」

ジャッキーとアーソが深刻ではない、楽しいデートをしていますようにと祈りつつ、アーソの窃盗犯追跡は終わったらしいとわかってほっとする。

ジョージアのテーブルを見ると、彼女も年配のカップルもいなかった。料理は手付かずで残っている。そしてオスカーの姿も消えていた。彼が懸命にふっていたチップの携帯電話は、ジョージアのアリバイ証明と何か関係があるのではないか？　彼女は事件の夜、ほんとうにこのパブで明け方までダーツをしていたのだろうか？　そうだ、いまならティモシーに直接確認できる。

わたしは立ちあがると、「すぐもどってくるわね」と友人たちに告げてバーへ行き、出入口の扉の下をくぐった。

「こんにちは、バーテンダーさん」

「やあ、ダーリン」ティモシーは身長百八十センチ。アメリカ生まれのはずだけど、ふだんはアイルランド訛りで話す。観光客にはそのほうがいい、というのが彼の意見だ。いま、ティモシーはジョーダンのいるほうに首をふり、「また人助けをしているようだね」といった。

五つ六つ先のスツールで、ジョーダンとキグリーが湯気のたつコーヒーを前に語らっている。見ず知らずの相手でも、ジョーダンは気さくに話し、そしておそらく、なぐさめているのだろう。

「ジョーダンは彼の性格をつかんだようだな」と、ティモシー。

わたしはふたりのようすを見て……ちょっと首をかしげた。もしやあのふたりは、以前からの知り合いなのでは？　ジョーダンはこの町に来るまえ、レストランをやっていたという。それがもしほんとうなら、ふたりが顔見知りの可能性はけっして否定できないだろう。

よしなさい、シャーロット。わたしは自分をいましめた。〝それがもしほんとうなら〟なんて、いちいち疑わないの。

わたしはここに来た用件に気持ちをもどした。

「ちょっと訊きたいことがあるの」

ティモシーは白いタオルをひらりと振って肩にかけ、カウンターをたたいた。

「はい、ダーリン、何でもどうぞ」

「ケイトリンが殺された夜、ジョージア・プラチェットはずっとここでダーツをしていたの？」

「ああ、そうだよ。なかなか腕がいい」

「中座したりしなかった？」

ティモシーの眉がぴくっとあがった。「アーソ署長にぜんぶ話したよ。なんでシャーロットがそんなことを訊くんだ？」

「お願いよ、教えてちょうだい」

ティモシーは心底楽しそうに笑った。「きみはそこいらへんの女とちがうな、ミズ・ベセット。その点じゃ、うちのおふくろとおんなじだ。隠し事をしたくてもできないんだよ」あごひげをつまんでねじる。「しようがないな。そう、ジョージアは一度か二度、ダーツをやめて化粧室に行ったよ」

「それだけ？　お店の外には出なかった？」

「夢中でダブルブルをねらっていたよ。記録に挑戦してね。彼女は九本も入れた。見物人がそれを数えたんだからまちがいない」周囲のお客さんたちに腕をふる。そして身をのりだし――「惜しいことに、記録は九本どまりだった。客のなかにはいろいろいうやつもいてね。チップとかルイージとか、ほかにも何人かいたな。ルイージは彼女と口論までしたよ」

「チップがそんなことをいっていたわ」

「あれはよくないよ。ルイージは酔っ払って、彼女のフォームを批判したんだ。手の振りがどうのこうのってね」動きを真似てみせる。「ルイージは彼女がいんちきをやっているというし、彼女はそんなことはないといい、ルイージはまたいいかえして――」グラスを飲みほす仕草をする。たぶんかなり酔っていたのだろう。そういえば図書館で孫娘を連れたルイージと会ったとき、前日はかなり飲んだようなことをいっていた。

「ルイージは酒に強いほうじゃないな」ティモシーは笑った。「ところで、バートン・バレルも容疑者なんだって？」

「だれに聞いたの？」

「すてきなティアンさ」ティモシーの目がわたしの肩の、さらにその先を見つめた。「レベッカとキグリーがやりあっている最中にね」

ふりかえってみると、ティアンはティアンでテーブル席からこちらを、ティモシーをじっと見ていた。でもわたしの視線に気づいて、はずかしそうに目をそらす。わたしはほほえんだ。バレンタインデーのある二月は、人の心を結びつける月なのだろう。いくらつらいことがあろうと、ティアンもすべてをあきらめたわけじゃないってことだ。

バー・カウンターの向こうでまた大きな声がした。キグリーがスツールからおりて、こちらにやってくる。

「おい！」

ジョーダンは止めようとしたが、キグリーは彼の手をうまくかわした。

「もういっぺんいってみろ、オシェイ！」

ティモシーは彼をふりむくと、「おれのことか？」と、親指で自分の胸をついた。

「そうだよ。このあたりに、ほかにオシェイがいるのか？」

「ああ、十人くらいは名前がいえるよ」ティモシーはあわてず、軽口をたたいた。「おれには兄弟が六人いて、それぞれ女房をもらい、子どもを大勢つくったからね」

「ふざけるんじゃないぞ。何も知らんくせして」

キグリーはいったい何に怒っているのだろう？

「バートン・バレルは聖人のような男だ。勝手な想像で誹謗中傷するんじゃない」カウンターを手のひらで力いっぱいたたく。「あれほどの男はいないんだ。奥さんをいつも送り迎えして――」

「え？　どこに？」わたしは訊いた。

「病院だよ、毎週毎週ね。そしてあの晩も、おれは彼を見たんだ」指を鳴らそうとしたものの、酔ってうまくいかない。「あの……なんとかっていう女社長が殺された夜だ。彼女の顔は雪のように白かったよ」

「彼女って、ケイトリンのことかしら？」

「いいや、バートンの奥さんのエマだ」人差し指を立ててふる。「人間の顔は真っ白になるんだよ、対向車のヘッドライトがあそこに当たったら――」言葉が出てこないらしく、両手で形をつくってみる。

「フロントガラスのこと？」

「そう、それ。おれは対向車線を走っていて、ライトがあの人の顔を真っ白にした」頭の横をたたく。「記者をやってると、そういうところに目がいくんだよ。レベッカには嫌われちゃったな……ハワイのダンサーのほうがいいらしい。くそっ。おれだってフラダンスくらい踊れるんだ」腰を振り、よろよろっとして床に倒れかかる。

「おい、おい」ジョーダンがからだをささえ、「そろそろ帰ろうか。コーヒーがアルコールに勝つにはもっと時間が必要らしい」肩ごしにわたしを見る。「悪いがシャーロット、合唱の発表会には行けないよ」

発表会？　そうだ、あやうく忘れるところだった。腕時計を見ると、またもや遅刻だ。

「ティアン！」

わたしはティモシーにお礼をいい、外に飛びだした。頭のなかを大きな疑問が駆けめぐる。バートンは事件の日、夫婦でテレビを見ていたと証言したのだ。なぜ病院に行ったことを隠さなくてはいけない？　正直にそう話したほうが、アリバイとしては固いのに――。

23

わたしたちがパブにいるあいだに粉雪が降りはじめたらしく、外の地面はうっすら白くなっていた。顔に小雪を感じながら、ティアンとふたりで冬祭りの会場へ急ぐ。バレル夫婦の新情報を伝えようと、アーソの携帯電話に電話をしても応答なし。そこで署のほうにかけてみると、係の女性が署長には連絡がとれないかもしれないという。アーソ署長は体調が悪く、〝気分がすぐれない〟とのこと。たぶんジャッキーといっしょなのだ、とわたしはふんだ。係の女性は、必要ならふたりいる副署長のひとりに電話をつなぎますが、といった。

「ねえ、聞こえる？」横でティアンがいった。「発表会が始まるわよ。急がなきゃ」

冬祭り会場のスピーカーから、ピアノソナタが流れてくる。これは合唱発表会の開始を告げる曲で、歌詞は祖母が書いたものだ。

これ以上遅れるわけにはいかないので、わたしはアーソまたは副署長から電話をいただきたいと係に伝え、全力で走った。

発表会場はひときわ大きなテントで、入口は広く、テント中央部の柱は白い。木のベンチが弓形に並べられ、向き合うステージは横幅十メートル弱。半円形の三段の台があり、子どもたちはここに立って歌うのだ。伴奏は電子ピアノにギター、ドラムで、ステージ右の狭い空間で演奏される。

わたしは髪の雪をはらいながら、テントの壁ぎわにセットされたビュッフェ・テーブルに急いだ。祖母がそこにナプキンとフォーク、青い紙皿を置いていき、祖父はプラスチックのカップに手づくりのスパイス・サイダーをついではテーブルに並べている。

わたしは祖母の頬にキスをした。「すてきな歌詞だわ。それに料理もおいしそう」サイダーのカップをとろうと手をのばし、その手を祖母にぱちんとたたかれた。

「食べものも飲みものも発表会が終わってからよ」

テーブルの料理はバラエティ豊かだった。わが〈フロマジュリー・ベセット〉はペパロニとりんごのキッシュを、〈プロヴィデンス・パティスリー〉はパンとペストリーを無料提供し、キャセロールも種々のアペタイザーもどれも、店舗や個人からの差し入れだ。

「そういえば、泥棒はつかまったんでしょ？」わたしは祖母に訊いた。

「それがまだなのよ。でもアーソは心配するなといっていたわ。犯人の見当はついているからって」祖母はわたしの頬に手を当てた。「冬なのに汗をかいていない？　大丈夫？」

「ティアンとふたりで走ってきたのよ」そこでわたしはクロックポットの前にあるプレートに〝ティアンのクレオールふうキャセロール〟と書かれているのに気づいてびっくりした。

「これをいつつくったの、ティアン？」

「きょうの朝よ。スロークッカーって、ほんとに便利だわ。材料を入れて、スイッチを押すだけでいいから。このキャセロールは母から教わったの」

わたしは納得した。ティアンが八時まえにショップに到着したのは、夜が明けるころにキャセロールの準備をしたからだ。

「睡眠不足じゃない？」

ティアンはかぶりをふり、「今夜ゆっくり寝るからいいわ」といった。

わたしの鼻がソーセージとたまねぎ、スパイスの香りをとらえ、お腹がそれに反応して鳴った。救いようがない、と自分でも思う。パブでチャバタを食べたばかりで、少なくとも空腹ではない。それでもおいしそうなにおいをかぐとついつい、からだが反応してしまうのだ。

「あら、うちの子たちが来たわ」ティアンはそちらに手をふった。「トマス、ティシャ！あのね、お母さんね――」言葉がとぎれ、ふっていた手がおりる。テントの入口の向こうに、夫のテオと若い恋人の姿が見えたのだ。

「ティアン……」

「平気よ。大丈夫」ティアンは気丈にも満面の笑みを浮かべた。「子どものためにも、しっかりしなきゃいけないわ。でしょ？」わたしの腕を、力をこめて握る。そして「ありがとう」とささやくと、子どもたちのほうへ歩いていった。

あなたはすごい人だわ、とわたしは心のなかでティアンに拍手した。テオもいずれ裁判所で彼女と向き合い、そのすばらしさを実感するだろう。

「シャーロット！」マシューはベンチの三列めにいた。メレディスとシルヴィにはさまれてすわっている。メレディスの反対側のとなりには、三人のコートが重なって置かれていた。するとシルヴィがあの南北戦争ルックで「わたしのとなりの席をとっておいてあげたわよ、シャーロット」といった。

ずいぶんご親切だこと。わたしはそう思いながらそちらに向かい、指定された場所に腰をおろした。シルヴィがプログラムを渡してくれ、曲目をざっと見ていくと、なつかしいものもたくさんあった。メレディスもわたしも小学生のころ、おなじように冬祭りの合唱隊で歌ったことがある。

「ところでシャーロット、どうしてこんな流行後れのものを着るの？」シルヴィがわたしのツイード・ジャケットの袖を引っぱった。

「そう？　これはわりと最近買ったばかりよ」嘘ではなかった。コロンバスのビジネススーツ専門の古着屋で、最近買ったのだ。ウィングカラーで中性的で、ワンボタンなのが気に入った。

「あなたもプルーデンスも、もう少しファッションセンスを磨いたほうがいいわ。そうそう、プルーデンスといえば、あなたのおばあちゃんにすごく怒ってたわよ。自分抜きでドゥ・グッダーズの支部を開設したって。わたしはね、だいたい――」

「しーっ。合唱が始まるわよ」

鮮紅色の衣装に身をつつんだ十数人の女の子たちが舞台にあらわれ、二列に並んだ。

「ほら、あそこにいるわよ、マシュー。エイミー！　クレア！」

シルヴィは立ちあがって大きく腕をふり、マシューは床の人工芝のなかに溶けこんでしまいたいといった顔になる。

指揮者はだれあろう、司書にして不動産業を営むオクタヴィアだ。彼女は少女たちの前に立つと、聴衆に向かって小さくお辞儀をした。そして少女合唱団のほうを向き、コーンロウに編んだ髪を払って、指揮棒で譜面台をたたく。楽器の演奏が始まり、少女たちは練習の成果を披露した。まずは《レット・イット・スノウ》、そして《ビッグ・ロック・キャンディ・マウンテン》、《シー・ラヴズ・ユー》、《スウィング・ロー・スウィート・チャリオット》。

四曲めと五曲めのあいだに、シルヴィが「だからプルーデンスは怒って——」とまた話しはじめたので、わたしは発表会のあとでゆっくり聞くわといった。

「おばあちゃんは身の安全に気をつけたほうがいいっていいたいだけよ」と、シルヴィ。「プルーデンスみたいな人は何をやらかすかわからないでしょ？　ほら、ああいう——」舞台のオクタヴィアを指さす。「棒を使って」

いまオクタヴィアは片手を高くかかげ、反対の手に持った指揮棒をこれから振りおろすところだった。その姿勢に、わたしはつい事件の日のケイトリンを思った。彼女は襲われる可能性もあるとわかっていたのだろうか？　それともまったく不意の出来事だった？　イポと話しあうためにレベッカの家に到着してはじめて、予期せぬ人物が登場したのだろうか？それがだれにせよ、プイリを持ってやってきたのだ。盗癖を公表されたくなかったアルロ、仕事の拘束から逃れたかったオスカー、財産とエンタープライズの経営権が手に入るジョージア……。バートンにはアリバイがあるとキグリーはいっていたけど、ケイトリンの愛人だったという噂もあるし、潔白だと断定してよいかどうかはまだわからない。

曲目が変わった。今度はフォークソングで《あの子が山にやってくる》だ。

シルヴィがまた顔を寄せてきて、「わたしも昔、バンドを組んでたのよ」と話しはじめた。

わたしは「静かにして」とささやく。

嫉妬も大きな動機になるだろう。とはいえ、ロイスがケイトリンを殺すなんて到底考えられない。たとえ動揺、興奮しても、芯の強い人だから、一時の夫の浮気で罪を犯したりはしないはず。

曲が終わり、オクタヴィアがこちらを向いた。

「では最後に……」両手を大きく広げ、聴衆に立って合唱するようにお願いする。曲目はわたしの大好きな《アメリカ・ザ・ビューティフル》だ。歌詞にある〝風に波打つ琥珀色の麦穂〟は、まさしくオハイオの秋の山々の風景だった。

歌いおわって、聴衆は大拍手。そして歓喜の声がおさまると、人びとはビュッフェ・テーブルに向かった。

シルヴィはバンドがどうのこうのといいながらわたしにぴったりついてきて、そのあとにマシューとメレディスがつづく。

「シルヴィ・ベセット！」プルーデンスがテントに入ってきた。

わたしたち全員がそちらをふりむく。

「こんなところにいたのね。やっと見つけたわ」と、プルーデンス。

「何をやったんだ、シルヴィ?」マシューがうめくようにいった。

「何もしてないわよ」

そう答えたシルヴィの目がきらきら輝いているのにわたしは気づいた。たぶん、何かをやったのだ。それも、意図的に。

「していいことと悪いことがあるわよ」プルーデンスはテーブルのカナッペを片手でざっくりつかむと、一秒のためらいもなく、シルヴィに投げつけた。シルヴィの顔や胸、ドレスのレースにカナッペが飛び散る。

シルヴィはそれを手で払いのけると、わたしに向かってウィンクした。そしてわたしが止める間もなく、キッシュをつかんでプルーデンスに突進、その顔にキッシュを押し当てるや、ぐいっと四分の一回転させた。

祖父は呆然として立ちすくみ、かたや祖母は笑いをかみころしている。わたしが祖母をにらみつけると、祖母はわたしを追い払うように手をふった。

「どうしてあんな噂を――」プルーデンスは顔のカスタードをぬぐいとり、床にふり捨てた。

「うちのブティックは衛生調査なんか受けていませんよ」

「わたしは関係ないわ」シルヴィは反論した。

「あなたが噂をたてたのよ」

「わたしじゃありません!」

プルーデンスがシルヴィのドレスをつかみ、シルヴィはその手にぴしゃっと扇をたたきつけ――


わたしがシルヴィの両肩に手をかけた。「もうよしましょう」

マシューとメレディスがそれぞれプルーデンスの腕をつかむ。

「あなたを訴えるわよ、シルヴィ」プルーデンスはメレディスたちの腕をふりはらった。

「そのまえにあなたのお店がつぶれるわ」シルヴィは派手なドレスの裾をまとめて握ると、さよならもいわずにテントから出ていった。

エイミーたち合唱団のメンバーがこちらに駆けてきた。みんな目がまんまるになっている。

「お母さんはどこに行ったの？」クレアが涙声で訊いてきた。

「何があったの？」エイミーが父親に尋ねる。

マシューは王道を行った。黙して語らず。沈黙を守ったのだ。

＊

その後、みんなで掃除をし、マシューとメレディス、ふたごとわたしはテントを出た。夜の空気は身を切る冷たさながらも、雪はやんで、地面はぬかるんだ状態になっている。ふたごはぬかるみを踏んでいろんな音をたてては発表会の感想をいい合い、そのうち母親のことは忘れたようだった。

温かいお酒の香りと笑い声が漂ってきて、見れば前方に〈ラ・ベッラ〉の移動販売車があった。横にはデリラが立っている。移動販売車は、かわいい赤い箱に車輪をつけた、といった印象で、ガスバーナーとステンレスの給仕棚、イタリア国旗がひるがえる旗ざおなどがついている。ルイージと副料理長がひとり、イタリアン・クレープをつくって販売しているようだった。手書きのボードにはリコッタ・チーズとグランマルニエ使用と書いてある。町民や観光客が何人も集まり、ルイージがフライパンにグランマルニエを入れ、それをバーナーにのせた。

でもわたしの目をひいたのはそちらより、巨大な歯の彫刻のそばに立つアーソとジャッキーだった。何やら真剣に話しこんでいるようす。美しいジャッキーの眉間には皺がより、口もとでは息が白くなっていた。

「マシューたちは先に帰って。わたしは少しアーソに話があるから」ふたごにキスをして、こわい顔をつくる。「歯磨きは、最低二分よ」

「ヤー、ヤー、ヤー!」ふたりはビートルズの歌で返事をすると、マシューとメレディスを追い越して走っていった。

わたしが近づいていくと、感情的なジャッキーの声が聞こえた。

「……あなたの所有物じゃないわ。でしょ?」アーソの胸をたたき、くるっと背を向け、ジャッキーは走りさった。

アーソの所有欲が問題だったのだろうか? ジャッキーのまえの夫は、彼女がどこにいるかをつねに知っておかなければ気がすまなかったという。どんな関係にも息抜きは必要だろうと思うのだけど。

わたしは会話が聞こえなかったふりをして、アーソに声をかけた。

「なんだ？」目つきは鋭く、口もとも険しい。「折り返しの電話はいずれするつもりだったが」

わたしはバートンの新しいアリバイについて話した。

「キグリーの話だと、バートンは奥さんを病院に連れていったみたいよ。通院していたらしいのよ。何度か流産をしたのは聞いたことがあるから、いまもどこか具合が悪いのかもしれないわ」

「どうして嘘をつく必要がある？」

「そうなのよね。何か理由が……」

わおっ！　という歓声がデリラのいるあたりから聞こえてきた。

肩ごしに見ると、フライパンから炎があがっている。その光景がわたしの記憶を刺激したけど、具体的にそれが何かはわからなかった。

すると、バートンが奥さんのエマを追ってくるのが見えた。息子たちはいっしょじゃないようだ。バートンは妻の腕をがばとつかむと、からだを回して自分のほうに向けた。エマの口の動きから、彼女がバートンにいった言葉はすぐにわかった――「嘘つき」。そして夫の顔をたたこうと手をふりあげ、夫は妻の手首をつかんだ。

バートンは悲しい目をして、ゆっくりと妻の手を放す。そしてきびすを返すと、全力で走り去った。

エマはよろっとあとずさる。からだに力はなく、そのまま地面に倒れこみそうに見えた。

わたしは走った、彼女のもとへ。

24

エマのからだに腕を回してささえた。雪解けで地面はぬかるんでいるけれど、手を離して立たせてもまた倒れるような気がして、わたしは彼女を地面にすわらせることにした。

「ちょっと待て、シャーロット」アーソが自分のジャケットをぬぎ、エマの下の地面に敷く。

エマは感謝の目でアーソを見あげた。

アーソは集まった人びとに手をふり、「見世物じゃありませんよ」と追い払うと、片膝をついて彼女に訊いた。「水でも飲みますか、バレルさん？」

エマはうなずき、アーソは立ちあがって走っていった。

「バートンに何があったの？」わたしはできるだけやさしく訊いた。

「怒ってるのよ」

「どうして？」

「子どものことで」

わたしは彼女の髪をなでた。「子どもの何が原因なの？」

「女の子」

「みんな男の子じゃなかった？」

エマは喉を詰まらせた。「女の子もいたかもしれないの」

わたしは彼女の手を握り、彼女は握りかえしてきた。

アーソがミネラルウォーターの瓶を手にもどってきて、キャップをあけ、わたしに差しだした。わたしはそれをエマに持たせる。エマはひと口しか飲まず、「もっと飲んだほうがいいわ」とわたしはいった。

するとエマはごくごく飲んで咳きこんだ。そして咳がおさまると、「喧嘩のきっかけは、わたしがつくったの」といった。

「どうして？」

「記念日が……つらくて」

「記念日？」

「赤ちゃんの……亡くなった赤ちゃんの記念日」

「一年まえの？」

「そう。わたし、ひどく怒って……」片手で口を押さえ、泣くのをこらえる。

「アーソ！　急いでこっちに来て！」デリラの叫び声がした。

〈ラ・ベッラ〉の移動販売車の周辺は騒然としていた。フライパンから炎が立ちあがり、イタリアの国旗はめらめら燃えて、熱気が車をつつみこむ。アーソはあらんかぎりの声で叫んだ。

「さがって！　みんなさがって！　デリラ、消火器を持ってこい！」

消火器は冬祭り会場では十五メートルから三十メートルの間隔で設置されている。十年まえの町の創立記念日に火事が発生し、怪我人は出なかったものの、四分の一のテントを焼きつくした。そして祖母が二度と火事を起こさないと誓ってこのようになったのだ。

わたしはエマを見た。明るい茶色の瞳は炎を映し、恐怖に満ちている。

「立てるかしら、エマ？」

エマはぴくりとも動かない――「バートンは嘘をついたの」

「さあ、立って。もっと火から離れたほうがいいわ」

「あの人は嘘をついたの」

「ええ、そうね。わたしも彼の嘘を知っているわ。あの晩、あなたたちはテレビを見ていなかったんでしょ？　さあ、立ちましょう」

デリラがわたしたちの傍らを全速力で走っていった。消火器ふたつをアーソとルイージに渡す。

「あの晩……」エマはわたしの手を支えにして立ちあがった。彼女のからだは外見よりも重かった。「ケイトリン・クライズデールが死んだ日、バートンとわたしは車に乗っていたわ」

「病院に行ったのね？」わたしは彼女を連れて、火から離れた通路に向かった。

エマは首を横に振る。

「え？　じゃあどこに行ったの？」

「リハビリ・クリニック……更生施設よ」

わたしは愕然とした。「依存症なの？」

「いろいろあるの」

きょう、家族でいっしょにいたとき、バートンは彼女からソーダの瓶をとりあげていた。

あれにはお酒か薬が入っていたのかもしれない。

「依存症を知られたくなくて、アーソ署長に嘘のアリバイをいったの？」

「答えるな、エマ！」バートンが駆け寄ってきて、わたしの手を払いのけ妻を抱いた。恐ろしい目でわたしを見おろし、「おれたちの生活に踏みこむ権利は、あんたにはない」といった。

わたしはひるまずに尋ねた。「どうして署長に嘘をいったの？」

「おまえはこの人に何を話したんだ？」彼は妻に訊いた。

「あなたたちは更生施設に通っているのね？」

「ちがうわ」消え入るようなエマの声。

「ああ、ちがう」怒声をあげるバートン。

「あなたは町の人たちに――」わたしはバートンの顔を見すえていった。「エマの依存症を知られたくなかった。町の評判を気にしたんでしょ」

「ちがうのよ、シャーロット」エマは今度ははっきりといった。「わたしは依存症じゃないわ」

「じゃあ、さっきの更生施設の話はどういうこと？」

「あの晩だけよ。ほかの週は検査で病院に通っていたの」

「無意味な検査だよ」バートンの声が弱々しくなった。

「あの夜は、流産した子の……」エマは洟をすすった。「記念日だったの。でも、わたしは耐えられなくて……薬を飲んだの。それも、たくさん。だから胃を洗浄しなきゃいけなくて、更生施設なら内密にしてくれるから」ため息をひとつ。「ええ、バートンはおかしな噂がたつのをとても気にしたわ」夫を見る。「そうよね？」

バートンは妻を抱く手に力をこめて、額の端にキスをした。「すまない」

エマは口だけ動かして、ごめんなさいねといい、「子どもたちはどこ？」と、声に出した。

「きみのお母さんといっしょだよ」バートンはそういうと、険しい目でわたしを見た。「もしこのことを口外したら……」

「わたしはゴシップ・マニアじゃないわ。でも、アーソ署長にはほんとうのことを話さないと、ケイトリン殺害の容疑者にされるわよ。夫婦でテレビを見ていたなんて、疑われても仕方ないわ。噂だと、あなたは土地を売りたくなかった、契約を解消したかった、でもケイトリンは聞く耳をもたなかった、っていうことになってるわ」

「どこでそんな話を聞いたんだ？」

「あなたとケイトリンは愛人関係だったという噂もあるし」

「はっ！　根も葉もない噂だ」妻から腕を離し、手袋をはめた手をたたき合わせる。「ケイトリンが自分で噂を広めたんだろう。ひどい女だったよ。おれたちを食い物にしようとした。あの女を殺したい、どうやったら殺せるか、と考えたこともある。ケイトリンは、おれたちの生活の細かいところまで調べあげていたからね」

「あなたを脅迫して、契約をむりやり進めようとはしなかった？」

「いいや、脅迫なんてされないよ。ケイトリンはうちの事情を知りつくしていた。子どもが三人いて、医療費はかさみ、牧場の維持費も必要だ。うちに金がないのはよくわかっていたよ。ただ、あの女なら、相手次第で脅迫しかねないとは思うね。うちの土地は、彼女の計画の要だったらしい」

「計画って？」

「よくは知らない。ケイトリンがチップ・クーパーに、アーソの両親の土地もほしいと話しているのは聞いたけどな」

あのとき、ジャッキーがアーソにいった〝所有物〟とは、そのことだろうか？ ともかくケイトリンは、町の北の土地を買い占めたがっていたわけだ。ロイスも、ケイトリンは牛や羊の牧場、ワイナリーなどいろいろ所有しているといっていた。それにケイトリンは〝時代後れ〟をいやがったとも。彼女の計画は、のんびりした田舎町、小さいけれど自然に囲まれたプロヴィデンスをメガストアやモールでにぎわう近代的な町に変身させることだったのかもしれない。

「いまはＣＦＯが土地をねらっているわ」エマがいった。

「ジョージア・プラチェットのことね？」

「彼女は悪魔よ」

「よすんだ、エマ」バートンがまた妻の肩を抱いた。「罪のない人を中傷するのはよくないよ」

「罪のない人？　わたしはそうは思わないわ」エマは声を荒らげた。「とっても貪欲な人よ。巻き毛とちゃめっ気のある笑顔でいかにも女っぽいけど、心は捻じ曲がってる」エマはわたしの目を見た。「あの人はわたしたちをつけまわしては、誹謗中傷してるの。子どもにまで陰口をいったのよ。うちの息子たちによ！　通っている病院のお医者さんにも、美容師さんにもね。契約を破棄したいのは下劣だからだといいふらしているの。あの人なら、人を雇ってでも自分の母親を殺しかねないわ」

そうだ、ティアンも、人を雇った可能性はあるといっていたっけ……。

「あの人に訊きたいことがあるなら急いだほうがいいわ」エマはそういった。「町を出るつもりだと思うから。〈ヴィクトリアナ・イン〉に走って入るのを見たのよ」

オスカーはパブで、わたしに携帯電話をふってからジョージアを見やった。まるでジョージアを恐れているようで……オスカーは頼まれて殺人を犯した？

わたしはジョージア・プラチェットが町から出ていくまえに会ってみることにした。アーソを誘おうと、〈ラ・ベッラ〉の販売車まで行ったけれど見当たらない。そこでデリラに訊いてみる。彼女は消火器の泡の臭いがした。

「アーソはどこ?」

「緊急事態が発生したみたいよ」デリラはにやっとした。「Jで始まりYで終わる事態」わたしには通じないと思ったのか、「つまりジャッキーね」といった。「彼女が車でやってきてアーソに手をふったら、たちまち彼は消えてしまった、というわけ。アーソに何の用があるの?」

説明している暇はなかった。

25

ヴァイオレットの〈ヴィクトリアナ・イン〉は、〝最先端のＢ＆Ｂ〟を謳《うた》い文句にしていた。ロイスの〈ラベンダー＆レース〉は上品な絨緞とレースのカーテン、柔らかくておしゃれなカウチが特徴だけれど、〈ヴィクトリアナ・イン〉は余分なものを排除して、床に絨緞はなく、カーテンの代わりにブラインドがかかり、調度も簡素だ。ロイスは手づくりの食事でお客さんをひきつけ、かたやヴァイオレットのシェフは、菜食主義のウサギも痩せてしまいそうなスパフードを提供する。〈ラベンダー＆レース〉では裏手から丘陵地帯まで長い散歩ができるが、〈ヴィクトリアナ・イン〉の裏手にはジムがあり、ステッパーやルームランナー、ウエイトトレーニングのマシンなどを使うことができた。

わたしなら〈ラベンダー＆レース〉のほうに泊まりたいけど、〈ヴィクトリアナ・イン〉も繁盛していて、駐車場はＢＭＷやベンツ、レクサスなど高級車でいっぱいだった。談話室では身なりのいい人たちが、きょうの楽しい体験を語り合っているにちがいない。

受付デスクでは、ワンサイズ小さな白いジョギングスーツを着たヴァイオレットが、頭上のスピーカーから流れてくる現代的な音楽に合わせ、お下げ髪を揺らしてステップを踏んでいる。

「いらっしゃい、シャーロット。ダンスは途中でやめられないの。ダイエット中なのよ」ヴァイオレットの体重は増減が激しく、十キロくらいは平気で上下する。

「ジョージア・プラチェットに会いたいんだけど」

「夜のこんな時間に？」はっ、はっ、と息がきれる。

「まだ九時まえよ」

「プロヴィデンスじゃ深夜だわ」

「お願い、ヴァイオレット」

チェックイン・カウンターの下から白いタオルをとって、ふっくらした唇の上の汗をふく。

「ジョージアは、さぞかしつらかったでしょうね。彼女がケイトリンの娘だってことは知っていた？」

わたしはうなずいた。「まだここにいるでしょ？」

「ええ、もちろん。さっきも彼女の部屋に電話をして、お客さまが来たわよって伝えたばかりよ」ヴァイオレットが手をふった。その先を見ると、美しく剪定されたイチジクの鉢植えにはさまれて、年配の男女が木製ベンチにすわっていた。パブでジョージアといっしょだったあのカップルだ。「ジョージアは荷造りをすませて、まもなくあの人たちと出発する予定よ」

「年配の方は、ジョージアのおじいさまとおばあさま？」

「ええ、そう。すてきなご夫婦よ。カリフォルニアに帰って水葬するらしいわ」鼻に皺を寄せる。「わたしは古臭いのかしら。やっぱりちゃんとお葬式をして、棺を埋葬するほうがいいわ」

わたしの場合は、水葬でも火葬でもとくにこだわりはない。両親は遺言書に、キンドレッド・ヒルのいただきに埋葬してほしいと記していたので、祖父母が手配し、遺灰の上にオークの木を植えた。いまでは町の中心街から樹齢三十年のオークをながめることができ、わたしはいつも力をもらっている。

「ジョージアの部屋を訪ねてもいいかしら」

するとヴァイオレットが電話機に手をのばしたので、わたしはその手を軽く押さえた。

「電話はよして。わたしたちは友人だから、彼女が町を出るのに忘れ物がないか確認したいだけなの。彼女の部屋は……」

「知ってるでしょ、部屋番号は教えられないのよ」

「〈カフェ・オレ〉の彼とデートできるように、わたしも協力するから」先週、ヴァイオレットがうちのショップに来たとき、彼を意識しているのに気づいたのだ。ヴァイオレットはカマンベール・タイプのやわらかいチーズが好きなのに、あのときは彼がいるセミハード・タイプのコーナーにわざわざ行って話しかけ、テロワール、すなわちチーズがつくられる土壌や環境がどうのこうのと、さも専門家のように話していた。

「213号室よ」ヴァイオレットはささやくようにいった。

*

一分後、わたしはジョージアの部屋をノックした。

ドアが開いて、そこにジョージアがいた。いまもまだ露出の多い黒のワンピースに、十センチ以上あるヒールをはいている。わたしの顔を見るなり腰に手を当て、しかめ面をした。

「部屋の清掃とちがうじゃないの」

「清掃だなんていってないわ」

「こんな時間に何の用かしら？」

「なかに入ってもいい？　パブで話せるかと思ったんだけど、あなたは早めに帰ってしまったから」

ジョージアはサテンのベッドをちらっと見た。ベッドの上には黒服が重ねられたスーツケースが置かれ、足もとにはプラットフォーム・ヒールの靴がある。また、ゼブラ模様のラグには、いつもの赤いブリーフケース。開いた隙間からファイルがのぞいて見えた。そして何かがわたしの注意を引いて、わたしはまたスーツケースに目をもどした。開いた蓋の上に洗面キットが置かれ、さらにその上にスマートフォンがのっている。あれはチップの電話ではない？　ジョージアはオスカーからとりあげたのだろうか？

「おじいさまたちといっしょに町を出るの？」わたしは彼女に訊いた。

「どうして祖父母だとわかったの？」

「わたし、勘がいいのよ」ウィンクしてほほえむ。

でもジョージアはむっとした。「ヴァイオレットが話したんでしょ。彼女、ほんとにおしゃべりだから」

「あなたはおばあさまに似ているわ、目のあたりとか顎とか」

ジョージアは反射的に顔に手をやり、その途中でくしゃみをした。いかにもわたしの訪問にいらついたようすで、分厚い十センチのヒールを床にたたきつけるようにして鏡台まで行くと、ティッシュを一枚引きぬいた。「まだまだ寒いわ」といいながら洟をかむ。

わたしは招待されないまま、部屋に入っていった。あの携帯電話が気になってしょうがない。

「ヴァイオレットの話だと、カリフォルニアに帰って水葬するんですって？」

「まったく、ヴァイオレットって人は」乾いた咳がつづく。

「喉にはブランデーがいいわよ」

「そうね、あのヴァイオレットなら、ブランデーのような退廃的な飲みものを用意していそうだけど、ここにはワインもなければビールもない、なんにもないのよ。カモミール・ティーなら注文できるだろうけど、残念ながら、わたしにお茶を飲む習慣はないの。いま必要なのは、よく効く咳どめシロップだわ」

わたしはバッグからハーブの喉あめをとりだし、彼女にひとつ渡した。すると、和睦の印として、これ以上のものはなかったようだ。彼女は包み紙をむき、飴を口に入れると、ほっとしたように息をついた。

わたしは話しながら、ゆっくりと歩く。「パブではオスカーともいっしょだったでしょ？」「オスカーね……」ジョージアはため息をついた。「イポ・ホーの農場のために働くのが本来の仕事だったはずなのにね——」また咳がつづく。

わたしが背中をさすろうとすると、彼女はわたしの手をはらいのけ、バスルームに駆けこんでドアを閉めた。そしてコップの音。水がシンクに流れる音。わたしは携帯電話をふりむいた。オスカーが見たものをわたしも見なくては——。一瞬の躊躇もなく、携帯電話に手をのばしかけたとき、それが鳴った。

「うるさいわね」ジョージアがバスルームのドアを数センチあけ、手を差しだした。「悪いけど、とってくれる？」

わたしはスマートフォンをとって、画面をちらっと見た——「おばあちゃん」。つまり、この電話機はチップのものではないということだ。彼のおばあちゃんはふたりとも、何年もまえに亡くなっている。

ジョージアはありがとうもいわずドアを閉めた。くぐもった話し声が聞こえる。「そうね、おばあちゃん。話さなかったっけ？」

わたしはベッドわきのブリーフケースを見た。いましかチャンスはない。ジョージアに母親を殺害する動機があるとしたら（広大な土地の相続とか、会社の経営権とか）、アーソに知らせなくてはいけないと思う。

わたしは彼女のフルネームがラベルに記されたファイルから見ていった。まずは雇用契約書（初任給はずいぶん低めで、報奨金の記述はない）。それから南カリフォルニア大学の卒業証書。どちらにも付箋がつけられ、「ケイトリン了承済み」とメモされていた。このまえジョージアがいったような〝身びいき〟的なものは感じられない。

ふたつめのファイルには、エンタープライズの所有不動産リストがあった。国内各地の小規模モールもいくつかふくまれ、危惧したとおり、どのモールにも大型有名店が入っている。ケイトリンは田舎町のぬくもりを感じたくてプロヴィデンスに帰ってきたのではなく、利潤追求を目的に、畑や牧場、連なる山々の風景を大きく変えようとしていたのだ。

三つめのファイルには、町全体の不動産所有マップが入っていた。ジョージアに相続させるという遺書や書類をさがしたけれど、見つからない。

バスルームのドアハンドルがカチッと音をたてて動いた。罪悪感に襲われつつも、のぞきの現場を見られてはまずいと思い、あわててファイルをしまう。と、彼女の携帯電話がまた鳴った。

バスルームから、「今度は何？」というジョージアの声が聞こえる。貴重な猶予時間をフル活用し、わたしはブリーフケースをもとの状態にもどすと、からだを起こした。ジョージアがハサミを手にバスルームから出てくる。と、なんとも苦しそうな、ゆがんだ顔でわたしにハサミをつきつけた。

まさか、わたしを刺す気？　携帯電話はどこに置いてきたの？　わたしはジョージアをなだめるように、手のひらを彼女のほうに向け、両手をあげた。

「おちついてちょうだい」

「気分が悪いわ。いったい何やってたのよ?」ハサミでブリーフケースを指す。

わたしの大失敗だった。ファイルが外にはみでていたのだ。

「あ、ごめんなさい。その……クライズデール・エンタープライズのことが気になって」

ジョージアはじりっとわたしに近づいた。

この場を切り抜けるためなら、いくらだって嘘をつく。「あなたのお母さんは、町の北側一帯を買い占めるつもりだったって、町じゅうの噂になってるの。だからちょっと書類を――」

「土地を買い占める? 冗談じゃないわ」

わたしはハサミを見やり、「それをおろしてくれたら、もう少しおちついて話せると思うんだけど」といった。

ジョージアはハサミを、それからわたしを見て、大きなくしゃみをした。顔つきがふつうになり、とまどったような笑みを浮かべる。どうやらくしゃみを我慢していたらしい。彼女はハサミの握り手のほうをわたしに向け、「頭のうしろの毛を切ってほしかっただけよ」といった。そして背を向け、後頭部に手を当てる。「ここよ、まんなかあたり。美容院に行っても、何日かたつと、ここの巻き毛がはねちゃうの」

わたしは胸をなでおろした。どうやら思い過ごしだったらしい。それでもともかく会話をつづけなくては――。

「さっき、北の土地を買い占めるっていう噂にびっくりしたみたいね？」

ジョージアは背中を向けたまま「〝買う〟わけじゃないからよ。母にそんなつもりはさらさらなかった。脅迫して、ただでいただくの」

「えっ、そうなの？」わたしはしらじらしくいった。巻き毛を二センチほど切って、彼女に渡す。

ジョージアは鏡台まで行くと、頭のうしろをチェックして満足そうにうなずいた。ハサミを返せと無言で手をのばし、わたしは少しためらったものの、彼女の手にハサミをのせた。彼女はそれを鏡台に置く。

「町の人は土地を売りしぶったのよ」と、ジョージア。「だから母は本性をむきだしにして、それぞれの弱みを握り……というわけ」嫌悪感に口をゆがめる。

「お母さんのことを好きだったといわなかった？」

ジョージアは鼻を鳴らした。でもこれは、くしゃみではない。

「真実を知りたい？　あなたなら信用していいかもね」

わたしは胸がちくっとした。ブリーフケースをひっかきまわしたことに罪の意識を感じる。

「わたしは母が大嫌いだったわ。いいえ、これでもまだ足りないくらい。憎んでいたといってもいいわ。わたしのやることなすこと気に入らなくて、文句ばっかり。デートの相手も住む場所も、何もかもよ」

フォルダーにつけられていた〝ケイトリン了承済み〟という付箋を思い出した。

「でもね、それなりには慣れたのよ」と、ジョージア。「こっちはこっちで、あの人をうけいれなかったから。ビジネスのやり方も、人への対応もね。あくどいとしかいいようがなかったわ」

チップはしかし、それとおなじようなことを、このジョージアへの感想として語っていた。バレル夫妻もしかり。ジョージアはバレル家につきまとい、評判をおとそうとしたのではないか？

「どうしてケイトリンの会社で働いたの？」

「大学を卒業して、就職先がなかったからよ。クライズデール・エンタープライズで一年くらい働いて転職すればいいと思ったんだけど、新しい仕事は見つからなくて、結局ずるずると十五年」景気悪化がどうのこうのとつぶやく。「でも、母があんなことになるまえ、ホテル買収が専門の会社から声がかかったの。だからエンタープライズをやめたいっていったら、母は許してくれなかった」首をかしげ、賢い子犬を見るようにわたしを見る。「わたしは母親殺しなんかじゃないわよ。強情な人だったけど、時間をかければなんとか説得できると思っていたから」

「でも、そう思えない人はいたでしょうね」

「ええ、いたわね」

「たとえばオスカーとか」

「妄想にとりつかれた男ね」切った髪を指に巻きつける。

「彼はいまどこにいるの？」

「自宅じゃないかしら。ビールを飲みすぎたから、少し寝て酔いを醒ましたほうがいいんだけど」指に巻いた髪をほどく。「パブで酔って、チップの携帯電話をふりまわしているのを見たでしょ？」

オスカーをとても心配している口調だった。彼に好意をもっている？　でもあのときパブで、オスカーは怯えた目で彼女を見ていた。

「どうしてチップの電話をとりあげたのかしら？」

ジョージアはひどくばかにした笑い声をあげた。「オスカーはチップと賭けをしたのよ。チップの電話帳にある女友だちに片っ端から電話をかけて、そのうちだれかを自分のほうにふりむかせるって。チップは携帯電話を渡したがらなかったけど——」ヒールで床をとんとんたたく。「オスカーにはしつこいところがあるから」

「オスカーはあなたに好意をもっているんじゃないの？」

「ええ、まあね……」ため息をひとつ。「彼はあの晩、母に仕事はもうやめたい、わたしと交際したいって頼むつもりだったのよ。でも、そのまえに母が……」

「彼が犯人の可能性はあるかしら？」

「オスカーが？」首を大きく横にふる。「それはないわ」

「確信をもてる？　彼が役者だったことは知っていた？」

ジョージアは驚いた顔をした。どうやら知らなかったらしい。

「もちろん、俳優だから嘘がうまいとはかぎらないけど」

ジョージアはありえないというように手をふった。「彼は犯人じゃないわ。自分から行動を起こせない人よ」

「チップの携帯電話をとったあと、オスカーはあなたを怖がっているように見えたわ」

ジョージアはしかめ面をした。「ええ、それでいいのよ。チップの女友だちに電話をしたら承知しないわよって、脅したから」

つまり、ジョージアもオスカーに好意をもっているわけだ。

といっても、それで疑問が解消されたわけではない。オスカーはケイトリンの仕事をやめたがり、ケイトリンはとりあわなかった、ジョージアへの恋心もあり、オスカーは衝動を抑えきれなかった……という可能性は、まったくないと断定できるだろうか？

26

それからもうしばらく話して、わたしはジョージアの部屋を出た。ジョージアはオスカー犯人説を全面否定しながらも、警察捜査への協力として、あすの昼まで町に残ることにしてくれた。自分がここにいるかぎり、オスカーはけっして町から出ない、という理由からだ。わたしは彼女の自信と予想を信じることにした。

車のヘッドライトをつけ、ワイパーで冷たい雨をぬぐいながら帰路につく。ロケットとラグズが迎えてくれるわが家のキッチンは暖かく、ほかは静まりかえっていた。わたしはテーブルでシナモン・ティーをすすり、警察署に電話をかけた。応答した女性によると、また緊急事態が発生し、アーソも副署長ふたりも現場に出かけたとのこと。アーソは副署長ひとりを連れて浸水した道路の封鎖に、もうひとりは車がエンストを起こして立ち往生しているドライバーのもとに向かったらしい。

ここ何日か、アーソとまともに話せていない。わたしは多少の苛立ちをおぼえながら、重い足どりで階段をあがった。ラグズとロケットがついてきて、なぐさめられる。

自分の部屋に入り、ベッドに腰かけて、短縮ダイヤルで電話をかける。短縮の一番めは、もちろんジョーダンだ。彼は一回めの呼び出し音ですぐに応答してくれた。

「やあ」

ハスキーな声が聞けて、全身から力がぬけた。彼が秘密の過去をうちあけてくれた、ただそれだけでいまのわたしはしあわせだった。〝愛している〟という言葉は、そのうちきっといってくれる、と信じている。

わたしはキグリーのことをたずねてみた。

「ぐっすり眠ったらおちつくだろう。で、発表会のほうはどうだった？」

シルヴィとプルーデンスが大人気ない喧嘩をしたことを話すと、彼は笑った。

「早くきみに会いたいよ」

「わたしも」バートンやエマ、ジョージアに会ったこと、おぞましい殺人事件のことは話さない。「早く会いたいわ」そういってキスを送り、電話をきった。

歯を磨いて顔を洗い、羽毛布団の下にもぐって推理小説のページをめくる。しだいにまぶたが重くなり、うつらうつらと夢の世界へ……。

＊

あくる朝。わたしはコーヒーをわかし、サンシモンを使ったフリッタータをフライパンでつくりはじめた。スペインのサンシモンは寒い季節にぴったりのチーズで、イタリアふうオムレツに使うと、とろけ具合がとてもいい。それからわたしは朝刊をとりに走った。身を切る寒さを覚悟して、玄関をあける。昨夜の雨で、ひさしにはつららがたくさんできていた。頭をさげてつららの下を通り、ポーチの階段へ。ロイスのB&Bをちらっと見ると、ベランダに荷物が置かれ、そのなかのスーツケースに見覚えがあった。そうか、チップが町を出ていくのだ。永遠に。ほっとすると同時に、ほんのちょっぴり、さびしさも感じた。

彼にきちんとお別れの言葉をいったほうがいいかしら？　と逡巡していたら、窓から窓へ、部屋のなかをのぞきながら動く人影が見えた。ふむ。あれはエインズリーだ。

そこへ、ロイスが竜巻用のシェルターから飛びだしてきた。ラベンダー色の防寒服を着て、手には箒を持っている。

「あなた！　ここで何をしているの！」

「ロイス、お願いだよ……」

「出ていって！　早く！　あなたの顔はもう見たくないのよ。この嘘つき！」

ロイスは箒でエインズリーをたたこうとし、エインズリーはあわてて通りに出ると、凍った道でころびそうになりながら走り去った。

うちのテントに入った泥棒も、ケイトリンを殺した犯人も、ああやって必死で走って逃げたのだろう……。と思ったところで、またチップの携帯電話を思い出した。チップは意図せずして、犯人の姿を撮影したのではないだろうか？

いいや、それはない。あの晩チップは、ルイージといっしょにパブにいたのだから。だけどそれでも証拠のかけら、何か手がかりになるものが写っている可能性はある……。

わたしはやはり、できればチップの携帯電話の写真を見てみたいと思った。

蜂蜜色のセーターと綿のパンツでは寒さがこたえる。それでもポーチの階段をたたっとおりて、ローファーでころばないよう凍った道を急いだ。

「ロイス！　チップはいるかしら？」

「さっき、うちの浮気夫が来たのを見た？」ロイスの目はうるんでいた。「わたしは精一杯つくしてきたのに、こんな仕打ちをされて。シャーロットはずっと独身でいたほうがいいわよ。男なんて信用できないわ」ロイスはわたしの問いには答えず、背を向けて家に入った。

「チップはどこかしら？」寒さに震えながらもう一度尋ねる。

「町の見納めのツアーだとかいって出かけたわよ」網戸の向こうからロイスの声がした。

「すぐにもどるといってたわ」

「シャーロットが話したがっていたと伝えてちょうだい」

教会の鐘が鳴り、わたしはなぜかせきたてられた気がした。オスカーに会ってみよう。でもそのまえに、みんなに朝ごはんを食べさせなきゃ。わたしは朝刊をとるとキッチンにもどり、フライパンのフリッタータをオーヴンに入れた。待つこと三分。お皿に切り分けているところへ、マシューが眠い目をこすりながらあらわれた。

「いい香りだなあ。当ててみようか」両手をカウンターにのせ、キャビネットの下をのぞく。

「このチーズはサンシモンだ。スペインのチーズで、原料は牛乳。ソーセージや香辛料と相性がいい」

「カンニングがうまいわね。チーズのラベルを読んだんでしょ」

マシューはからからと笑い、わたしはお皿を手にカウンターの外に出た。

「なんだか急いでいるみたいだな」

「行かなきゃいけないところがあるの」

「どこだ？」

「ちょっとそこまで」わたしはテーブルにお皿を並べ、「お嬢さんたち！　ご飯よ！」と呼びかけてから玄関ホールへ行った。ロケットとラグズが小走りでついてくる。角を曲がるとき、爪が床をこする乾いた音がした。そして犬と猫のうしろにマシュー。

「火事はどこだ？」

「火事じゃなくてただの用事」

「また用事か。ほんとのことを話せよ。いま、だれを調べているんだ？」

マシューに嘘はつけない。からだがもう、反射的に真実を告げるようになっていて、嘘が口から出てこないのだ。

「オスカー・カーソンよ」

「あの、ストーカーまがいのやつか。でもなあ……」と顔をしかめる。「アーソにはおまえの考えを話したのか？」

「留守電にメッセージを残したわ」しつこく何度も。

「それで？」

「きょうは日曜よ」キャメルのコートを着て、多色染めのマフラーを巻く。肩にバッグをかけて、茶色の手袋をはめた。「どこの家庭も夜明けと同時に起きるとはかぎらないわ」

「ぼくがいっしょに行こう」

「だめよ。メレディスとふたごを連れて教会に行くんでしょ？」

「おまえひとりじゃ危険だよ」

「オスカーなら大丈夫」

「どうして断定できる？」マシューはわたしの肩をつかみ、心配でたまらないといった目で見つめた。「女の直感だなんていうなよ」

玄関でノックの音がした。チップかもしれないと思ってあけると、レベッカだった。コートも着ていない、帽子も手袋もなしだ。唇は青く、ぶるぶる震えていた。

「いったいどうしたの？」

「彼が……わたしたち……」レベッカは家のなかに入ってきた。「わたし、イポの家に泊まったんです」

わたしは玄関を閉めた。「それで？」

「イポもわたしも、気持ちはあっても……」

「お願い、マシュー、レベッカにコーヒーをあげて」わたしは玄関わきのフックにかけていたネップヤーンのセーターをとり、レベッカにむりやり着せた。ニットの帽子もかぶせる。

「わたし、カウチでひとりで、ぐっすり眠ってしまいました。こんなことで、わたし……」

「さあ、どうぞ」マシューが猫の形をした、湯気のたつマグカップをレベッカに差しだした。

レベッカは温かいコーヒーをすすりながら、わたしの全身を見て「お出かけですか？」と訊いた。

「ご明察」マシューはにやにやしていった。「また狩りに行くんだとさ」

「だったら、わたしも連れていってください」レベッカは恋の悩みはどこへやら、ドア横のテーブルにマグを置くと、フックからわたしの白い冬用パーカーをとった。そして玄関をあけ、「どこへお供すればいいですか？」と訊いた。

「イポの農場だよ」と、マシュー。

「えっ？　どうして？」

わたしはいとこの頬にキスをして、「いろいろありがとう」といった。

「どういたしまして」マシューは苦笑い。「気をつけていってくるんだよ」

＊

クウェイルリッジ養蜂場に向かう道すがら、わたしはイポではなくオスカーを訪ねるのだとレベッカに説明した。

家を出てから風は強くなる一方で、北へ向かう道路では折れた枝々が舞った。放牧された馬たちは身を寄せて風を避け、温め合っている。

イポの農場につづく道に入ると、レベッカが「気をつけて！」と声をあげ、わたしは左にハンドルをきって、迫ってくる砂と泥の渦巻きをよけた。

葉をおとした果樹の並木が見え、クウェイルリッジ養蜂場に着いたことを知らせる。木の前には、風雪にさらされた小さな巣箱が並んでいた。そして最先端の飼養施設の先に、平屋で飾り気のない、大西部の牧場様式のイポの住まいがあった。車は砂利道を進んでいく。

「イポに見られたらどうしましょう……。すぐまいもどってきて、しつこい女だと思われないでしょうか」

わたしはレベッカをちらっと見ていった。「イポはあなたを大事にしているから、そんなふうには思わないわよ。ここのところ、少し考えすぎじゃない？」

オスカーが暮らしているのは、イポの家の裏手にある平屋だった。窓もひさしも霜で真っ白だ。ピックアップが家の正面で北向きに停められていた。わたしはその横に白いエスコートを停めると、シートの上でからだをひねってレベッカに向き合った。

「さ、気持ちを集中しましょう。わたしはひとりで家に入ってオスカーと話すわ。あなたはここ、車のなかにいてアーソを呼んでちょうだい」

「了解」

わたしが携帯電話を渡そうとすると、レベッカは自分の電話をバッグからとりだしてふった。

アドレナリンでからだが火照るのを感じた。わたしは車からおりると、枯葉を踏みながら小走りで、壊れかけたポーチの階段をあがった。そしてノックをしかけたそのとき、何かがぶつかる音がした。そちらをふりむくと、レベッカが車から出てくるところで、わたしを見て口だけ動かし、音をたてたことをあやまった。そしてそろりそろりと忍び足で家の側面に向かう。いったいどこへ行く気だろう？　彼女が指示どおり車のなかにいるなんて、期待したわたしがいけなかったかも。

ドアをノックし、少しだけ開いてみる。明かりはついておらず、朝食の香りもしない。わたしはポーチに立ったまま声をかけた。

「オスカー！　いるのかしら？」

どこからか馬のいななきが聞こえた。でも、オスカーの返事はない。

わたしはもう少し大きくドアをあけ、小さな声で呼んだ――「オスカー？」

ドアの隙間からさしこむ朝陽が床に光の帯をつくり、そこにブーツが見えた。つま先が床側に向いている。そこからジーンズをはいた脚が見え……男の人が古いラグにうつぶせに倒れていた。あれはオスカーだ！　薄青色のシャツは、ゆうべ、彼がパブで着ていたものだった。

「オスカー！」わたしは駆けよった。

彼の背中は上下し、呼吸はしているようだ。でも、ぴくりとも動かない。頭から血が流れ、その横には電気スタンドが倒れていた。ランプのかさの向こうには、開いた革の札入れがある。泥棒が入ったのだろうか。アーソとジョーダンが追っていたのとおなじ窃盗犯？　泥棒はまだここにいるかもしれない……。薄暗い部屋を見回してみても、何かが動く気配はなかった。でも、息をころして隠れている可能性はある。

「レベッカ!」大声で呼ぶ。アーソに連絡はついたのだろうか? レベッカは返事をよこさない。わたしはドアまで行った。「レベッカ、どこにいるの! オスカーは怪我しているのよ!」わたしはオスカーのところにもどるとひざまずき、手首に触れた。脈が弱い。すぐに携帯電話で911にかける。

キキッという鳴き声がした。緑のカウチの下からフェレットが飛びだしてきて、わたしの脚のうしろを走りぬけていった。わたしはきゃっと叫んでよろめき、その拍子に携帯電話を落とした。

と、今度はキチネットから人間が飛びだしてきた。スキーマスクをつけて、黒ずくめの服装。男か女かはわからない。それがわたしの首を両手でつかんだ。

ジョーダンとの護身術の練習がよみがえった。すぐさま右手をあげ、スキーマスクをかぶった相手の喉のくぼみを突く。男――まちがいない、女ではなく男だ――は、わたしの首から手を放した。

つづいてわたしは、男の股間に膝蹴りをくらわそうとした。ところがコートが邪魔をして的をはずし、太ももにめりこんだ。男はうなり声をあげ、片手でわたしの首をわしづかみにすると、顔面から壁に投げつけた。

ローファーの片方がぬげおち、額が木の壁に激突する。わたしは激痛にうめいた。

ところが、男はそれ以上わたしを攻撃することなく、玄関から外に飛びだしていった。

わたしはまともに息ができるようになるとすぐ、男を追った。といっても、靴が片方だけなのでつまずき、玄関に着いたときにはもう男の姿は消えていた。そういえば、馬がいないたから、男は馬で逃げたのかもしれない。でも、地面に蹄の跡はなかった。

「レベッカ！　どこにいるの？」まさか泥棒に襲われたとか……。

「ここです！」レベッカが家の横をまわってあらわれた。小走りで、かつ携帯電話に何やら打ちこんでいる。

「あの男を見た？」

「男？」

「ここから飛びだしていった男よ」

「いいえ、見ていません。わたしはイポの家に行ったんです。でも、彼はいなくて……」

エンジンの音がした。左を見ると、ジープが砂利道を走ってきて停車。

レベッカが携帯電話をポケットにしまった。

「よかった、アーソ署長は最初のメールを見てくれたみたいです」

アーソがラングラーから飛び降りてきた。

「おい、シャーロット、何があった？　怪我してるじゃないか」

「男が侵入して――」わたしはオスカーの家のほうに手をふった。「襲われたの。オスカーは倒れてるわ、早く手当てをしなきゃ」

アーソはわたしの横を走って家へ入っていった。わたしも彼を追って入り、落ちたローフアーを拾う。しんがりはレベッカだ。

アーソはオスカーの横にひざまずいて脈をとり、携帯電話を耳に当てた。彼が副署長と話しているあいだ、わたしは自分の電話のことを思い出して表示を見ると、通話終了になっていた。

「いや、意識はない」アーソは電話の向こうの副署長にいった。「至急、救急車をよこしてくれ」オスカーの肩に手を当て、「もう大丈夫だから、安心して」と語りかけた。そしてわたしの顔を見る。「侵入者の特徴は？」

わたしはスキーマスクと黒い服のこと、うちのテントに侵入したのもおなじ男ではないか、と話した。

アーソは顔をしかめる。「おなじ犯人だと思うのか？」

「断定はできないけど、わたしより身長があって、がっしりした感じがおなじだったの」

「男であるのはまちがいない？」

わたしは少し考えた。ジョージアがプラットフォーム・シューズをはけばわたしより背が高くなるけれど、体格のよさがぜんぜんちがう。それにともかく、どうしても女だとは思えなかった。

「男女はべつにして、馬と干し草のにおいがしたわ」

「馬と干し草？　それなら地元の農家の人間から、アーミッシュの馬車に乗った観光客までなんでもありだ」

「バートンの牧場には馬がたくさんいますよね」と、レベッカ。

そうか。エマなら長身だし、女性にしては体格もいい。

アーソが首のうしろを掻きながらいった――「で、きみらはどうしてここにいるんだ？」

わたしはオスカーがパブでチップの携帯電話をかかげてふっていたことを話した。

「だからチップの電話には、犯罪の証拠になるものが隠されているかもしれないと思ったの、たとえば写真とか」

アーソはオスカーのポケットをさぐり携帯電話をとりだした。ブラックベリーのスマートフォンだ。

「それはチップの電話じゃないわ」と、わたしはいった。「メーカーがちがうもの。ほかにはない？」

アーソはまたオスカーのからだをさぐり、いいや、ほかにはない、といった。そして――

「そういうことなら、どうしてチップに直接尋ねなかった？」

「ロイスのB&Bにいなかったのよ。だからここに来たほうが早いと思って」

「おれの到着を待つこともできなかった？」

「だって、きょうは日曜日だし――」

「おれを待つことなんか、考えもしなかったんだろ？」

レベッカが咳ばらいをした。

アーソは怖い目で彼女を見る。「きみもだよ、ズークさん。これは不法侵入なんだ」

「でも署長――」

「言い訳なし！」

アーソはつぎに、わたしに怖い目を向けた。「きみは訓練をうけた警官でも探偵でもないんだ」人差し指をわたしにつきつける。「それくらいのことは、わかるよな？　ともかく、侵入者がイポでないことだけは確実だよ。彼は教会にいたから」

「署長自身が目撃者なんですね？　それはよかった！」レベッカはとびあがらんばかりだ。

タイヤが砂利を踏む音がした。つづいてドアの閉まる音。副署長ふたりがポーチの階段をあがってきた。そしてホルスターから銃を抜き、家のなかに入ってくる。

アーソはオスカーの横で立ちあがると、わたしとレベッカの前に来た。

「ふたりとも銃はしまってくれ。必要ないから。それで救急車はどうした？」

「こちらに向かっています」副署長ふたりは同時に答えた。

27

救急隊員は、オスカーを病院に運ぶまえにわたしの額の傷を診てくれ、静かに休んでいるようにといった。〈フロマジュリー・ベセット〉にもどったところ、祖父がとても心配して、事務室のソファで寝ていろという。ちゃんとおとなしくしていれば、さつまいもとナツメグのキッシュを食べさせてやろう――。祖父のその言葉を聞いて、わたしはすなおに従うことにした。そして数分もたたないうちに、眠りこけてしまう。

十二時ごろに目が覚め、ソファの上でからだを起こす。おいしそうなキッシュの香りが漂ってきて、待ちきれずにお腹が鳴った。

「寝ていなさい」祖父が来ていった。

「もう平気よ。それより早く食べたいわ」額を少し怪我したくらいで、祖父は大げさなのだ。

「ちょっと待ちなさい《アン・モマン》」

「うっ」わたしは声をもらした。祖父が額の傷に消毒薬をぬったのだ。これで五回め。

「もっと用心しなきゃだめだ」

「はい。これを教訓にします」

「絆創膏を貼るかな」

「出血していないでしょ？　もう起きるわね」

「殺人事件の容疑者の家にひとりで行くなんて無茶すぎるわよ」いつのまにか、戸口に祖母が立っていた。

「ひとりじゃないわ、レベッカもいたもの」

祖母はこれ以上ないほど恐ろしい目でわたしをにらみつけた。

ラグズが同調するようにミャアと鳴き、わたしの脚に頭をこすりつける。ロケットははじかれたようにトラ模様のベッドから起きあがると、なさけない目でわたしを見あげた。

「それにオスカーは容疑者じゃないし」わたしはいった。

「いいえ、だれもが容疑者です」レベッカがまた氷の袋を持ってやってきた。これで何度めだろう？　わたしはすなおにそれを傷口に当てた。

「じゃあ、おまえのためにキッシュを切ってこよう」祖父がわたしの頬にキスをして事務室から出ていった。

「わたしも行くわ」祖父についていこうとすると、レベッカと祖母がわたしの両脇をささえ、つきそってくれた。

「襲ってきた男の見当はつかないんですね？」と、レベッカ。

「そうね、いまのところは」わたしはふたりの手をほどこうとしたけれど、逆にもっと力をこめられた。

「馬のにおいがしたのね？」と、祖母。

「そして干し草のにおいもした」と、レベッカ。

「黒い服を着ていたのね？」と、祖母。

「そしてシャーロットより背が高かった」と、レベッカ。

「ここにいるだれよりも高かったわね。スキーマスクもつけていたし」わたしは付け足した。

「目の色は何色だったの？」

祖母に訊かれ、わたしは答えに窮した。

「目を閉じて、思い出してごらんなさい。頭を整理するのよ」

だけど、〝だれもが容疑者〟のなかで、目の色を思い出すのは……。

「ごめんなさい、覚えていないわ」わたしは額に氷の袋を当てたままいった。

「アルロ・マクミランの可能性はないの？」と、祖母。

「バートン・バレルの可能性は？」と、レベッカ。

「盗癖はあっても、殺人事件とは関係ないような気がするわ」わたしはそういって、ふたりの手をふりほどいた。でも内心ではもちろん、確信がもてない。あんな状況では、身長であれなんであれ、正確に判断できた自信はなく、馬や干し草のにおいにしたって、あの男個人のものじゃなく、場所全体のにおいかもしれないのだ。町の北で暮らす人たちは、たいてい馬を飼っているから……。

「オスカーの意識がもどったらはっきりしますよね」レベッカがいった。

オスカーは、いまも病院のベッドでこん睡状態だ。わたしもジョーダンに護身術のレクチャーをしてもらわなかったら、おなじことになっていたかもしれない。

チーズ・カウンターまでたどりついたところで、アネックスから走ってきたエイミーが両手を大きく広げ、「シャーロットおばちゃん！」と、わたしのウエストに抱きついた。

そしてクレアも。「トマスとティシャ、フレンチーも来てるんだよ」

ティアンの子どもたちは、大理石のテイスティング・カウンターのスツールにすわり、モントレー・ジャックのスライスを食べている。フレンチーはフレックルズの長女で、ふたごより三つ年上のお姉さんだ。いま、三つ編みにした赤毛でトマスをたたき、トマスが「やめてよ」といってもやめない。

「お母さんにね、テントから追いだされたの」ティシャがいった。「フレンチーとトマスが、つららで決闘ごっこなんかするから」

「みんなやってたよ」と、トマス。

「でも、テントの中じゃなくて外だわ」ティシャは弟をにらむと、わたしを見あげていった。

「お母さんがわたしたちに出ていきなさいっていったの」

エイミーがわたしのセーターを引っぱり、わたしはかがんでエイミーの口に耳を寄せた。

「あのね」エイミーがささやく。「トマスはまだわたしに冷たいの」

「時間がたてばもとにもどるわよ」

「男って、どうしようもないよね」

ベセット家の少女は年齢のわりにシニカルだ。わたしはほほえみ、とたん、額がずきっとして顔をゆがめる。これじゃしばらくは笑うのも無理そうだ……。子どもたちはまたアネックスに走っていった。

「ほら」祖父《シェリ》が赤褐色の石のお皿にキッシュをのせてもどってきた。

「すわって食べなさい」

「マシュー！」祖母がアネックスに向かって声をあげた。マシューはバーでグラスを磨いているのだ。「シャーロットにペレグリノを持ってきて」

わたしは氷の袋をカウンターのシンクに置くと、祖父とおいしい香りに導かれ、モザイクのカフェテーブルまで行った。鉄の椅子に腰をおろし、薄いオレンジ色の、じつにおいしそうなキッシュをしばし目で堪能。そして一気にがつがついただいた。どうやら祖父は、ナツメグをいつもより多めに使ったらしい。そして口のなかにさつまいものほんのりした甘みが広がって、わたしはもぐもぐしながらお礼をいった。

だけど祖父も祖母も、にこりともしない。わたしをはさんで左右に立ち、どちらも腕を組んでむすっとしている。マシューがグラスに水を入れて持ってきて、テーブルのわたしの対面にすわった。

「頭痛がするとか、そういうことはないのか？」

「大丈夫よ」

「今度また――」

「今度はないから。約束します」

「ありがたいことだわ」と、祖母。

祖父は両の手のひらを合わせ、フランス語で神に感謝の言葉を述べた。

「嘘つけ」マシューは笑った。「今度はあるに決まってるさ。おまえくらい生意気で、強情で、向こう見ずなやつはいないよ」

「ええ、ほんとにね」という声は、シルヴィだった。ノースリーブのワンピース姿でこちらへやってくる。あんな格好で寒くはないのだろうか？　でもわたしにはそれを尋ねるほどの、非常識をからかうほどのエネルギーは残っていなかった。「マシューの強情さもおなじようなものだから、きっとベセット家の血筋ね？」

祖母が小さく舌を鳴らし、肘で祖父を突いた。祖父は無言のまま、妻を連れてその場を去った。

「シャーロットは〝ころばぬ先の杖〟っていう諺《ことわざ》を知らないの？」と、シルヴィ。

いいかげんにしてほしいと思いはしても、いいかえす元気はない。

「それに親分風を吹かせたがるし」シルヴィはフェイクファーのコートを椅子の背にかけると、肩から髪をはらった。「まわりの人間をこきつかって」

マシューが立ちあがり、「いいすぎだぞ」と、たしなめた。

「いいのよ、マシュー」わたしも椅子から立ちあがる。そしてシルヴィに、「こきつかっているつもりはないわ。仕事を任せているだけよ」といった。

「おんなじじゃないの。あなたはおばあちゃんといっしょで、将軍さまみたいだって、みんないってるわ」

「もうそこまでだ、シルヴィ」マシューが椅子の背からコートをとって、シルヴィの腕にかけた。「子どもたちとペットをシャーロットの家まで連れて帰ってくれ。くれぐれもお行儀よく頼むよ」

シルヴィはむっとした。「わたしはいつだって行儀がいいわ」

「キッシュを人の顔に投げつけるのが、行儀のいいことか？」

シルヴィは答えない。口をきゅっと引き結び、いいかえす言葉を考えているようだ。でも、結局あきらめたらしく、「ばかばかしい！」とスカーレット・オハラさながら吐き捨てると、子どもたちのほうへ行った。

マシューがわたしをふりかえる。「あいつは一生、あのままだろうな」

「ねえ、マシュー、わたしは親分風を吹かせてる？」

「人のことを気にかけすぎるきらいはあるが、親分風なんかじゃないよ」

わたしはありがとうとつぶやき、「そろそろ出かけるわ。テントの品物を片づけなきゃ」といった。

「それならおじいちゃん《ぺぺール》とぼくとでやったよ。ティアンはむりやり休ませた」

ああ、ティアン……。彼女の大活躍があったからこそ、冬祭りをなんとか乗り切れたのだと思う。

マシューはからかうように、わたしの顎の下をなでた。「シャトー・ピュイグローの二〇〇五年のボルドーがあるぞ。ひと口どうだい？　頭の傷にいいかもしれない」

マシューがグラスにボルドーを少し注いでくれ、わたしはそれをいただいた。

「甘草とチョコレートの風味があって、多少派手なワインだ。今夜のパーティに合うと思うんだけどな」

「今夜？」

「そうだよ。冬祭りが終わったらすぐ、おばあちゃん《グランメール》の家で創立記念パーティがあるだろ。頭を打ったせいで忘れたか？　それとも年齢のせいかな」

「わたしは死ぬまでマシューより年下よ」ふくれっ面でそういうと、わたしはお皿とグラスを持ってキッチンへ行った。

その後、ショップはお客さんでにぎわった。その多くは、テントで試食したチーズを買いにきてくれた人たちだ。なかにジョーダンとジャッキー、そして赤ん坊のセシリーもいた。ジョーダンがわたしを見てにっこりし、わたしも額の痛みをこらえてほほえみかえす。笑顔のつもりが渋面に見えなきゃいいけど……。

するとジョーダンが、まっすぐわたしのところへ来た。

「平気なのかい？　さっきも来たんだが、きみは寝ているとおばあさんにいわれてね」

「あなたの特訓を受けたおかげで命拾いしたわ」わたしは経緯をざっと話し、ジョーダンはわたしを抱きしめると、耳にキスをした。額がちょっと痛かったけど、それをはるかに超えるしあわせ気分。

　ずいぶん長いあいだ抱きしめてから、ジョーダンはからだを離した。

「きょうはもう家に帰るんだろ？」

「ええ、もう少ししたら」と、わたしは嘘をついた。やることがいっぱいあって、そうすぐには帰れない。「今夜のおばあちゃん《グランメール》のパーティには来てくれるでしょ？」

「うん。だけどそのまえに――」ジョーダンはわたしの目をのぞきこんだ。「きみは家に帰る気なんかさらさらなさそうだからいわせてもらうけど、せめて休憩はとるんだよ。頭の怪我は長引くことがあるから」

　どうしてそんなことを知っているの？　過去に何度も喧嘩をした経験がある？　だめだめ、余計な想像をしてはだめ。保護プログラム、目撃、正当防衛……。彼はいずれ、もっと詳しく話してくれると思う。

　わたしはカウンターのなかに入ると、「四十五番の方」と呼んだ。

「わたしよ！」ジャッキーが番号札をふり、ジョーダンが妹の横に並ぶ。

「ご注文は？」

「何もかも」ジャッキーは抱っこひもから出ている赤ん坊の脚をなでながら笑った。「ミナーヴァのアーミッシュがつくったバターチーズがおいしそうね」

「見る目があること。ええ、これは口のなかで溶けるときの感触がとってもいいわよ」

「それから、そのカプリオル・オバノンも」ジャッキーはケースをのぞきこみ、ラベルを読みあげた――「ゴートチーズの一級品。オバノンはインディアナ州の知事の名前にちなむ」そして背をのばし、「この、チーズを包んでいるものは何？」

「クリの葉よ。ウッドフォード・リザーブっていうバーボンに浸けてから包むの」

「どっちももらっていくよ」ジョーダンはそういうと、最後に残ったプロシュット、ペストソース、プロヴォローネを使ったサンドイッチも加えた。

わたしはそのサンドイッチに手をのばしたところで、アルロを思い出した。そう、牛乳からつくられる硬質のプロヴォローネはアルロのお気に入りだったのだ。その彼がうちのテントやレベッカの家から、やわらかいエメラルド・アイルズを盗んだりするだろうか？　なぜなら、彼には盗癖があるから。その衝動を抑えきれないから――。ケイトリンはアルロの秘密を知って、それを脅迫の種にした。でももしほかのだれか、たとえばオスカーがアルロの盗癖を知ったら？　チップが携帯電話でアルロの盗みの現場を撮影した、その写真を見たオスカーがアルロをゆすった、という可能性はないだろうか。そしてアルロは精神的に追いつめられた。彼の養鶏場はイポの農場に隣接している。アルロはオスカーの家に忍びこみ、オスカーを、その後わたしを襲い、自宅に逃げ帰った――。でもアルロは、わたしを襲った男ほど体格がよくないように思う。さっきわたしは、ここにいるみんなより、つまりレベッカよりも長身だったといったばかりだ。レベッカはアルロより五センチ以上、背が高い。それにアルロは、自分の盗癖をアーソに告白したのではなかったか？　もしそうなら、たとえゆすられても暴力に訴える必要はないだろう。

つまり、オスカーとわたしを襲ったのはアルロ以外ということだ。

だめよ、シャーロット。本職をしっかりこなしなさい！

わたしはジャッキーとジョーダンの注文品をゴールドの袋に入れ、リボンで結んでレジの前に行った。

ジョーダンは支払いをしながら、「心ここにあらずって感じだな」といった。

「ついつい考えちゃうのよ」

「火星について？」

「ううん、金星について」

「地球の表面で踏んばることを考えたほうがいいんじゃないかな？」ジョーダンはいつにも増して魅力的なウィンクをした。ここがショップでなかったら、わたしは失神していたかも。

「じゃあ、またパーティで」ジョーダンはそういうと、ジャッキーと連れ立って帰っていった。

キッチンから祖父が出てきて、「これからテントのほうに行くが、何か用事はあるか？」と訊いた。

わたしは祖父に、行ってらっしゃいの投げキスをしかけ――凍りついた。勝手口で壁のフックをいじり、そこにエプロンをかけようとする祖父の姿に、ロイスの夫エインズリーを思い出したのだ。エインズリーはB&Bの談話室で、壁にかけられたアイスホッケーのスティックをいじっていた。斜めになっているのを調整するだけだ、といっていたけれど……。もしかして、ほかの目的があったのではないか？　彼はロイスに追いだされたあとも、B&Bにもどって窓から談話室をうかがっていた。あれは、事件にかかわる証拠を消したかったのではないか？

凶器はプイリだとアーソはいった。でも、それがまちがっていたら？　アイスホッケーのスティックは竹製じゃないけれど、植物の繊維の鑑定を誤まったということはないだろうか？

「シャーロットおばちゃん！」エイミーがやってきた。「フレンチーがカマンベールを食べたいっていうの。でも、カマンベールって高級品だから……」

そのとき、ひらめくものがあった。

レベッカが持ち帰ったエメラルド・アイルズの容器は竹製だ。水槽をつくっているとき、祖父もあの箱ならおなじような跡ができるかもしれないといっていた。

そう、ケイトリンの喉を直撃したのは、カマンベールの容器だったのだ。でもどうやったら、それほど強くあの容器をぶつけることができるのか……。

わたしの頭のなかで、ぼんやりした光景が浮かびあがった。チーズの容器は帽子箱タイプで、アイスホッケーのパックは扁平な円柱状だ。いつだったか、ラグズがカマンベールの空き箱をはじきとばし、空き箱はアイスホッケーのパックのごとく床をすべってロケットのほうへ――。

ぼんやりした光景が、くっきりとした映像になった。

エインズリーはスティックを持ってケイトリンのあとをつけた、レベッカの家で口論になった、エインズリーはスティックをふりまわし、ケイトリンは逃げまわる、そこで彼はカマンベールの容器を床に落とし、それをパックがわりにスティックで弾いた、容器はケイトリンの喉に勢いよく当たり、彼女は倒れた……。

Capriole O'bannon

カプリオル・オバノン

アメリカ、インディアナ州で作られる山羊乳のチーズ。「オバノン」は同州の知事の名前にちなむ。ウッドフォード・リザーブというバーボンに浸けてからクリの葉で包んで作られる。

28

アーソはおそらく、わたしの推論を一笑に付すだろう。説得するにはやはり証拠がなくてはいけない。ショップのお客さんが減ってきたところで、わたしはエプロンをとり、キャメルのコートを着てマフラーと手袋をつかみ、バッグをとりに事務室に急いだ。トラ模様のベッドの上にいたロケット、そのロケットの前脚の上にいたラグズがともに頭をあげてこちらを見る。ラグズの耳がぴんと立った。どうしてシルヴィはマシューにいわれたとおり、この子たちを家に連れて帰ってくれなかったのだろう……。

「おやつじゃないのよ」わたしがいうと、ラグズがミャウーと鳴いた。

わたしはラグズに弱い。「仕方ないわねえ」といいながら、タルーラ・バーカーの手づくりおやつの茶色い小袋をとりだし、ひとつかみほど床に置いた。ロケットがぶるぶるっとからだを震わせ、ワンと吠える。「ごめんね、ラグズとおなじものを食べてちょうだい」わたしは小袋をしまうと、かわりにハーシーのキスチョコをとって銀紙をむき、口に入れた。うん、これを食べると元気が出るわ。

肩にバッグをかけて、いざ出発と戸口をふりむき――

「わっ！」レベッカが大声をあげた。

わたしの心臓は止まりかけ、「よしてちょうだい」というのがやっとだ。

「どこに行くんですか？」

「ちょっと用事があるの」

「だまされませんよ」

「ジョーダンに会うの」

「へえ……。口紅もつけずに？」レベッカはヒュッと口笛を吹くと腕をふり、「ロケット、出口をふさいで」といった。

するとと驚いたことに、ロケットは立ちあがってとことこ歩き、いわれたとおりドアをふさいだ。そして長い前髪の下から、おっとりした目でわたしを見あげる。

レベッカは腕を組み、指で袖をとんとんたたいた。

「ほんとうのことをいってくださいよ。嘘をつかれるのはいやです」

そりゃわたしだって嘘はつきたくない――「ロイスのB&Bに行くの」

「チップに会って、今後も町にいてくれって頼むんですか？」

「え？　どうしてそんな発想になるの？　むしろ早く出ていってもらいたいわよ」

「ほんとうに？」

「わたしはジョーダンを愛しているの。あなたはそれを知らなかった？」

「じゃあ、チップに会う以外、どんな用件でB&Bに行くんですか？」

「それは……アイスホッケーのスティックを見にいくのよ」わたしは仕方なく、自分の推理を話した。

レベッカの目が輝く。「ええ、たしかにそうですね。おっしゃるとおりです。わたしもいっしょに行きますよ」

「いいわ、わたしひとりで行くから」

「オスカーの家では、わたしがいながらあんなことになって、ほんとにすみませんでした。だから今度はしっかりいっしょについていきます。シャーロットを襲った男がエインズリーの可能性はないですか？」

身長からいえば、エインズリーの可能性は否定できない。

「わたしも連れていってください。万一のことがあるといけませんから」

「エインズリーはあそこにいないわよ。ロイスが追いだしたから」

「だからといって、近くにいないとはかぎりませんよ」

ロイスに箒で追いはらわれたあの光景を見れば、そうまたすぐにはもどってこないと思う。だけどレベッカを説得するのはむりだろう。彼女はコートをとりに事務室から出ていき、わたしは彼女のあとについていった。

レベッカはさっきとおなじ、わたしの白い冬用のパーカーを着た。

「店番はおじいちゃんがしてくれますよ。警察署に行くんだといえば、おじいちゃんも反対はしませんん」

また嘘をつくの？　そのうち、真実と嘘の区別がつかなくなるかもしれない……。

レベッカは玄関へ走ると、傘立てからワイン色のストライプの傘を抜き、「これは身を守る道具になります」といった。そして玄関扉をあける。

「ちょっと待って、レベッカ」

レベッカは立ち止まらず、肩ごしにわたしを見ていった。

「《おしゃれ探偵》で、エマ・ピールが傘を剣のように使っていたんですよ」

＊

こうしてレベッカをボディガード代わりにして、わたしは〈ラベンダー&レース〉に行った。玄関ホールに入ると、ロイスは大切にしている紅茶セット（リモージュ、ダルトン、ハヴィランドなど）に羽根のはたきをかけているところだった。どれも天板が大理石の丸テーブルに置かれている。アガサがロイスの足もとで、舞う空気に向かって吠えていた。ロイスはシーズー犬をやさしく押しやると、感情のこもらない声で「いらっしゃい」といった。ラベンダー色のジョギングスーツについた埃を払う。

「調子はいかがですか、スミスさん」レベッカが気さくに声をかけた。

いやに明るい挨拶に、わたしはいささか驚いた。わたしたちの用件は、ロイスにとってけっして楽しいものではないはずだ。とはいえ、ロイスの表情は暗く、ふさぎこんで見えたから、少し元気づけたほうがいいのかもしれない。

ロイスはレベッカが傘を持っているのを見てふしぎな顔をした。

「嵐は通りすぎたわよ」

「ええ、でもつぎのが来るらしいですよ。用心するにこしたことはありませんから」レベッカは片手をあげ、フェンシングをするように傘を突きだした。アガサがたてつづけに吠えて抗議し、ロイスの脚の陰に隠れる。

「大丈夫よ、アガサ。この人は遊んでいるだけだから」そういったロイスの首で、チェーンにかけた紫色のタイマーが鳴った。

「ちょっとごめんなさいね」ロイスはキッチンに急ぎ、アガサがそれを追いかける。途中、アガサは首だけこちらに向けて、ついてくるなという顔をした。

でもわたしとレベッカはついていった。

「いい香りがしますねえ」と、レベッカ。

ブルーベリー・シナモン・スコーンの甘い香りがあたりに満ちているのだ。御影石のカウンターには、アイシング用のクリームとチーズが置かれていた。

「お客さんはみんな出かけたの？」わたしはロイスに尋ねた。

「ええ、冬祭りにね。あと三十分もしたら、氷の彫刻コンテストの優勝者が発表になるでしょう。わたしは興味がないけど」オーヴンの扉をあける。トレイを引き出さずに指先でスコーンに触れ、首を横にふる。そして蓋を閉め、タイマーをセット。そのまま無言で――わたしとレベッカには声もかけず――玄関へ行って掃除を再開した。

ロイスの沈黙が、わたしはつらかった。ただでさえ傷ついているのに、これでもし夫が殺人犯だったら、いったいどうなるだろう。

「ご主人はどちらですか?」レベッカが訊いた。

「いないわよ、ここには。もう、ここにはいないの」はたきをふりながらいう。「わたしが追いだしたのよ、永遠に」眉間に深い皺を寄せ、怪訝な顔をする。「シャーロットはあの人が逃げていくのを見たでしょうに」

ロイスは談話室に入り、いま掃除をしたばかりのようなきれいな額縁にはたきをかけた。壁に目をやると、美しい雪靴などといっしょに、赤いストライプが三本入ったホッケーのスティックもまだ飾られている。ああ、あれを早くアーソのところに持っていきたい。

「ほんとに、もう、ほんとに、どうしたらいいか……」ロイスはアン女王様式の椅子にいきなりどさっとすわりこんだ。

「どうしたの? 大丈夫?」わたしは彼女に駆け寄った。

アガサがロイスの膝に飛びのる。

「彼を愛しているのよ。われながらなさけないと思うわ。でも、エインズリーを忘れることができないの」アガサの頭をなでる。「帰ってきたら、彼を許そうかと……」目には見る間に涙がたまった。「ケイトリンって人はほんとにひどいわ。誘惑したのは彼女のほうよ。でしょ? エインズリーのどこがよかったのか……。ケイトリンにしてみれば、ただのひやかしで、彼は遊ばれたんだわ」ほんの一瞬、肩が震えた。でもそれだけで、ロイスはアガサを床におろすと立ちあがった。毅然として、みじめさなどみじんも感じられない。

レベッカがわたしの横に来ると目くばせして、壁のスティックを示した。わたしは小声で「いまはむりよ」といい、レベッカは「だったらこのまま帰るんですか？」という。

わたしは顔をこわばらせた。あんな話をしたあとで、エインズリーのスティックを手にとらせてほしいと頼むのはさすがにつらい。殺人事件はもとより、エインズリーがわたしやオスカーを襲うなど、ロイスには想像もできないことだろう。

「あなたがここに来たのは、チップの件？　もしそうなら、チップはツアーから帰ってきたわよ」

「アーミッシュのツアーに行ったんでしょうか？」レベッカが訊いた。

「いいえ、町をめぐるツアーみたい」

「そうですか……。わたしも以前は、イングリッシュ《English》の観光客のために夕飯をつくったりしたんですよ」アーミッシュにとって、自分たちと信仰をおなじくしない人たちはみんな〝イングリッシュ〟だ。「子どものころのいちばんの楽しみは、村の外から来た人たちを見ることでした」

「ええ、想像がつくわ」と、ロイス。「さあ、わたしは仕事にもどらなくては」はたきで自分の腰をたたく。かすかな埃が舞って、アガサは戸口のそばの掃除機まで走って吠えた。

「それでシャーロット、チップにはあなたが話したがっていることを伝えたわよ。彼の荷物はわたしがあっちの——」はたきでそちらを示す。「サンルームに移したの」首を横にふり、さびしそうな笑み。「おかしいでしょ、陽がぜんぜん差しこまなくてもサンルームだなんて。名づけたのはね、エインズリーなの」

「すみませんがロイス、チップを呼んできてもらえますか?」レベッカがいった。まさかロイスがいないすきに、スティックをこっそり調べる気じゃないわよね?

「わざわざ呼ばなくてもいいわよ」と、ロイス。「空港まで乗っていく車がそろそろ到着するから」

「そうですか……」レベッカはいかにも残念そうだ。と、そこでわたしは名案を思いついた。チップを巻きこんで、ロイスにスティックを壁からはずしてもらうのだ。わたしはゆっくりとサンルームのほうへ行った。ラベンダー色の籐椅子の横にチップの荷物がある。トートバッグには、傘とスエードの上着がのっていた。

木の床を踏む足音がして、わたしはふりかえった。

チップがこちらにやってくる。ベージュのフィッシャーマン・セーターとジーンズがとてもよく似合う。そしてからだが触れるほどわたしのすぐそばまで来ると、ゆっくりとほほえんだ。

「やあ、また会えたね。町に残れといいに来たのかな? きみがそれを望むなら、喜んでそうするよ。おれたちもやりなおせるかもしれない」

「ううん、ちがうわ」そんなふうに思ったことは一度もない。彼はいま、この町を去ろうとしている。これで二度めだ。そしてもう二度と帰ってはこない。それがベストなのだと、彼はわかっている。そしてわたしも。喪失感がまったくないといえば嘘になるけど、これがいちばんいいのはまちがいなかった。

「昔を懐かしんで、お別れのキスをしてくれないか？」

チップが顔を近づけてきて、わたしは手のひらを向けてさえぎった。

「あのね、エインズリーのスティックをアーソに届けたいの」

「どうして？」チップはジャケットをとって、袖に腕をとおした。

「あれがケイトリン殺害の凶器かもしれないから」わたしはふたりの関係について話した。

チップは片方の眉をぴくり、と格好よくあげた。「あのやぼったいエインズリーとケイトリンが？　信じられないなあ……」

わたしはエインズリーのアリバイは犬の散歩という弱いものでしかないことと、ケイトリンの脅迫についても話した。

「あなたのいうとおりだったのよ。彼はアイスホッケーの試合を観戦していないの。レベッカの家でケイトリンと口論になって、チーズの丸い容器をホッケーのパックのように使ったんじゃないかしら」

「うーん……」チップは上着のジッパーを締めながらいった。「ちょっと想像しにくいけどな。そこまでやるにはかなりのテクニックが必要だ」

「ロイスの話だと、エインズリーは学生のころ、エース選手だったみたいよ」

「そうか、わかったよ。おれがなんとかすればいいんだろ？　その報酬は〝キス〟ってことでいいな？」

チップはわたしの返事を待たず、つかつかと談話室のロイスのもとへ行った。

「やあ、こんちは、ロイス」チップはなんとも魅力的な笑みを浮かべる。だけどロイスは反応せず、チップは彼女の正面にまわると、顔をのぞきこんで「こんちは」とくりかえした。

ロイスは顔をあげたものの、暖炉の上にある鏡の埃を払う手は休めない。

「ちょっと話を聞いてくれないかな、ロイス」

「いまはだめよ」

「おれのために頼むよ」

チップはロイスのからだを自分のほうに向け、首にかけたタイマーのネックレスを引き寄せた。そして、はたきをくれと片手を差しだす。

ロイスは魔法にかけられたかのように、チップを見つめたままはたきを渡した。

「シャーロットがエインズリーのスティックをブロンズ加工したいんだそうな」と、チップ。

「エインズリーが帰ってきたらびっくりするだろうな」

「彼は帰ってくると思う？」ロイスは弱々しい声でつぶやくようにいった。

「ああ、帰ってくるさ。あんたのような人を残してどこかへ消えるなんてことはないよ」チップは両腕を広げ、ロイスは彼の胸に顔をうずめた。「世のなかには、心から愛されつづける人もいるんだよ」チップはわたしにウィンクをした。彼がそれで何をいいたいのかは想像がつく。いまの台詞はロイスではなくきみに向けたものだよ、ということだ。

しんみりした空気のなかに、なにやら焦げたにおいが漂ってきた。ロイスがはじかれたようにタイマーを見て、「あら、たいへん、スコーンが！」と声をあげ、キッチンに向かった。

「スティックは？」チップが彼女の背中に問いかける。

「いいわよ、持っていって！」ロイスはふりむきもせずに答えた。

「レベッカもキッチンに行ってくれる？」わたしは頼んだ。「ロイスはまだ、ふだんどおりじゃないと思うから」

「はい、わかりました。あとで警察署で会いましょう」レベッカはロイスのあとを追った。

わたしは手袋をはめたまま、壁からホッケーのスティックをとると玄関へ急いだ。途中、バッグから携帯電話をとりだす。

「ちょっと待てよ」チップはサンルームに行くと傘をとり、わたしについてきた。「だれに電話するんだ？」

「アーソよ」

「だったら必要ないさ。アーソはさっき、デリラの店でめしを食っていたから、いまもまだあそこにいるだろう」チップはわたしの手から電話をとると、わたしのコートのポケットに入れた。「おれもいっしょに行くよ」

「でも空港まで乗っていく車が来るんでしょ？」

「待たせればいいさ。おれはアーソの顔をぜひとも見たいんだよ。事件を解決したのが警察署長の自分じゃなく、きみだとわかったときのあいつの顔をね」

わたしはため息をついた。まったく、男という生き物は——。

29

わたしは街へ急いだ。殺人の凶器とおぼしきものを手にし、明らかな動機をもつ者も特定できた。なのにいま、わたしは息苦しく、額のこぶはうずいて、からだは緊張しきっている。いったいなぜだろう？　空が黒い雲におおわれ、風が強さを増し、冷たい雨が降ってきたから？　ううん、そうではない。わたしはオハイオで生まれ育ったオハイオっ子だ。こういう天気には慣れている。わたしの心がざわつき、おちつかないのは――わたしがかつてのフィアンセと並んで走り、彼が勝ち誇ったような笑みを浮かべているからだ。きっぱりと別れの通告をするべきなのだろうけど、いまは時間がない。

「冬祭りの会場を抜けていこう」チップが傘を開き、わたしにさしかけてくれた。なんてやさしい人。「デリラの店ならそっちのほうが早い」

ヴィレッジ・グリーンの北の入口には〝ヘイライド〟――干し草《ヘイ》を敷いた荷馬車で観光客に遠乗りをさせる男がいた。牧場で育ったチップは馬が好きで、いまも通りすがりに、馬車を引く葦毛の馬の鼻をなでてやった。馬が彼に顔を寄せてくると、「悪いな、チャックルズ、いまはおまえの相手をしてやれないんだよ。警察の用事があるんだ」と語りかけた。そしてわたしに向かって先にゲートをくぐれと腕をふる。

アーチ道を進むと、馬と干し草のにおいが鼻をつき、不安な気分になった。オスカーの家でわたしを襲った男のにおいが、これとおなじだったからだ。でもどうしてエインズリーはわたしの命を奪わなかったのだろう？　力はあるのだから、わたしに反撃されるまえに仕留めてしまうことはできたはずなのだ。何が彼をためらわせたのか？

「チャオ！」シルヴィが十代の子のようなファッションでやってきた。肩がむきだしのスエットシャツに破れたジーンズ、そしてUGGのブーツ。〈アンダー・ラップス〉の箱をいくつも持って、フリルの傘もさしている。「テントを閉じて、ショップでセールをするの。寄っていかない？　服のコーディネートのアドバイスをしてあげるわよ」

シルヴィはわたしの返事も待たずにそのまま歩き去った。

チップは感心したようにうなずく。「じつに魅力的でかっこいい女だな」

「彼女は少し頭がおかしいんじゃないかと思うけど」

「きみはおかしくないのか？」声をあげて笑う。「気にするな。どうせおれはこの町からいなくなる。きみが心変わりして、おれを引き止めれば話はべつだが」

「わたしは引き止めたり――」

「おい、あれを見ろよ」チップが指さした。

遠ざかっていくシルヴィの、さらにその先に傘をさした人たちが群れ集まっていた。テオが氷の彫刻に最後の仕上げをするのを見物しているらしい。近くでは子どもたちがつららを剣にして遊んでいる。テオのガールフレンドが口火をきって、人びとは手拍子をうち、テオをはやしたてた。テオはうれしそうに目を輝かせ、ノコギリを大きくふりあげる。そして最後の一刀を入れ、数歩あとずさった。歓声と拍手がわきおこる。

「たぶん彼が優勝するな」チップがいった。

「まだわからないわ。審査員しだいよ」わたしは青いスーツの男性を手で示した。胸に幅広の赤いリボンをつけ、厳格な顔つき。ハットの縁から落ちる雨のしずくが、手にしたクリップボードを濡らしていた。審査員は口を引き結び、何やら書きとめる。

その向こうに、テントの下で雨宿りするティアンがいた。撤収したグラスの箱を抱え、その場に凍りついたように立っている。氷の彫刻を見る目は悲しみに満ちていた。これからしばらく、ティアンには忙しく働いてもらうことにしよう、とわたしは考えた。それでいくらか、悲しみをまぎらすことができるかもしれない。

「あの彫刻の騎士はおれに似ていないか？」チップはわざとらしく顎をつきあげた。

「あなたは、輝く甲冑に身をつつむ騎士にはほど遠いと思うけど」

「努力するよ」

「そして失敗するの」わたしは彼をつつき、先を急いだ。

〈ラ・ベッラ・リストランテ〉の移動販売車が見えてきた。外見はゆうべの火事でかなりひどい。それでも新しいイタリア国旗が風に吹かれ、ルイージと副料理長がブランデー・クレープをつくっていた。冷たい小雨が降るなか、お客さんたちは間に合わせの雨覆いの下で辛抱強く待ち、そのなかにバートン・バレルの姿があった。エマと子どももたちもいっしょだけれど、エマはきのう会ったときよりもさらに顔色が悪く、疲れて見えた。

するとルイージが、こちらに向かって手をあげた。

「チップ！　ちょっと待てよ。友人にさよならぐらい、いっていけ。町を出るって噂を聞いたぞ」

「こっちはここが火事になったって噂を聞いたよ」チップはルイージの肩をがしっとつかんだ。「ルイージらしくないよな」

「ああ、どうかしてたよ」

「フランベするときは気をつけないと。今度何かあったら天国行きだ」

そのときちょうど副料理長がフランベをして、クレープパンから炎がたちあがった。〝危険〟という言葉が頭のなかをかけめぐる——レベッカをB＆Bに残してきたのはまちがいではなかったか。エインズリーがまたあそこに帰ってくるかもしれないのだ。そしてスティックが消えたことに気づき、ロイスやレベッカから、わたしがアーソのもとへ届けることを聞きだしたら、わたしを追ってくるかもしれない。でもそのまえに、ロイスとレベッカに危害を加えたりしないだろうか。

「チップ、早く行きましょ」わたしはいま考えたことを彼に話した。「できるだけ早くアーソにスティックを渡して、B＆Bにもどりたいわ」

「じゃあ、人の少ないこっちのルートで行こう」チップはわたしの腕をつかむと、べつの通路へ引っ張っていった。そこは見慣れた通りで、そう、この先にはうちの〝ル・プティ・フロマジュリー〟がある。

こちらの通路のほうがもっとひんやりして、テントを縁どるライトはついていたものの、ショップ自体はすでに閉店、人通りもまったくない。彫刻の審査を除いて、冬祭りは公式には閉幕したのだ。

「パブの横から歩道に出よう」

そういうチップに腕をつかまれ、わたしは彼の早いペースになんとか合わせた。

「パブっていえば」わたしは水溜まりをよけた。「ゆうべ、オスカーがあなたの電話を借りたでしょ？　写真か何かを見たんじゃないかと思うんだけど。わたしに向かってふりまわしたのよ。ひょっとして、あなたはエインズリーが気づかないうちに彼の写真を撮ったんじゃないの？」

「それはないと思うよ」

「オスカーから電話を返してもらった？」

チップはジャケットのポケットをたたいた。

「だったらちょっと見せてくれる？」

「あとにしてくれ」

「いまがいいわ。たぶん、写真にエインズリーが写っているのよ。たとえば、エメラルド・アイルズの容器を隠しているところとか――」ふと、べつのシーンが頭に浮かんだ。「ティモシーがケイトリンにイポの居場所を教えているのを、そのとなりで聞いていたとか」

「会話を聞いたからって、犯罪の証拠にはならないよ。だいたい、具体的にどんな内容を聞いたのか知りようがない」

「ええ、そうかもね。だから電話をちょっと貸してちょうだい」わたしは彼のポケットに手を入れた。指先に当たったのはニットで、ミトンか何かだろうか。

チップはわたしの手を引きぬくと、こちらをふりむき、「よせ！」といった。

わたしは片手にスティックを持ったまま、ごめんなさいと両手をあげた。

「無神経で図々しいのはあやまるわ。でもエインズリーがケイトリンの居場所をどうやって知ったのかは重要な情報だと思うの。パブの写真は大きな手がかりになるわ」

「それは拡大解釈ってもんだ」

「でもオスカーはあなたの電話で何かを見たのよ。それでエインズリーをゆすって、逆に襲われたってことはないかしら？」

「もうやめてくれ」チップはわたしに手のひらを向けた。「きみはおれにいったじゃないか、あの日エインズリーはケイトリンに会ったって。エインズリーは彼女がドゥ・グッダーズの会合に行くのを知っていた。彼女は自分のほかの予定もエインズリーに話したんじゃないか？」

「だけどケイトリンはティモシーと話すまで、イポがレベッカの家にいるのを知らなかったのよ。エインズリーはそれを小耳にはさんだにちがいないわ」

「彼はパブの外で待ちぶせして、それから彼女を尾行したのかもしれない」

「彼女がパブにいるのを知っていたってこと？」

「〈アンダー・ラップス〉からずっと彼女をつけていたんだろ」

ぱちっ、と何かがはじけとんだ。わたしの心の片隅で小さな火花が散る。これはいったい何だろう？ チーズの硬いワックス皮をむりやり剝こうとしているような気分だ……。

「ケイトリンが〈アンダー・ラップス〉に行ったのをどうして知っているの？」

「町のゴシップさ」チップはふたたび前を向き、ひとりで足早に歩きだした。

傘がなくなって、わたしは冷たい雨にうたれた。手をかざして雨をよけ、思いやりを忘れたチップの背中をながめる。

小走りになった彼の姿が、べつの姿を呼びおこした。〝ル・プティ・フロマジュリー〟のテントから逃げていく泥棒。あの男の背格好は、チップとほぼおなじだったような……そしてチップの背格好は、オスカーの家に忍びこんだ男とおなじようで……。

わたしはたぶん、呆然と突っ立っていたにちがいない。チップは小走りでもどってくると、わたしに傘をさしかけ、「具合でも悪いのか？」と訊いた。

恐怖がじわじわとふくらんでくる。このチップの目は、スキーマスクをしたあの目とおなじだろうか？ でも、チップにケイトリンを殺害する動機などないのでは？ ふたりは仕事で手を結び、ケイトリンは彼の夢をかなえてくれるはずだったのだ。それに……。

たれこめる雲の向こうで、重く低い音がとどろいた。オスカーがチップの携帯電話をふったときに見せた怯えた表情。あれはジョージアを怖がっていたわけではないのだ。オスカーが恐怖をおぼえた相手はチップだったのだ。

「シャーロット？」

チップのコロンはレモンの香りがする。彼は昔からシトラス系の香りが好きだった。ああ、なぜもっと早くに気づかなかったのだろう、わたしを襲ったのは彼であることを。でもあのときテントのなかは、綿あめやらココアやら、さまざまな香りが混在していた。オスカーの家では、侵入者は馬と干し草と……そう、いまになって思えば、レモンの香りも。

「チーズを持っていったでしょ」わたしはチップにいった。「うちのテントに泥棒が入ったの。そしてエメラルド・アイルズを盗んでいった。あの泥棒はあなたね」

チップは目を細めた。「ばかをいうな」

「けさ、わたしはロイスのB&Bに行ったの。あなたは町のツアーに出かけたとロイスはいったわ。でも実際は荷馬車に乗ったんじゃない？」さっき、チップは北の入口で、荷馬車の馬を名前で呼んだ。「あなたは車よりバスより、何よりヘイライドが好きだもの」

「きみといっしょならね」

「あなたは干し草と馬のにおいがするわ」

「それで？」

「オスカーの家でわたしを襲った男とおなじにおいよ。あなたは荷馬車を借りて、携帯電話をとりかえすためにオスカーの家に行った。そして――」

チップは傘を投げ捨てるや、わたしのからだをスティックごと、ものすごい力ではがいじめにした。

両手がきかなくなり、喉も苦しく、わたしは靴で彼の足を踏みつけようとしたものの、うまくいかない。蹴りあげても彼のふくらはぎに当たるのがやっとだった。

「きみって女はまったく……。しつこくかぎまわりさえしなきゃよかったんだ」チップはわたしを抱えあげた。わたしは脚をばたつかせたものの、彼は気にするふうもなく〝ル・プティ・フロマジュリー〟へ行く。テントの入口には「閉店」のサイン。でも掛け金はゆるく、チップは靴でドアを蹴り開けると、わたしをなかへ投げ捨てた。

30

テントの扉が閉まり、頭上では雷鳴がとどろいた。恐怖が全身を駆けめぐる。このままチップはわたしを傷つけなかった、だからいまも大丈夫だ、と自分にいいきかせる。でもそれで安心できるはずもなかった。氷の彫刻コンテストで、少しでも大勢の人が会場に残ってくれているといいのだけど。

チップはわたしからスティックをとりあげると、頭の上にふりかざした。

「大きな声をあげるなよ」

これまでのつきあいから、チップは癇癪もちながら、完全に理性を失う人でないことは確かだった。喧嘩をしても、仲直りができた。彼がわたしにこぶしをふりあげることは一度もなかった。いま彼の命令にしたがわず大声をあげたら、彼はあのスティックでわたしを殴ったりするだろうか？　でも、大声をあげようにも、いまのわたしは喉に大きな塊ができたようで、ささやくことすらむりだった。

「きみが何を考えようと……」チップは言葉がつづかない。

わたしは考えたのではなく、わかったのだ。そして彼は、わたしがわかったことをわかっている。ただ疑問点がひとつ、それも大きな――なぜ彼は、あんなことをしたのだろう？

わたしは逃げ道をさがしてまわりを見回した。テントシートの下部の隙間から逃げるのはとうてい無理だ。窓のジッパーはしっかり締まっている。壁ぎわにはグラスを入れた段ボールとワインの木箱が重ねられ、チーズはクーラーボックスのなかだ。でもこれは、うちのだれかがこれらの荷物をとりに来るということで……それはいつごろか。さっきティアンはグラスの箱を持っていた。ただ、あれは明らかに、このテントではなく〈フロマジュリー・ベセット〉に運ぶのだ。

「おれは無実だ。信じてくれよ」

ここは信じるといったほうがいいのかもしれない。だけど……

「無実の証拠はあるの？」声はかすれていた。「さっきポケットのなかにあったのは何？見せてちょうだい」たぶん、あれはスキーマスクだ。

彼は微動だにしない。

「事件が起きた夜――」わたしは話しつづけた。「あなたはパブにいたといったわ。ジョージアがダーツをするのを見たと」

「ああ、そうだよ。ダブルブルを九本だ」

「それを全部見たの？」

チップはスティックの先端で人工芝をとんとんたたいた。雨はまるでそのリズムに合わせるかのようにテントのシートをうちつける。

「わたしの想像はこうよ——あの晩、ジョージアはダブルブルを十本成功させると宣言し、ケイトリンはパブでイポの居場所を尋ね、あなたはいまがチャンスだと考えた。ジョージアは、かなり長い時間パブにいることになるだろう、それを利用して自分のアリバイを裏づける者を見つければいい。そこであなたはルイージのドリンクのアルコール度を上げた」カレッジ時代、チップはわたしを口説いた男子学生におなじことをして、彼の飲みものにこっそりウォトカを加えたのだ。「ケイトリンが殺された翌日、図書館でたまたまルイージに会ったら、彼は睡眠薬《ミッキーフィン》入りの酒でも飲んだような気分だといったわ」

チップはスティックを力いっぱい芝生にたたきつけただけで、何もいわない。その目は冷たく、かつ燃えていた。

テントのなかが凍ったようになった。わたしは懸命に震えをこらえる。ここは強く見せなくてはいけない。

「ルイージが十分に酔ったところで——」わたしの声も少しはましになった。「あなたはトイレに行き、窓から外に出てB&Bに急いだ。そしてスティックをとり、レベッカの家に向かった」チップは昔から俊敏、迅速で、アイスホッケーの試合でもそれは見事だった。「その後、あなたは酩酊状態のルイージに、自分はずっとパブにいたといった。これでルイージはあなたのアリバイを証言してくれる。わたしがわからないのは、なぜあなたがケイトリンを殺さなくてはいけなかったのか、ということよ」

「おれは殺しちゃいない」スティックをひょいと投げ、ネックの部分をつかむ。そしてホッケー競技の〝タフガイ〟のごとく、スティックをふりまわした。

わたしはドアを横目で見た。もし駆けだしたらスティックで殴られるだろう。レベッカではないけれど、ここはテレビ・ドラマで見た説得の場面をなんとか再現してみるしかない。

「ケイトリンはあなたの夢をかなえてくれる人だったでしょ？　契約だって、順調に進んでいたんじゃないの？」

「おっしゃるとおり。だからおれに彼女を殺す動機はない」

「ケイトリンは自分に有利な契約を結んだわ。バートンの契約破棄を認めず、オスカーもやめさせなかった。自分の娘すら自由にさせなかったのよ。ケイトリンにあなたとの契約を破棄する気がなかったのなら、どうして殺したりしたの？」

「だから殺しちゃいない。そういったじゃないか」

チップはこんなに平然と嘘をつける人だっただろうか？

「あなたがこのテントからチーズを盗んだのは、殺害現場のものと置き換えるためだった。もともとあったチーズの箱は、ケイトリンの首にたたきつけたあと持ち去ったから」

「ちがう」

「でも、盗んだチーズをあそこには持っていかなかった。あなたが考えを変えた理由は、もしアーソや副署長が逆に、それまでになかったチーズがとつぜんあらわれたことに気づくと、イポ以外の者にも疑いの目を向ける可能性があるから」

「くだらない」

「オスカーは携帯電話で何を見たの？　それが原因であなたは彼を襲ったんでしょ？」

「あいつは何も見ちゃいないよ。写真なんか一枚もね。電話で女友だちと話したかった、ただそれだけさ」

わたしはここで自分の携帯電話を思い出した。チップは電話をわたしのバッグでなくポケットに入れたっけ。わたしは雨に濡れた手袋をぬいだ。

「何やってんだ？」

「濡れて冷たいのよ。ひえた手をポケットに入れたいわ。それくらい、べつにかまわないでしょ？」

チップは首をすくめた。

わたしは手袋を脇にはさむと、両手をポケットにつっこんだ。そして気づかれないように、携帯電話のミュート・ボタンを押す。電話がかかってきた場合、振動だけでそれとわかってしまうこともあるだろうけど、こちらから短縮ダイヤルでかけるぶんには気づかれないだろう。短縮ダイヤルの一番は、ジョーダンだ。どうか、応答してくれますように。彼なら耳をかたむけるだけで、この状況を理解してくれるはずだ。

わたしはいかにも寒そうに、ローファーで人工芝をこすった。応答したジョーダンの声をチップに聞かれないためだ。でも、芝をこする音くらいでは足りないだろう。もっと何かしなくては。

わたしはあらんかぎりの怒りをこめていった――「オスカーが何を見たかはわかってるの

よ！」ここに祖母がいたら、演技過剰の大根役者だとあきれかえったにちがいない。

「静かにしろ」チップがいった。

「そうしないと、どうなるの？」

チップはスティックをかまえ、じりっとあとずさった。

そこでふと、ひらめくものがあった。そうだ、携帯電話には発信履歴というものがある。

「事件の夜、あなたはケイトリンに電話をかけた。それをオスカーが知ったのね？」

「ちがうよ」

「あなたは昼間、うちのショップにいるケイトリンに電話をかけた。そして彼女に脅された」

「ちがうといってるだろ」

「だったらどうして、わたしをここに、こんなふうに閉じこめるのよ？」

チップはこちらに近づいてきた。スティックを右手から左手へ投げ、また左手から右手へ投げる。

「おれが彼女に電話をしたからどうだっていうんだ？　仕事のパートナーなんだよ。毎日何回も電話で話すさ」

「あの日、ケイトリンはあなたに、ただじゃすまないといったでしょ。その理由は何？」

重い沈黙が流れた。しばらくしてチップが、声をしぼりだすようにしていった。

「本気で知りたいのか？　え？」

わたしはうなずいた。

チップはスティックのブレードを芝にのせると、力いっぱいふりぬいた。

「ケイトリンはグロテスクな計画におれを巻きこんだのさ。養蜂場を経営させる、一年以内にはレストラン・オーナーだという甘い蜜で誘ってね。契約書を見ただろ？　あそこにもそう書いてあったんだよ」

わたしは読んでいないけれど、ここはとりあえずうなずくことにした。

「ところがケイトリンには、養蜂場をやる気なんてさらさらなかったんだ。おれはあの女のほんとうの目的を知ったとき、頭がくらくらしたよ……。きみなら、そういうときのおれのようすがわかるよな」

ええ、わかっているわ。ホッケーの乱闘騒ぎでもいちばん熱くなるタイプ。だから顎が少し陥没しているのよね。

「あるとき、おれがケイトリンのオフィスに行ったら、彼女のデスクに図面が広げられていた。ゆすりに応じて署名したアルロやほかのやつらの同意書もね。ケイトリンはなんでそんな脅迫をしたと思う？」

「土地を手に入れるためじゃない？」

「そう、ご明察」スティックで芝生をたたく。「北部一帯を自分のものにしたかったんだよ」

「ショッピングセンターやメガストアを導入するのが目的ね」

「ふたたびご明察」もう一度、スティックで芝生をたたく。その目は檻に入れられた野獣のようだった。「田園地方を発展させるってやつだよ。森林を片っ端から伐採して、道路を広げるんだ」

想像したとおりの、最悪の計画。

「おれはケイトリンにきっぱりいったよ。だめだってね。おれはプロヴィデンスの破壊には手を貸さない。しかしケイトリンは拒絶した。おまけにこんなことをいったんだよ――プロジェクトの顔になる人間、おれのような血筋の人間が必要だってね。このおれの血筋だぜ。おれの仕事は全国をまわってクライズデール・エンタープライズの名を知らしめ、誠実さと熱意を身をもってあらわすことだと。なんで彼女がそんなことを考えたのか、おれにはさっぱりわからなかった」

プロヴィデンスの住民は、代々この町に住む旧家が多い。でもチップの家は、けっして旧家とはいえなかった。でもケイトリンがあえて彼を選んだのは、自己中心的なうぬぼれ屋で、人にかつがれやすいのを見抜いてのことだろう。でもそれを感じたとき、チップはさぞかしおちこんだにちがいない。

「あの晩、おれはレベッカの家に行って、ケイトリンに頼みこんだ。うちはプロヴィデンスじゃたいした家系じゃない、シャーロットとの婚約破棄の過去もあるってね。だけどケイトリンは仕事をつづけろとしかいわなかった」スティックのブレードを芝にめりこませる。

「しかし、このままケイトリンの下で働いていたら、きみをとりもどせないと思った」

「とりもどす？」

「いまもきみを愛しているんだよ、シャーロット。おれは大きな間違いをおかしてしまった」

「よしてちょうだい」わたしは彼の言葉のどこかに、真実でないものを感じた。「ケイトリンが亡くなったあと、あなたはジョージアに契約継続を頼んだでしょ？」

「最初の条件に従った契約をね。おれは養蜂場を運営し、一年以内にレストランを開業する。エンタープライズの宣伝や広報はやらない。ところが、ジョージアお嬢さまときたら――」深く長いため息をつく。「母親の計画どおりにするといった。土地を手に入れ、開発するってね。あの女――」言葉をのみこむ。「ともかく、アメリカの原風景をすべて駐車場に変えたいんだよ。あの親にしてこの子ありだ」

「でもジョージアを殺したりはしなかったでしょ？」

「おれはケイトリンを殺していない。あれは事故だったんだ」

「オスカーの件は？」

「おれがばかだったのさ」チップは腹立たしげにいった。「オスカーは、おれの知り合いの女の子たちに電話をかけたいといってきたが、本心はそうじゃなかった。きみといっしょだよ。オスカーは、おれのアリバイに疑問をもっていた」

ばかなのはわたしもおなじだ、と思った。疑いを抱き、真実に迫ろうとしたのは、わたしひとりだけではなかったのだ。そしてアーソは、どこまで解明しているのだろう？　窃盗犯の見当はついているといったけど、あれはチップのことだったのか？　アーソはいまどこにいるのだろう？　だれかわたしをさがしてくれないだろうか？　チップが投げ捨てた傘に気づいてくれる人はいない？

「あなたはオスカーから携帯電話をとりかえそうとした。でもあの晩、彼は電話を返してくれず、あくる日の朝、あなたはスキーマスクをかぶって彼の家に行った。いまそのポケットに入っているスキーマスクよ」

チップは無言だ。

「オスカーはあなたの携帯電話の電話帳だけでなく発信履歴まで見てしまった。だから彼を襲ったんでしょ？　それもケイトリンには一回どころじゃなく、さっき自分でいったように何十回もかけていた。ところがある時を境に、ケイトリンへの発信はまったくなくなった——それはあなたが彼女を殺したからよ」

「あれは事故だったんだ。何度いったらわかってくれるのかな」

「でもエインズリーのスティックをわざわざ持っていったでしょ」

「ただ脅かすためにね」

「それは殺意よ」

「ケイトリンはおれをあからさまに笑った。おれを逆上させたのが間違いだったんだ」芝の上でスティックを大振りする。芝がしゅっと音をたてた。「おれはクッションをカウチからたたき飛ばした。そうしたら、また笑いやがった。おれはいろんなものを床に投げつけた」もう一度大振りし、芝が鳴く。「チーズの箱が落ちて、ころがった。おれはホッケー選手だったからね、それを見て反射的に狙いをさだめ、スティックで弾いた」そのときの動作をくりかえす。「容器は勢いよく飛んで、ケイトリンの喉に、ばしっ！　みごとに当たった」いったん言葉を切る。そして静かに――「おれにとっては、過去最高のシュートだったよ」

ホッケー選手としてのチップの全盛時代を知っている人は、いまの言葉にけっしてうなずかないだろう。

「あれはねらったものじゃない。おれはただ――」

「腹が立っただけね」そして竹製容器の竹の繊維が、ケイトリンの皮膚に残ったのだ。「それからどうなったの？」もしわたしが生きて証言するのなら、事件の経緯はすべて聞いておきたい。たとえわたしにそれができなくなっても、ジョーダンには聞いておいてもらおう。

「彼女はそれで息ができなくなって、おれがささえる間もなく、うしろ向きに倒れて頭を打った。頭が硬い木にぶつかる音は、なんともいえない、いやな音だった」

「どうしてすぐ通報しなかったの？」

「パニックになったんだよ。カウチにクッションをもどして、チーズの容器をとって逃げだした」うつむいて、首を左右にふる。「あれからずっと、おれは死んだも同然だ」

「陪審員は信じないと思うわよ。事件のあとも、あなたはホッケーの試合を観戦し、町をめぐり歩き、わたしに花を贈った」

「よせよ、シャーロット」スティックをかかげ、鉄棒のように両手で持つ。「きみは昔から、おれはこの町を嫌いなんだと思いこんでいる。だが、そんなことはない。おれはプロヴィデンスを嫌っちゃいない。ここはおれの故郷なんだ。両親はこの町から出ていったが、おれの故郷はずっとプロヴィデンスだ」

思いがけない言葉にわたしは驚いた。「あなたはフランスに飛んでいったじゃないの」

「おれはまちがっていた。いまはそれがわかる。きみとやりなおしたいんだよ」

わたしがよりをもどす可能性があると、彼は本気で思っているのだろうか？

「おれはばかだった。でも、いまのおれは昔とはちがうんだ」

ええ、わかったわ。あなたは変わったのね。

「もうだれも傷つけたりしない。約束するよ。だからアーソにはいわないでくれ」

いいえ、アーソには真っ先に知らせるわ。そう口には出さなかったものの、たぶん目の色で伝わったのだろう。チップの表情が険しくなった。

「悪いが、それだけはさせたくないんだよ」スティックを頭の上に掲げ、一気に斜めにふりおろす。

冷たい風が顔をなで、わたしはうろたえながらも身を守れるものをさがした。ワイングラスの箱は重すぎて、すぐには持ちあげられないだろう。蓋が閉まっているから、グラスをとりだして武器にすることもできない。残された道は、いちかばちかで走り、逃げだすことだ――。

轟く雷鳴が、わたしの叫び声をかきけした。窓の外で光が炸裂する。わたしはドアへ走った。

チップが先まわりをして立ちふさがり、スティックをふりおろした。

わたしはそれをよけてしゃがみ、四つんばいになった。

「警察には行かせない。絶対に」

わたしはビュッフェ・テーブルの下に隠れようとした。頭上で、びゅん、とスティックの音がする。

「つかまってたまるか」

スティックのブレードがわたしの脚を直撃し、わたしはうめいた。

なんとかテーブルの下にもぐりこむと、アイスボックスがあった。蓋があき、そこからつららがのぞいている。これはティアンが、決闘ごっこをしていた子どもたちからとりあげたものだろう。アイスボックスのおかげで、まだ先端はとがっている。

わたしはつららを一本つかむと、チップの太ももめがけ突き刺した。

絶叫するチップ。

わたしは全身を震わせながら、もう一度突き刺した。

激痛の走る足を両手でかばおうとするチップの手から、スティックが落ちる。わたしはそれをつかむとテーブルの外に出て、大きくふりかぶった。

「近づかないで。わたしから離れて！」

外でふたたび雷鳴が轟いた。

チップは顔の前で両手をクロスさせ、あとずさった。足が人工芝にとられ、こらえきれずに倒れこむ。

と、そのとき、テントのドアが勢いよく開き、男がひとり飛びこんできた。手には拳銃――。それはアーソだった。ハットのつばから雨水がしたたり落ちる。

「襲われてるのは、おれのほうだよ」チップは弱々しい声でアーソに訴えた。とはいえ、まさかアーソがそれを信じるとは、さすがに思っていないだろう。

「安心していいぞ、シャーロット」アーソが手招きし、副署長たちがテントに入ってくる。

「彼がケイトリンを殺したの」わたしはアーソにいった。

「ああ、わかってるよ」

またドアが開いた。今度はジョーダンだ。彼もアーソたちとおなじようにびしょ濡れだった。左右の手にそれぞれ携帯電話を持っている。

「もう大丈夫だよ、シャーロット。何もかも聞いたから。うちの職員の電話を経由して、署長も一部始終を聞いたよ」そこでにっこりする。「護身術は役に立ったかな?」

31

その後、わたしは祖父母の家のリビングで、肘掛け椅子にからだを丸めてすわっていた。片手にはワイン。町の人たちもワインを味わい、楽しく語らっていたけれど、わたしはほとんど聞いていなかった。頭のなかで、いくつもの〝もし〟が駆けめぐる。もし、わたしがもっと早く、もっときっぱりチップを拒絶していれば、彼はよけいなことを考えずにケイトリンと仕事をし、彼女を殺すことなどなかったのではないか。もしわたしが、だれにも秘密を明かさないとチップに約束したら、彼も恐ろしいふるまいをせずにすんだのではないか。さっきテントで、わたしがスティックを奪ったあと、彼はあとずさるだけで奪い返そうとはしなかったのだ。

祖母が部屋に入ってきて、カウベルを鳴らした。

「みなさん、夕食の支度ができましたよ。さあ、食べましょう！」

お客さまたちがダイニングに向かうなか、エイミーがわたしのところにやってきた。

「おばちゃん」わたしの手を握る。「いますぐ見に来てよ」

「ん？　何を見るの？」

「びっくりするやつ」

わたしが立ちあがろうとすると、「ちょっと待ちなさい」と祖母がいった。「先に話があるのよ」

「わたしが先だもん」と、エイミー。

祖母は指をふり、「いい子だから、外でお待ちなさい」といい、ふくれっ面をしたエイミーに向かって数をかぞえた。「アン、ドゥ、トロワ……」

「わかった。外で待ってる」エイミーはふくれっ面のまま部屋を出ていった。

祖母はワイン色のスカートをつまんで、わたしの椅子の肘掛けに腰をおろした。「ここのところ、大忙しのうえに大騒ぎもあって、ほとんど話ができなかったわね」わたしの手をたたく。「おまえの両親のことをきちんと話さなくてはと思うの」

「そのことならもういいわ」わたしは立ちあがろうとした。

「よくありませんよ」祖母はわたしの手首を握り、すわらせた。祖母の手はやわらかく、温かい。「間違いがあれば、正さなくてはいけないでしょ?」わたしの顔をのぞきこむ。わたしは目をそらすことができなかった。「あの日、ケイトリンはおまえに何をいったの?」

「事故のとき、シャーベットが……」わたしは小さな声しか出せなかった。

「そうね、シャーベットね。かわいかったわねえ……茶色の毛がきれいで」

「お父さんがシャーベットに気をとられたせいであんな事故になったって、ケイトリンはいったわ」祖母に握られた手を引っこめる。「それでおばあちゃん《グランメール》はシャーベットが憎くて、安楽死させたって」

「あら、それはちがうわ、まったくちがうわ」祖母は胸に手を当てた。「信じてちょうだい」

「でもアルバムにはシャーベットの写真が一枚もないわ」

「それはあの子が憎かったからじゃなくて……」わたしの髪を人差し指でなでるように分けていく。子どものころ、祖母はよくこうしてくれた。「おまえが泣きっぱなしだったからよ。シャーベットを見るたびに泣くの。なんていうか……シャーベットが記憶をよみがえらせるとでもいえばいいのかしら。車の衝突と、おまえを炎の外に出そうとするお母さんの記憶をね。シャーベットがいるかぎり、おまえは事故を思い出しては自分を責めるだろう、とわたしは考えたの」

「シャーベットはどうなったの？」

「タルーラ・バーカーに預けたわ」

なんてこと。タルーラは、一度もわたしに話してくれたことがない……。

「そのあと、シャーベットはとてもいい里親にひきとられたわ。そしてタルーラは時機を見て、ラグズを連れてきたのよ」

わたしは祖母の膝に手をのせた。「でもおばあちゃん《グランメール》は、ラグズのことが好きじゃないでしょ？」

「そんなことないわよ」

「ううん」わたしは首を横にふった。「わたしにはわかるわ。ラグズ本人も、ちゃんとわかってる。おばあちゃん《グランメール》はラグズを避けてるし、姿を見れば顔がゆがむもの」

祖母はわたしの髪をすくのをやめて、両手を組んだ。

「猫を見るとね……わたしも悲しい記憶を思い出すの。息子を……おまえのお父さんを……。子どもに先立たれるのは、たまらなくつらいことなの」

静寂がおとずれた。そしてしばらくして、わたしはいった。

「お父さんやお母さんのことをもっと教えて。ひとつ残らず。どんなふうに知り合って、恋におちたのか。どんな映画が好きだったのか。何もかも知りたい」

「ええ、話しましょうね」祖母は立ちあがった。背筋をのばし、白髪をとめた櫛がきらっと光る。「外でお弁当でも食べながら話しましょう。これから何度でも、何回でも。ふたりきりでね」

「うん、わたしもそうしたいわ」立ちあがって、祖母の頰にキスをする。「もうひとつ、あの日のことで覚えているのは、お母さんが〝馬〟ってさけんだことなの」

「当時もおまえはそういっていたわね」

「きっと馬を見たのよ」

「おまえはどう？」祖母は首をかしげた。

「わたしはまだ小さいから、座席ごしには見えなかったと思うわ。でも馬のいななきを聞いたような気はするの」まぶたがひくつく。「馬が走ってきて、お父さんがブレーキを踏んで……シャーベットがわたしの腕から飛びだして、お父さんは車を木にぶつけた……そういうことはあるかしら」

祖母はほほえんだ。「あるかもしれないわね」

「みんなわたしの想像かしら？」

「わからないわ。でも、ときには歴史を書き換えなくてはいけないこともあるでしょう、心を守るためには」祖母はわたしの頬をなで、リビングから出ていった。

わたしは祖母のうしろについていく。いまの言葉は、祖母が自分自身に向けて語ったものかもしれないと、ふと思う。祖母は戦火燃ゆるフランスも見ているのだ。

エイミーが走ってきた。「わたしの番でいい？」

「いいわよ」

エイミーはわたしの手を握るとダイニングに連れていった。そこはもうお客さまでいっぱいで、グラスの触れ合う音と談笑がシンフォニーを奏でている。

すると花柄のドレスを着たレベッカが寄ってきて、わたしに婚約指輪を見せた。ゴールドの台に四角いダイヤモンドのすてきな指輪で、以前からしていたハートの金の指輪は右手の指に移動している。彼女のうしろには、おなじ花柄のシャツを着て、笑顔満開のイポがいた。「きれいな指輪でしょ？」レベッカはそういうと、いとおしそうにイポをふりむいた。「イポのおばあちゃんの指輪なんですって。ハワイ独特のものらしいです」

指輪には磁力でもあるのか、女性陣がわたしたちをとりかこんだ。フレックルズとデリラが「すてきねえ」とうっとりする。

「この指輪には祝福が与えられているそうです」と、レベッカ。「イポからハワイ語を教わっているんですよ。たとえばアロハ・アウ・イアー・オエは――」真剣な顔で発音する。「愛しているっていう意味です」

「あなたはしあわせな男ね、イポ」わたしが彼にささやくと、「はい、もちろん」イポはすました顔でいった。

キッチン側のドアからメレディスが入ってきた。手にしたトレイには、パンプキンとリコッタのキャセロール。わたしの大好物で、ペカンとクローヴが入っている。メレディスはレベッカの指輪を見て「すてきだわあ」といいながらダイニング・テーブルへ行った。そこでは祖父がお客さまの持ち寄りの料理を並べている。たとえばチリ・シチュー、ラザーニャ（これはわたしが母のレシピでつくった）、サラダが三、四種類に小皿料理がたくさん、そして焼きたてのパンやチェダー・コーン・スコーンが山もりのバスケット。テーブルの中央では、枝つき燭台のろうそくがやさしく燃えていた。

エイミーがわたしの手を引いた。「もういい？」

「ごめんごめん、いいわよ」

ところが少し歩いただけで、今度はマシューに引き止められた。今夜はグレーのピンストライプのスーツにソフトグレーのシャツを着て、なかなかおしゃれだ。マシューは白ワインのコルクを抜くと、わたしにラベルを見せていった。

「どうぞ、お試しあれ」グラスにワインをつぐ。「ボズート・ワイナリーのゲヴェルツトラミネールだ。フルーティで繊細で、アペリティフとしては申し分ない」

「お父さん」と、エイミー。「シャーロットおばちゃんに見せたいものがあるの」

マシューは娘の髪をやさしく指ですいた。「ちょっとだけ待ってくれ。少しばかり大人の話があるんだよ。お父さんがいったことを覚えているかい？」

エイミーはうつむき、「忍耐は美徳である」とつぶやいた。

「うん、正解だ」

「だけど、わたしはたぶん、立派な人間じゃない」

マシューは苦笑いし、娘の頭をなでながらわたしに訊いた。「気分が悪いとかそういうことはないのか？」

「へとへとなだけ」スティックで殴られたところが、早くも黒い痣になっていた。でも、わたしはこうして生きている。

「二、三日、ショップを休むといい。ティアンもいるし、レベッカとぼくと三人でやれるよ」

「ううん、忙しくしていたほうがいいわ」

「むりには勧めないが、少し休養をとったほうがいいぞ。ところでジョーダンはどうした？」

「もうじき顔を見せるんじゃないかしら。所用があるといっていたから」

マシューはわたしの頬にキスすると、またお客さまたちにワインをつぎにいった。すると、キッチン・ドアの横にティアンがいた。壁にもたれかかり、悲しげな目でテオを見ている。

テオはテーブルのいちばん端で、例のガールフレンドといっしょだ。ティアンの気持ちを考えたら、テオをパーティには呼びたくないと祖母はいっていたけれど、氷の彫刻の上位入賞者は招待するのが慣例なのだ。テオの彫刻が三位でなく四位だったら、たぶんここにはいなかっただろう。ティアンは大きなため息をついた。自分では強い人間のつもりかもしれないけれど、たぶん彼女もわたしといっしょで、休むよりも忙しくしていたほうがいい。

「もういい？」エイミーがじりじりしたようすで訊いた。

「はい、いいわよ、行きましょ」

エイミーはわたしをダイニングの奥まで連れていった。

「ね、見て」オークのサイドボードの上に、完成した水槽がある。カラフルな小石に竹に青いお城に……と、じつに美しい。

わたしはもっとよく見ようと身をかがめ、顔を近づけた。奥の隅ではエアレーターが小気味よく泡をたて、虹色に輝くテトラがお城のなかに入ったり、まわりをぐるぐる回ったりしている。

「きれいねえ……」

「テトラには名前をつけなかったのよ」と、エイミー。

「わたしはつけたよ」クレアがスキップしながらやってきた。

「あんな名前はいやだもん」と、エイミー。「ブリッツェンとかルドルフとか」

「だって、一匹は鼻が赤いわ」

わたしの平凡な目では、四匹のテトラの区別などつかない。

「なんでお魚に、サンタさんのトナカイの名前をつけるのよ」エイミーは不満いっぱいだ。

「じゃあ――」と、わたし。「四匹いるから、ほかの二匹にはエイミーが名前をつけたらいいんじゃない？」

「ん、わかった。だったらね……」エイミーは背伸びをしてわたしの耳にささやいた。「スピーディとトミーにする」

クレアはにやにやしながら、「トマスに教えてくる！」といって駆けだした。

エイミーがあとを追う。「だめ！　いわないで！」

「こんばんは、お嬢ちゃんたち」シルヴィがウェイトレスさながら、アルミホイルで覆ったお皿を片手で持ってあらわれた。口をチュッと動かして、キスの真似。でもふたごはそのまま部屋から飛びだしていった。

祖母がわたしの横に来てささやく――「まったく《モン・デュ》どうしたんでしょうね。シルヴィは招待していないのよ」

「わたしが話してくるわ」

きょうのシルヴィは《フラッシュダンス》ふうのディスコ・ルックだ。

「悪いんだけど、シルヴィ、このパーティは招待した人だけなのよ」

「あら、わたしもいただいたわよ」銀色のエンボス加工のカードをひらひらさせる。

「残念だけど、今夜はカードじゃなくて口頭での招待なの」

嘘があっさりばれてしまい、シルヴィは困った顔になった。「でもね、ソーセージとマッシュポテトを買ってきたのよ」ホイルの端を少し持ちあげる。と、たちまちスパイシーなソーセージの香りがあふれでてきた。

祖父がこちらにやってきて、「この人にも、いっしょに楽しんでもらいなさい」といった。

「でも――」

「いいかい」祖父は声をおとした。「友は近くに置け。敵は友よりもっと近くに。というだろう？」

それはわたしも知っている。母が孫子《シェリ》の言葉を図柄にしたニードルポイントが、いまもわたしの部屋の壁にかかっているのだ。そして祖父はおいしいソーセージに目がなく、シルヴィはそれを承知のうえで持ってきたはずだ。

シルヴィは勝ち誇ったような笑みを浮かべた。

「ほらね？　いま招待されたわ、口頭で」ぺろっと舌を……出さないだけ、シルヴィはまだ大人ということかしら？

「シャーロット！」片手にスプーン、片手にワイングラスを持ったデリラがやってきた。

「マシューからお知らせがあるみたいよ。さ、始めて、マシュー！」

ワインをついでまわっていたマシューはいったん手を休め、メレディスを引き寄せた。

「式の日どりを決めたよ」

「おめでとう」「ようやく決めたか」「いつなの」

まわりの人たちからさまざまな声がかかる。

「十月の最初の土曜日です」メレディスが報告した。目が喜びに輝いている。

シルヴィがわざとらしく咳をして、「一年もつかしらね」といった。

わたしは彼女をにらみつけた。

「よけいなことはいわないでちょうだい。メレディスはあなたとはちがうのよ」

「シャーロット、あなたってほんとに口やかましいわね」

いうまでもなく、わたしは彼女の挑発にのる気などない。「そんなに口喧嘩したいなら、プルーデンスとやればいいわ」シルヴィの新たな敵プルーデンスは、町議会の人たちとおしゃべりしていた。「だけど、ここでキッシュの投げ合いはしないでね」

シルヴィはむっとしたものの、むりやり笑顔をつくると、ソーセージとマッシュポテトのお皿をテーブルに置き、あっさりと出口へ向かった。そしてアーソが、彼女とすれちがいながら部屋に入ってくる。となりにジャッキーはいない。ベビーシッターが見つからなかったか、あるいは噂どおりふたりの恋は終わってしまったか。アーソはまっすぐわたしとデリラのほうへ来た。

「マシューのもと奥さんはどうしたんだ？」

デリラがワイングラスをかかげた。「マシュー《Matthew》とメレディス《Meredith》のＭ＆Ｍカップルが、式の日どりを決めたのよ。だから彼女、複雑な気分なんでしょ」

「おっ、Ｍ＆Ｍか。それはいい。これから使わせてもらうかな」

「どうぞご自由に」デリラはウィンクした。「あらあら、ようやくルイージが来たわ。じゃあまたね、チャオ！」デリラはカラフルなスカートを揺らしてルイージのもとへ行くと彼の首に腕をまわし、ルイージは彼女に熱烈なキスをする。

なんだかこちらがはずかしくなり、わたしは目をそらした。と、アーソがわたしをじっと見つめていた。

「シャーロット、少し話したいことがあるんだが」数分まえとはうってかわって深刻な顔つきだ。ハットをぬいで、顎をキッチンのほうにふる。

「いいわよ」といいつつ、わたしは胸騒ぎがした。きょうのことで、何か法律に触れることでもしたかしら？

キッチンに入ると、食卓でブリッジに興じる人たちがいた。四人ともトルコ石のスタッドがついたハットをかぶっているから、ドゥ・グッダーズのメンバーだろう。今夜、わたしが到着すると祖母が、メンバーは三十人に増えたといっていた。ホームズ郡だけでなく周囲の郡もまわって、慈善事業に協力する人たちだ。アーソに気づくと、四人そろって「こんばんは、署長」と声をかけた。

アーソはていねいに挨拶を返す。そしてわたしをふりむき、「ポーチに出ようか」といった。

わたしはキッチンのとなりの着替え室から祖父のジャケットをとってきて、それを着ながら外に出た。ジャケットは大きくて、袖を折らないと手が出てこない。

わたしは中庭を歩き、芝生の端で立ち止まった。

「すてきな夜ね」凜とした夜気は、肌を刺しながらも心地よい。「月もきれいだわ」黒いベルベットのような夜空に、細い、青白い月が浮かんでいる。

肩にアーソの手を感じ、わたしはふりむいた。月明かりのもとで、彼の表情は硬く、厳かといってもよいほどだった。

「単刀直入でいく」と、アーソはいった。「きみのやったことは、気にくわない」

「わかってる。ただわたしは――」

「第一に、レベッカとふたりでロイスのB&Bに行くべきではなかった」ハットをぬいで脇にはさみ、指を一本たてる。「第二に、人けのない路地に入るべきではなかった」

冬祭りの会場が路地なの？　それに、自分から進んで入ったわけではないし。

「第三に、まずおれに連絡すべきで――」

「ちょっと待って」わたしは片手をあげた。「何度も連絡をとろうとしたわよ。でもつかまらなかったわ」

「今度また捜査の邪魔をするなら――」

「邪魔？」ほっぺたが熱くなった。両手を腰に当てる。「邪魔をしたつもりはありません」

「容疑者にテントに連れこまれるような真似をした」

「チップが容疑者だなんて知らなかったもの」

「おれはチップを信用したことは一度もない。十代のころからいままで一度もだ」

「今後はアーソも、わたしに最新情報を教えたほうがいいわ」

アーソはものすごい形相になった。

「それはつまり、今後もこそこそかぎまわるってことか？」

「不正、不当な行為があれば、わたしはできるかぎりのことをするわ。今度だって、イポは潔白なのに、あなたは彼を疑うばかりで、レベッカは気が変になりそうだった」長い袖を左右とも、ぐいぐいまくりあげる。「チーズの丸い容器がアイスホッケーのパックがわりになったって、あなたひとりで推測できた？」

アーソは無言で、無精ひげのはえた顎を掻いた。

「でしょ？　だからわたしに――」

アーソは腕をのばしてわたしを引き寄せ――キスをした。わたしはただ呆然とするばかり。そしておなじようにとつぜん、彼は腕を離すとあとずさった。

「ごめん」頬が赤く染まっている。「おれはただ……」脇の下からハットを引きぬき、それでぱしっと脚をひっぱたいた。「きょう、ジョーダンから電話があったとき、きみのことが心配で心配で……それで自分の気持ちに気づいた」

「どういうこと？　ジャッキーは？」

「別れたんだ。彼女は、自分はだれかの身代わりのような気がするといって……。そのとおりなんだよな。ただ、彼女はそれがだれなのかは知らない。それは……ずっとまえから、きみだったんだ」

「でも——」

咳払いが聞こえ、わたしはふりむいた。

「お邪魔かな？」

ジョーダンだった。時代もののレザー・ジャケットのポケットに両手をつっこんで、こちらにやってくる。私道の照明が、彼の顔を淡く照らした。

わたしはアーソとジョーダンの顔を交互に見て、「いまね、事件の話をしていたの」といった。

「ふうん、そうだったのか」と、ジョーダン。

彼はさっきのキスを目撃したかしら？　でも、わたしがうしろめたさを感じる必要はない……わよね？

「ジョージア・プラチェットは今夜、町を出るらしいよ」ジョーダンはアーソにいった。「契約はすべて破棄して、買収交渉も残らずキャンセルしたと聞いた。オスカーも彼女についていて行くとさ」わたしとチップがテントにいるあいだに、オスカーは意識をとりもどしたのだ。

「それをだれから聞いた？」と、アーソ。

ジョーダンはほほえんだ。「ティモシーがルイージから聞き、ルイージはアルロから聞いた。それから、バートンとエマは結局、土地を売ることに決めたようだ」

「そうなの？」わたしはびっくりした。「だけど、買い手はジョージアの会社じゃないんでしょ？　いったいどこなの？」

「タルーラ・バーカーだよ。アニマル・レスキューの施設を拡張するらしい」

「それでは――」アーソがハットのつばをなでながらいった。「おれはチーズでもいただきながら、住民とニュースを語り合うとしよう」

アーソが家のなかに入っていくと、またドゥ・グッダーズのメンバーの「こんばんは、署長」という明るい声がした。

玄関が閉まり、冬のこの季節には虫の声もなく、庭はひたすら静かだった。

わたしは背をまるめ、両手で自分の肩を抱いた。

「寒いんだろ？」ジョーダンがわたしのからだに腕をまわす。

「ううん、こうしていると温かいわ」

「チップが町にいるあいだ、気が気じゃなかったよ。あらためて、自分の気持ちを知ったといってもいい」

わたしは心がぽかぽかするのを感じた。「だったらいま、きみを好きだよっていってくれる？」

「いいや、好きだなんていわない」長い沈黙――。「愛しているよ、シャーロット。残りの人生をずっときみといっしょに過ごしたい」

わたしの聞きまちがいではないかしら？　ほんとうに？

「ぼくは、その……保護プログラム下にある。どうか、それでもよければ――」

ジョーダンは地面に片膝をつくと、ポケットから小さな黒い箱をとりだしてあけた。そこにはプラチナのダイヤモンドの指輪。

「ぼくと結婚してくれないか？」

【作り方】

1. ボウルで卵をかき混ぜ、タバスコと胡椒を入れる。
2. フライパンを中火で熱し、バター大さじ½を溶かす。
3. グリーンオニオンの白い部分のみを刻み、2.に入れて、1分ほど炒める。
4. 3.に1.の卵を入れて弱火にし、かき混ぜて全体に火を通す。
5. 鉄板を200℃に熱する。
6. パン2枚のそれぞれ片面に残りのバターを塗る。
7. チーズを切って準備しておく。
8. バターをぬった面を下にして鉄板にのせる。
9. パン2枚にそれぞれチーズを半量ずつのせる。そのうち1枚に4.の卵をのせて、そこにもう1枚を(チーズの面を内側にして)かぶせる。
10. 2～3分焼いて、表面がほどよく茶色になったらスパチュラで裏返し、さらに2～3分焼く。

＊お好みでチーズの量を増やしてもよい。

焼きサンドイッチ

【材料】

卵 …… 2個

タバスコ …… 少々

胡椒 …… グラインダーで3回

バター …… 大さじ2

グリーンオニオン(白い部分のみ) …… 1本

白パン …… 2枚

トム・クレイユーズ …… 2枚
(1枚が最低30グラムくらい。クリームチーズやブリーで代用可)

グルテンフリーの場合

【材料】

白砂糖 …… 1カップ

バター …… 1カップ
(やわらかくしたもの)

クリームチーズ …… 3オンス
(約85g)のもの1パック

塩 …… 小さじ½

グルテンフリーの
バニラ・エッセンスまたは
バニリン …… 小さじ½

卵黄 …… 1個ぶん

卵白 …… 1個ぶん

グルテンフリーの
米粉 …… 1¼カップ

タピオカ粉または
じゃがいも粉 …… 1カップ

キサンタンガム …… 小さじ1

お好みのジャム …… お好みの量

【作り方】

1. 大きめのボウルで、砂糖、バター、クリームチーズ、塩、バニラ・エッセンス、卵黄をよく混ぜる。
2. 1.に米粉、タピオカ粉、キサンタンガムを加えてさらに混ぜる。
3. 2.の生地を4～8時間、またはひと晩、冷蔵庫でねかせる。
4. オーヴンを190度で予熱。
5. 生地を棒状にして、輪切りにする。
6. 5.をクッキーシートに2～3センチ間隔で並べ、スプーンの背でくぼみをつけてから、串などで"ボタン穴"をあける。
7. 軽くまぜた卵白を6.に塗る。
8. 7～10分くらい焼き、おいしそうな色になったらオーヴンからとりだし、その上にお好みのジャムをお好みの量だけのせる。

チーズとジャムの
ボタンクッキー

【材料】

白砂糖 …… 1カップ

バター …… 1カップ(やわらかくしたもの)

クリームチーズ …… 3オンス(約85g)のもの1パック

塩 …… 小さじ½

バニラ・エッセンス …… 小さじ½

卵黄 …… 1個ぶん

卵白 …… 1個ぶん

小麦粉 …… 2¼カップ

お好みのジャム …… お好みの量

【作り方】

1. 大きめのボウルで、砂糖、バター、クリームチーズ、塩、バニラ・エッセンス、卵黄をよく混ぜる。
2. さらに小麦粉を加えてよく混ぜる。
3. 2.の生地を4～8時間、またはひと晩、冷蔵庫でねかせる。
4. オーヴンを190度で予熱。
5. 生地を棒状にして、輪切りにする。
6. 5.をクッキーシートに2～3センチ間隔で並べ、スプーンの背でくぼみをつけてから、串などで“ボタン穴”をあける。
7. 軽くまぜた卵白を6.に塗る。
8. 7～10分くらい焼き、おいしそうな色になったらオーヴンからとりだし、その上にお好みのジャムをお好みの量だけのせる。

ゴーダ・チーズと
イチジクのパンケーキ

【材料】(2人前)

パンケーキ・ミックス(おばあちゃんのレシピを参考に)

ゴーダ・チーズ …… 110 ～ 120グラム
(12 ～ 16枚の薄いスライス)

イチジク …… 4 ～ 6個(実を薄くスライス)

メープルシロップ …… お好みの量

【作り方】

1. 左頁のレシピでパンケーキ・ミックスをつくる。
2. メープルシロップを湯せんする(沸騰した湯にシロップのポットを入れ、火をとめる)
3. 鉄板を200℃に熱し、そこにパンケーキ・ミックスを流していく(12～16枚)。
4. 片面が焼けたら裏返し、ゴーダ・チーズをのせて、裏面もきつね色になるまで焼く。
5. パンケーキをお皿に置いて、イチジクのスライスをのせ、温かいメープルシロップをかける。

おばあちゃんの
パンケーキ・ミックス

【材料】(4枚ぶん)

小麦粉

(場合によってはグルテンフリーのもの) …… 1½カップ

ベーキングパウダー …… 小さじ3½

塩 …… 小さじ½

砂糖 …… 大さじ1

牛乳 …… 1¼カップ

卵 …… 1個

バター (溶かしたもの) …… 小さじ4

【作り方】

1. 牛乳、卵、塩、ベーキングパウダー、砂糖、バターを混ぜ、小麦粉を入れてさらによく混ぜる。
2. フライパンを中火で熱し、1.を¼カップ流し入れる。
3. ほどよく焼けたら裏がえして、そちらもきつね色になったら、温かいうちにいただく。

【作り方】

1. 卵3個とパルミジャーノ、塩、胡椒を混ぜる。
2. 小ぶりのフライパンに大さじ1のオリーヴオイルを流して温め、切ったソーセージとローズマリーを中火から強火で3～4分炒める。炒めおわったら、いったん外に出す。
3. 2.のフライパンを拭いて、小さじ1のオリーヴオイルを入れ、赤たまねぎとグリーンオニオンを炒める。中火から強火で、やわらかくなるまで3～4分ほど。
4. そこに1.と2.を加えて混ぜあわせる。スパチュラで縁をもちあげて、残りの卵1個（かきまぜたもの）を底に流し入れ、3～5分焼く。
5. 4.とおなじくらいの大きさのフライパン（オーヴンに入れられるもの）で、小さじ1のオリーブオイルを温める。そしてこのフライパンを4.のフライパンにかぶせて、上下をひっくりかえす。新しいフライパンに移った具をさらに2分ほど焼く。
6. 中央に切ったトマトを置き、そこから周辺に広げていく。さらにその上に、サンシモンをのせる。
7. オーヴンで3～5分ほど焼く（チーズが焦げないよう注意すること）。
8. 火傷に気をつけてオーヴンから出し、切り分ける。

サンシモンのフリッタータ

【材料】

卵 …… 4個

パルミジャーノ・チーズ …… ½カップ(すりおろしたもの)

塩 …… 小さじ½

白胡椒 …… 小さじ½

オリーヴオイル …… 大さじ1、小さじ2

ターキーソーセージ …… 1本(100グラムくらいのものを角切りに)

ローズマリー …… 小さじ2

赤たまねぎ …… ¼カップ(角切り)

グリーンオニオン …… ¼カップ(粗く切ったもの)

ローマトマト …… ½カップ(粗く刻んだもの)

サンシモン(牛乳のチーズであればよい) …… 100グラム(スライスしたもの)

【作り方】

1. ボウルにさつまいもを入れ、ブラウンシュガーと小さじ1のナツメグを入れて混ぜる。
2. そこにホイップクリームと卵を加えてよく混ぜ、パイシートに流す。
3. 2.にスイス・チーズを散らし、さらにナツメグを少々。
4. 190℃のオーヴンで35分焼く。具が固まり、表面に焼き色がついたらできあがり。

新鮮なさつまいもを使う場合

皮をむき、4分の1にカット。6リットルの鍋に4分の3まで水を入れて沸かし、沸騰したところでさつまいもを入れる。15～20分ほど茹でて(フォークで刺して楽に抜けるくらいまで)、熱がとれてから潰す。

さつまいもと
ナツメグのキッシュ

【材料】(4～6人ぶん)

さつまいも …… 1カップ(缶詰。または新鮮なもの2本)

ブラウンシュガー …… 大さじ2

ナツメグ …… 小さじ1＋少々

ホイップクリーム …… 3/4カップ

卵 …… 2個

パイシート …… 1つ(冷凍でも手づくりでも)

スイス・チーズ(すりおろしたもの) …… 100グラム

【作り方】

1. パンを縦半分に切る。
2. ボウルにマヨネーズ、マスタード、メープルシロップ、塩、胡椒、グリーンオニオンを入れて混ぜあわせる。
3. パンの切り口(両方とも)に2.をたっぷりぬる。
4. パンの片方の切り口に、ハムとチーズをそれぞれ4枚のせる(ここで焼きたい場合、チーズが泡立たないよう、焼き時間は2〜3分にとどめておく)。
5. 4.にもう半分のパンをかぶせ、斜めに切る。ぱりぱりのポテトチップを添えて食卓へ。

アーソお気に入りの
サブマリン・サンドイッチ

【材料】(2つぶん)

細長い形のパン
(長さ15センチくらい。できればサワー種) …… 2つ

マヨネーズ …… 大さじ4
(ドレッシング・タイプではなくプレーンなもの)

ディジョンマスタード …… 小さじ2

メープルシロップ …… 小さじ2

粉胡椒 …… 小さじ1

塩 …… 小さじ1

グリーンオニオン …… 2本(白い部分のみ刻んだもの)

メープルシロップ漬けのハム
…… 30グラムくらいにスライスしたもの8枚

ヤールスバーグ・チーズ
…… 30グラムくらいにスライスしたもの8枚

訳者あとがき

　アメリカ・オハイオ州の片田舎にあるチーズ専門店が舞台の本シリーズも、この『消えたカマンベールの秘密』で早くも三作目となりました。

　身を切る寒さの二月。小さな町プロヴィデンスに冬祭りのシーズンがやってきました。シャーロットが経営するチーズ・ショップ〈フロマジュリー・ベセット〉も、冬祭りの会場にテント形式の〝ル・プティ・フロマジュリー〟を出店することに決定。チーズやワインの搬入など、開店準備におおわらわです。

　そんなあわただしい、オープンまえのテントに、なんとあ〈〉の〈〉人〈〉が、ひょっこりとあらわれました。

　あの人とは、これまでもシャーロットの回想にたびたび登場した〝食えないシェフ〟――彼女を捨ててフランスに旅立った、もと婚約者のチップです。

　もちろん、シャーロットによりをもどす気などさらさらないのですが、思いがけない人の登場に、どうしても心はざわつきます。

そして殺人事件が発生。被害者は、チップをこの町に呼びもどした女社長で、殺害現場はあろうことか、シャーロットがかわいがっている従業員レベッカの自宅でした……。

のんびりした田舎町プロヴィデンスは今回も、殺人事件はいわずもがな、土地の買収や家庭問題、浮気に脅迫、離婚話など、ときに大きく、ときに小さく揺れ動きます。

とはいえ、町民にとっては朗報がひとつ。アーソ署長とロダム副署長しかいなかった警察署に、もうひとり若い副署長が加わって、警官は合計三人になりました。

さて、ここで本作の謎解きの鍵となる、カマンベールの容器について簡単に記しておきます。

カマンベール・チーズがフランスのカマンベール村（ノルマンディ）ではじめてつくられたのは十八世紀末のこと。しかしこの、しっとりしてコクのあるチーズが海外にまで知られるようになったのは、それからほぼ百年後の、木製容器の誕生がきっかけでした（考案したのはフランスのエンジニア）。

容器に入れれば、遠方まで運ぶのが容易になります。しかもこの木製容器は簡単に、かつ安い費用で作れることからたちまち普及しました。

こうしてカマンベールは大西洋を越えてアメリカで大人気となり、さらに世界各地に広まって、いまや〝チーズの女王〟と呼ばれるまでになりました。

では女王さまに対し、〝チーズの王さま〟は何か？　それは本シリーズの次回作のタイトル *To Brie or Not To Brie* にも使われている、千年以上の歴史を誇るブリー・チーズです。

次回作（邦訳は来年夏刊行予定）では、マシューとメレディスの結婚式が近づいて、友人たちはお祝いの準備に精を出し、シャーロットも新作〝ブリー・ブルーベリー・アイス〟のレシピを完成させるという、おしなべてハッピーなムードのさなかに事件が発生します。それも被害者は〝よそ者〟、つまりプロヴィデンスの町民ではないようで……。

本作『消えたカマンベールの秘密』では、シャーロットとジョーダンの恋は一見とても順調ですが、はたしてほんとうにそうなのでしょうか？　もしかすると、ジョーダンやジャッキーには、まだまだ秘密の過去があったりして？

片田舎とはいえ、シャーロットをはじめとする町民にとって、プロヴィデンスでの生活は春夏秋冬、なかなか刺激的であるようです。

コージーブックス

チーズ専門店《せんもんてん》③
消《き》えたカマンベールの秘密《ひみつ》

著者　エイヴリー・エイムズ
訳者　赤尾秀子《あかおひでこ》

2013年　6月20日　初版第1刷発行

発行人　成瀬雅人
発行所　株式会社　原書房
〒160-0022 東京都新宿区新宿1-25-13
電話・代表　03-3354-0685
振替・00150-6-151594
http://www.harashobo.co.jp
ブックデザイン　川村哲司(atmosphere ltd.)
印刷所　中央精版印刷株式会社

落丁・乱丁本はお取り替えいたします。
定価は、カバーに表示してあります。
 ISBN978-4-562-06016-0 Printed in Japan